高富帅的烦恼

GAOFUSHUAI DE FANNAO

李祝尧 著

重庆出版集团
重庆出版社

图书在版编目(CIP)数据

高富帅的烦恼 / 李祝尧著. —重庆:重庆出版社,2012.8
ISBN 978-7-229-05296-6

Ⅰ.①高… Ⅱ.①李… Ⅲ.①长篇小说—中国—当代
Ⅳ.①I247.5

中国版本图书馆 CIP 数据核字(2012)第 118516 号

高富帅的烦恼
GAOFUSHUAI DE FANNAO
李祝尧 著

出 版 人:罗小卫
责任编辑:陶志宏 曾 玉
责任校对:杨 婧
装帧设计:重庆出版集团艺术设计有限公司·王芳甜

重庆出版集团
重庆出版社 出版

重庆长江二路 205 号 邮政编码:400016 http://www.cqph.com
重庆出版集团艺术设计有限公司制版
自贡兴华印务有限公司印刷
重庆出版集团图书发行有限公司发行
E-MAIL:fxchu@cqph.com 邮购电话:023-68809452
全国新华书店经销

开本:720mm×1 000mm 1/16 印张:17.25 字数:172 千
2012 年 8 月第 1 版 2012 年 8 月第 1 次印刷
ISBN 978-7-229-05296-6
定价:29.80 元

如有印装质量问题,请向本集团图书发行有限公司调换:023-68706683

目录

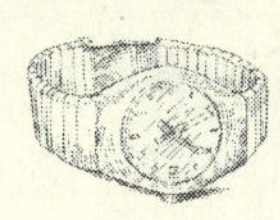

第一章　不测风云

1

这些日子，郭忠厚就没有过笑模样，情绪特别低落，经常唉声叹气。晚上睡觉总是像烙饼那样来回折腾，迟迟不能入睡，就是睡着了也经常被噩梦惊醒。老伴姜玉芳看在眼里，痛在心上。她知道，这是老头子的服装公司遇到了前所未有的困难。她干着急也帮不上忙。他家的公司是做外贸生意的，加工外国名牌服装。这些年都做得顺风顺水，最近全球闹金融危机，国外客户不断有退订单的。他的心情怎么会好呢？下周就是老郭的六十岁生日，就决定给他做这个六十大寿，让老头子高兴高兴。她跟儿女们一商量，都说："老爹靠借的五块钱卖破烂起家，如今发展成了拥有三个加工厂、两千多名职工、价值一个多亿的服装公司，实在是不容易。应该把爹的六十大寿办得隆重些。"往年给老爹过生日都是去饭店，自家人在一起吃顿饭热闹热闹。这次爹过六十大寿，一定要把亲朋好友及有关领导都请来，而且决定在家里办，也显示一下家兴业旺。既然大家意见一致，大儿子郭兴盛和大儿媳林秋灵就主动挑起了操办老爹六十大寿的事。

正值阳春三月。生日这天，风和日丽。一大早，兴盛和秋灵就跟妈忙活起来，一过十一点钟，人们就陆陆续续地来了。郭忠厚家的别墅大院前停满了高级轿车。院里摆满了客人送来的喜气洋洋的花篮，八十多平米的大厅里也布置得非常热闹。中堂的位置是一个大大的"寿"字，东西两边墙上挂着亲友们送来的祝福字画。在冲门的八仙桌和条几上摆放着儿女们送给老爹的生日礼物：大儿子兴盛特意用昂贵的南山石让人雕刻的一尊老寿星，祝老爹长命百岁；二儿子兴旺买了一对艳丽的牡丹鹦鹉，为的是给双亲的生活平添几分情趣；女儿兴国特意定做了六十斤重的特大寿桃蛋糕，上面插着六支生日彩烛。大厅里摆了六张大桌子，上面摆着烟酒饮料和糖果瓜子之类，一片喜气洋洋的气氛。

姜玉芳和大儿子两口子在门外接待客人。客人已经来了不少，却不见老头子的踪影。林秋灵就向兴盛发牢骚，抱怨妈给老爷子做寿，事先不该不跟老爷子商量。兴盛解释说："如今企业不景气，妈给爹做六十大寿，是让他改变一下心态。事先没有告诉他，是为了给他个惊喜。今天上班走时，妈只说让爹早些回来。其实，妈挺着急的。你没看见她时不时地就到门口张望吗？"

林秋灵说："爹没来，是因为事先不知道。可兴旺两口子、兴国和李大博怎么也没来？兴家不知干什么去了，打电话也联系不上。外人都来了，自己的孩子却不照面儿，这像给爹过生日的吗？"

兴盛说："兴家出去旅游了，我忘记告诉他给爹过生日的事了。兴国和兴旺两家一会儿就来。"

郭兴家的女友韩月美一大早就来了，帮着未来的婆婆忙活。今天一大早兴家就开车出去了，问他去干什么，他也不言语。现在听大哥说他出去旅游了，一下子愣了神，他出去旅游为什么不告诉我？她马上拨打兴家的电话，不料占线。她疑惑地自语道："他这是给谁打电话呢？"脑子里挂了个很大的问号。

兴盛见爹还没回来，就告诉秋灵："我到公司去请爹，你在这里先照应着。"他来到公司，推开董事长办公室的门，见爹正瞅着一封信发呆。走近一看，原来是美国沃尔玛公司退的一张百万美元订单。兴盛不由得皱起眉头，心里咯噔了一下。然而，眼下不是说这事的时候。他笑着说："爹，快回家吧。"

郭忠厚听了，不由得看了一下表，责备说："还不到下班的时间，回家干什么？"

"爹，你忘了今天是你的六十岁生日，全家人要给你祝寿呢，客人们到得差不多了……"兴盛的话还没说完，郭忠厚就急了。他把眼一瞪，把手里的订单往桌子上一摔，就开了骂腔："你小子真浑，也不看这是什么时候。公司遇到了这么大的困难，竟然还有心情祝寿，简直是扯淡！"说完，生气地把身子往椅子上一靠，没有走的意思。

兴盛碰了钉子，依然耐着性子劝爹。老爹的倔劲儿却上来了，就是不去。他只好赶紧回来向妈汇报。

姜玉芳见请不来寿宴的主角，着实后悔这事没跟老头子商量。然而，现在亲朋好友们都来了，怎么能晾场呢。她扭头就走，忽地又停住，叮嘱兴盛说："快给兴旺、兴国打电话，让他们马上过来!"然后就亲自去请老头子。

她刚走进公司，只见一群工人围着公司副总石磊，逼问他能不能按时发工资。石磊是郭忠厚前妻的弟弟，在公司负责生产，不了解公司的财务情况，就给工人们拍着胸脯说："保证没问题。"有人问他："听说又有退订单的，是真的吗?"他摇摇头说："不知道。"有人就煽动说："他不知道，我们去找董事长问去!"他怕影响生产，就对人们说："大家安心生产，发工资的事我去替你们向董事长反映。"说完，就来找郭忠厚了。

他刚走进董事长办公室，见董事长夫人姜玉芳来了，就谦让地说："姐，你有事先说。"姜玉芳心里着急，就抢嘴说："今天是你哥生日，你不知道吗?"他愧疚地说："对不起，我一忙就把这事忘了。"他想，今天是姐夫生日，怎么能跟董事长说刚才在车间发生的事呢，就点了点头告辞了。

姜玉芳请老郭赶紧回家。郭忠厚却大为恼火，生气地指责她："我本来对祝寿就十分反感，你们竟擅自做主给我做寿。眼下公司这么困难，我哪有心思祝什么寿呀，我不去!"

"我和孩子们就是为了让你高兴，给你个惊喜。"姜玉芳真诚地给老头子赔礼道歉。她笑着说："这事怪我事先没跟你商量，是我的不对。你打我骂我都可以。可现在亲戚朋友们都来了，吴副市长也到了，你总不能晾台吧?"

"你呀你，净给我添乱!"老郭责备了一句，便无奈地站起来，跟姜玉芳一起回家了。

郭忠厚到家之前，兴旺和妻子舒曼、兴国和丈夫李大博也到了。他跟各级领导和亲戚朋友们一一握手道歉。接着，寿宴就在"祝你生日快乐"的音乐声中开始了。

郭兴盛首先代表子女们致辞，在问候各位来宾后，兴致勃勃地说："今天是我爹的六十岁生日。在党的十一届三中全会以后，他靠借我姥爷的五块钱去天津卖破烂，先用人造革加工书包、自行车座套，然后开始经营服装，现在竟发展成一个拥有三个加工厂、四千多名职工、价值一亿多元的忠厚服装公司！在这三十年的创业过程中，他不知吃了多少苦，受了多少罪，但他从来没有灰过心，在党的政策的指引下，在各级领导的支持和帮助下，终于闯过来了。我爹为人正直刚毅，待人真诚宽厚，所以，结交了那么多朋友。他工作大刀阔斧，兢兢业业，任劳任怨。在同事们的眼里，爹是他们的朋友；在职工们眼里，爹是出色的领导；在我们子女的眼里是英雄的父亲，又是良师益友，还是我们做人的楷模！”说着，又把头转向老爸：“爹，在您六十大寿的今天，我代表全家，祝福您老人家生活之树常绿，生命之水长流，祝您生日快乐，春辉永绽！并祝在座的各位来宾身体健康、工作顺利，万事如意！”

接着，吴副市长代表各级领导和来宾讲话。他说：“郭忠厚同志借着改革开放的春风，艰苦创业，勇往直前，为国家、为我们市的经济发展，作出了卓越贡献！近三十年来，郭董事长领导的忠厚集团公司，向国家和地方上交纳税款两千多万，并支持了多项公益事业。在这里，我代表市委、市政府，向郭忠厚同志致敬！”说着，恭恭敬敬地向郭忠厚鞠了一躬。

宴会厅里顿时响起热烈的掌声。

郭忠厚听着大儿子兴盛和吴副市长的发言，心里舒贴极了。他忘却了刚才的烦恼，兴致勃勃地端起酒杯，向人们敬酒，感谢领导的关怀支持，感谢亲友们的捧场。

酒过三巡、菜过五味之后，姜玉芳的胞弟姜玉山端着酒杯走过来。他说：“姐夫，今天是你六十大寿，我特别高兴。你不仅给国家、给我们市作出了重大贡献，而且给郭家培养了四个优秀的儿女，特别是二儿子郭兴旺，大学毕业后在咱们公司当了业务部主任，他的业绩特别突出，已经成了公司的栋梁之才。姐夫，你虽然身体硬朗，但终究是六十岁的人了。人不服老不行。我希望你尽快退休，把公司交给孩子们打理，你就跟我姐去享清福吧。”

二儿子兴旺也趁机站起来说：“爸，今天我为你的成绩骄傲，但你患有高血压、心脏病，我也为你的身体担忧。你到了退休的年龄，我不希望你再干了，把公司交给我吧。我已经做好了接班的准备！”

姜玉山和郭兴旺的发言让在座的人感到惊异，寿宴的气氛骤变了，人们不禁惊讶唏嘘起来，一个个眉头紧皱。这分明是逼宫嘛，而且有唱有和，看来事前就有准备。人们担心郭忠厚接受不了这突然袭击，眼光全集中在他身上。只见他脸色酱紫，额头的青筋暴跳，愤怒地怒吼起来："我还没死呢，你们就要抢班夺权，这太不像话了！我还没干够呢。"说着，把手里的酒杯猛地往地上一摔，咕咚一声晕倒在地上。

大厅顿时哗然，人们都慌了。姜玉芳赶紧跑过来，小心地托起郭忠厚的头，哽咽着问："老郭，你这是怎么了？"

孩子们都围了过来，郭兴盛赶紧拨通了120，人们七手八脚地把昏迷的郭忠厚抬上救护车，送进了医院。

2

姜玉山和郭兴旺在寿宴上向郭忠厚发难，确实是精心策划的。郭兴旺两口子之所以来得晚了，就是姜玉山在他家里说事。

兴旺不是郭忠厚的亲骨肉，是他再婚时姜玉芳带来的遗腹子。这要从石秀的死说起。

改革开放前郭忠厚家里很穷，但他不甘心挨饿，就用跟老丈人借来的五块钱，去天津收破烂儿。见天津的人造革下脚料很便宜，就买回来一袋，让妻子石秀做书包和自行车座套，他偷偷拿到集上去卖。他俩昼夜不停地干了半年，赚了五千块钱。年三十晚上，一家人正在换新衣服的时候，石秀突发心脏病死了。这突发事件给了创业刚刚起步的郭忠厚致命的打击。当时他有一子一女，儿子兴盛两岁多，大声哭喊着找娘；女儿兴国才三个月，饿得哇哇直哭。哭得他心如刀绞，肝肠寸断。他后悔不该拉着石秀做生意，不该没日没夜地让她做包儿。他觉着对不起石秀，对不起两个孩子，再也不想做生意了。

郭忠厚的遭遇，引起了本村姑娘姜玉芳的注意。那时，她在村代销点上卖货。因有几分姿色，被大队长"黑"上了。她想尽快摆脱大队长的纠缠，找个男人嫁了，避免风言风语。她早就佩服郭忠厚，觉得他不仅长得高大魁梧，而且有本事，会挣钱，能致富。尽管他有两个孩子，也想嫁给他。对父母一说，娘一百个不同意。责怪她说："你一个黄花大闺女，怎么能给他当填房？再说，他还有两个拖油瓶，后娘可不是好当的！"

姜玉芳的苦衷不能对娘说，她也确实喜欢郭忠厚，对娘说："填房怎么啦？有孩子怎么啦？他人品好，有本事，能挣钱，就能过好日子。

我就愿嫁给他！”

娘生气地数落她：“论模样，你在全村闺女群儿里百里挑一；论文化，你是初中毕业；在代销点上卖货，工分不少挣，又风吹不着太阳晒不着，还心灵手巧地会蹬缝纫机做衣裳。你什么样的男人找不到啊，为什么非要嫁给他？”

“我就喜欢他。”

“他三十了，你才二十一，图他什么呀？简直是鬼迷心窍了！”

“我就图他有本事。”

娘劝不了，就让爹教训她。爹是暴躁脾气，见闺女这么任性，一下子就火了，气得砸盆子摔碗，暴跳如雷。他气咻咻地说：“你不嫌丢人，我还要脸呢！”

“他不偷不抢，靠本事致富，丢什么人？”姜玉芳理直气壮地说，“全村数他家富，谁不羡慕！”

一句话，把爹噎得不言语了。抛开年龄悬殊和有两个孩子外，他确实挑不出郭忠厚一点儿毛病。只好冷嘲热讽地挖苦她：“你想嫁人家，人家还不一定要你呢。”

姜玉芳抓住爹的这句话反问：“他要娶我，你们就同意了？”

儿大不由爷，女大不由娘。父母拗不过，只好随她去。她找郭忠厚，单刀直入地说：“忠厚哥，我想帮你把卖包的生意重新做起来。”

郭忠厚还陷在死妻的悲痛里。他摇摇头，叹口气说：“石秀这一走，我再也没这个心情了。”

“忠厚哥，人死不能复生，你不能老泡在悲伤里。日子还要过下去。”姜玉芳大方地说，“嫂子是为你们这个家累死的。你现在把这生意扔下，太对不起嫂子了！”

“没你嫂子了，谁帮我做包呀！”

“我呀！”姜玉芳信心百倍地说，“我也会用缝纫机轧衣裳，做包儿没问题。我过来帮你。”

郭忠厚好感动。他瞅着眼前这个年轻漂亮的姑娘，心里热乎乎的，高兴地说：“你要帮我，我不会亏待你。”

“忠厚哥，我不是图钱，就是愿意帮你。”姜玉芳一脸的真诚。

郭忠厚被感动了。从此，姜玉芳就来郭家帮忠厚做包了。她坐在石秀原来用过的那台缝纫机上，埋头苦干起来，郭家又响起了嗒嗒嗒的缝纫机欢唱声。郭忠厚又打起精神，赶集串巷地卖起包来。他感谢姜玉芳，每次赶集回来，不是给她扯块布料，就是给她买些袜子、手绢什么的。她对郭忠厚也是百般的温柔。这样一来二去，两人的感情越来越深了。

她突然呕吐起来，而且吐了好几次。莫非怀孕了？她想起大队长一次次诱奸她的事，觉得好怕，心慌意乱地什么也干不下去。

这天晚上，郭忠厚从华北油田卖包回来，顺便给她买了一条红丝方巾，要亲手给她围在脖子上。姜玉芳一激动就踮起脚跟亲了他一口。她羞红着脸说："忠厚哥，你娶我吧。"

郭忠厚不知姜玉芳怀孕的事，感动地说："我比你大十岁，还有两个孩子，咱俩不合适，我不能拖累你。"

"我愿意。"姜玉芳羞涩地低下头，心里咚咚直跳。她默默地抠着指甲，静等着他回话。

"即便你同意，你家里也不会同意。"

"他们不管我的事。只要你托人去俺家提亲，准成！"

郭忠厚见姜玉芳一脸真诚，就打消了顾虑，鼓起勇气让娘托人去姜家提亲。结果就像玉芳说的，她娘真的没有反对，只是说："玉芳比忠厚小那么多，他可不能欺负俺闺女！"

郭忠厚听媒人一说，就带上礼物去了姜家，向玉芳爹娘保证："我会一辈子对玉芳好！"就这样，两人结了婚。

刚结婚，郭忠厚就发现姜玉芳不断地吐，劝她说："你的胃可能着凉了，快去找赤脚医生看看吧。"姜玉芳不敢去看医生，她掩饰说："我的胃口不好，老毛病了，没关系。"郭忠厚也没想别的。

姜玉芳的肚子越来越大，结婚五个月就生了个儿子。郭忠厚这才觉得这孩子不是自己的。他问过姜玉芳，是不是有人欺负你了？姜玉芳不承认。只是说："这是早产。"然而，这孩子白白胖胖，不像是不足月。他心里觉得别扭，就把自己的怀疑对妈说了。妈说："你是结过婚的人，人家是大闺女，不嫌弃你有两个孩子就一百一了，就别计较这事了。"他给这个儿子起名叫兴旺，紧排在兴盛、兴国后面。外人虽然在背后也有说三道四的，但没人说在他的脸上，渐渐就把早产的事忘了。兴旺长大后，也没觉着自己爹不是亲爹。

兴旺知道郭忠厚不是亲爹，是在他大学毕业以后。爸把他留在公司工作，却没有像哥一样安排当副总，而是让他分管业务科。在大学他就对恋人舒曼吹嘘过，我一毕业就能当公司副总，自己的愿望没有实现心里觉着别扭，就去向妈诉苦。妈说："你爸让你先熟悉一下公司的业务，这有什么不好！"他想想也对，就没有计较。

说穿这事的是他舅姜玉山。姜玉山见郭忠厚没有安排兴旺当公司副总，心里愤愤不平地找到兴旺说："亲的和后的就是不一样！"这把兴旺说得一愣，反问他："什么亲的后的？"姜玉山觉得说漏嘴了，再也搂不回来了，就说："你爹为什么一样的儿子不一样对待？为什么你不能像兴盛一样当副总？就是因为你不是郭家亲生。"

兴旺见舅这样说，更要刨根问底了。姜玉山这才把实情告诉他。从此，他心存芥蒂，开始跟兴盛分斤掰两了。郭忠厚并没有察觉出来。

姜玉山听说郭忠厚要庆六十大寿，他突然觉得郭忠厚要退休了。那么，偌大个公司交给谁？这是他第一个考虑的问题。他怕姐夫把公司交给兴盛，就赶紧给兴旺出谋划策，煞有介事地对兴旺说："别看平时不显山不露水的，到了关键时刻就显出来了。你想想，你爹为什么要做六十大寿？还不是要退休吗？他一退休，公司交给谁？这是个急需解决的问题。我帮你分析一下，在你们兄妹四个中，兴盛、兴国和兴家都是亲生，只有你是你妈带到郭家去的。平时你爹就偏袒兴盛，让他当副总就是为了叫他接班，掌管公司大权。天下老的向小的，老两口又偏爱老三。别看兴国在埋头办特教学校，她女婿李大博并不支持，而且极力反对。他一直瞅着公司呢，想让兴国分一杯羹。整个形势对你非常不利。这关系到你今后的事业和生活，应该动动脑子。我是你亲舅，特别提醒你。"

姜玉山这么一说，兴旺倒吸了一口冷气，不知如何是好。他媳妇舒曼接腔说："兴旺，现在到了关键时刻。在你们兄弟三个中，老大初中毕业，没有学历；老三虽然是大学毕业，可他还没有真正长大，那心思还在'玩'上。你不仅是大学毕业，而且是优秀生，在公司管业务也两年多了，可以说熟悉了情况。根据国家年轻化、知识化的要求，这个接班人非你莫属。在今天这祝寿的当口，你就要当着朋友的面，把公司接班的问题提出来。"

"今天是爸爸的六十大寿，在寿宴上提这问题会搅了大家的兴。这事以后再说吧。"

舒曼见他犹豫，把脸一拉，生气地说："到了这关键时候，你还讲什么情面呀！你要不提这事，我就不去祝寿！"

姜玉山想了一下说："这事你提确实不太合适，还是我给你提吧。不过，我提了之后，你要接上。可不要把我晾在那里。"

舒曼的要挟让兴旺为难了，多亏舅替他先说，他们这才一起去参加爸的寿宴。

在寿宴上，他俩虽然按着密谋策划的提出了接班问题，却没想到郭忠厚根本没有退休的意思，更没有想到郭忠厚会生那么大的气，一激动竟然病倒在寿宴上……

3

救护车鸣叫着把郭忠厚拉到医院，医护人员忙而有序地把他推进了急诊室。经过简单的检查，就把他送进了 CT 室。兴盛跟着进去了，其他人在门外焦急地等待着。姜玉芳却吓哭了，责备自己："这全怪我，今天这生日不这么大闹就对了！"兴国在安慰着妈："爸不会有什么大事。"兴旺两口子和姜玉山觉着祸是他们惹的，没脸见众人，只好躲到一边忏悔，谁也不说话。

等了片刻，一位医生出来宣布，患者得的是脑溢血，必须立即做开颅手术。郭忠厚的胞弟郭忠良告诉医生："希望你们请北京最好的医生手术，全力进行抢救，用最好的药。"

家属们一听老爸得了脑溢血，一下子惊呆了。姜玉芳吓得昏倒了。兴国赶紧去叫医生。医生过来检查了一下，对家属说："她经受不了这么大的刺激，请你们把她送回家吧。"

兴国对舒曼说："你把妈送回去吧。这里有我们呢，你就别惦记了。"

舒曼把妈送回家，这时姜玉芳的情绪已经稳定。她问妈："爸这一病，更上不了班啦，兴旺能接公司的班吗？"

姜玉芳非常生气地说："现在是什么时候啊，你还惦记着这事！你想把我们都气死呀！"

舒曼讨了个没趣，不再言语。她对姜玉芳说："妈，你没事我走了。”随即回到了自己的家。

说来也巧，北京一家大医院的脑外科的孙主任正在这个医院讲课。孙主任是美国宾夕法尼亚大学脑血管病研究中心博士后，擅长脑血管病。他三十挂零就当上了脑外科副主任，可谓年轻有为。听说要他抢救病人，立刻投入了战斗。开颅手术从下午三点半开始，整整进行了六个多小时。手术期间，子女们都焦急地等在外面。当医生把郭忠厚从手术室推出来的时候，家属们全拥了过去。医生告诉他们，从患者脑腔中取出了八十二毫升血，手术特别成功，他们提吊的心才算落了地。因明天还要上班，郭兴盛安排妻子秋灵和兴国一起陪床，他和兴旺就回去了。

郭忠厚在输液。陪床的姑嫂各自想着自己的心事，兴国担心爸的病，秋灵则担心公司的命运，更怕公司的重担压在兴盛身上，会不会把他压垮……

第二章　炫富一代

1

三儿子郭兴家之所以出去旅游，是因他的女友韩月美查他的QQ聊天记录，两人越吵越僵，他心里很烦，跟大哥说了一句就开车走了。他不知道给爸做六十大寿的事。至于他去哪里玩，全家谁也不知道。韩月美给他打电话之所以占线，是他在跟前女友丛蕾打电话。

丛蕾是他大学的同班同学。两个人好得如胶似漆，成天黏在一起。就因为丛蕾拒绝了他的同居要求，兴家恼了，发狠地说："三条腿的蛤蟆不好找，两条腿的女人有的是！"从此分道扬镳。

韩月美也是同班同学。这位农村姑娘早就羡慕兴家是"富二代"，几次向他示爱都无动于衷。现在机会来了，她立马就贴了过去，处处依着他，俩人很快就同居了。毕业后兴家把她带回了家，并安排在他家的公司上班。她怕他移情别恋，对他管得很紧，限制他跟别的女孩子接触，不时地翻看他的手机，查看他的QQ聊天记录。兴家却偏偏是个无拘无束不服管的人，两人为此不断吵闹。原来都是以月美赔礼道歉告终，这次她却发誓要管住他，兴家却突然想起了前女友丛蕾的好，就开车去沧海市找她。

沧海市与滏水市相邻，两个市相距一百二十公里。他把车刚开上滏沧高速，就拨通了丛蕾的电话。问她："干什么呢？"

丛蕾毕业后还没找到工作，正在家里郁闷呢。见是郭兴家打来的，不由得一阵欣喜，揶揄地问："郭公子，今天怎么想起给我打电话了？"

"想你了呗！"郭兴家说得十分轻松。

"想我？不会吧。"丛蕾感到疑惑，"韩月美天天陪在你的身边，怎么会想我？"

"我烦她了，真的想你了。"郭兴家认真地说，"我现在就去找你，已经在滏沧高速上，半个小时就到。”

“你是来沧海出差吗?”

“我是专门来找你，不欢迎吗?”

从蕾想起分手的不快，犹豫了片刻说：“既然你专程来找我，就算欢迎吧。”

“好，我一会儿就到。”郭兴家说，“请告诉我你家的地址。”

“我用短信发在你手机上吧。”

兴家的电话又勾起了丛蕾的思绪。跟兴家分手，她也很痛苦。毕竟这是自己的初恋，而且有了感情。但她有自己的底线，按着妈的叮嘱死守着那份纯洁的贞操，所以拒绝了他提出的同居要求。韩月美趁机主动邀兴家逛街、跳舞、喝酒，还投其所好地给他买这买那，不久两人就在校外租房同居了。对此她嗤之以鼻，心里却隐隐作痛，后悔却晚了。毕业后，她听说韩月美去了郭兴家的公司，就把这份感情彻底放下了。没想到一年之后，他竟主动来找她。究竟为什么?她不知情。她想了解他跟韩月美的关系，就答应了他。她放下电话就收拾屋子。刚拖完地，门铃就响了。

她知道是郭兴家到了。心里一阵狂跳，就赶紧去开门。见郭兴家提着一兜子水果站在门外，惊讶地说：“你真快呀!”

“我在高速上开 140 迈，甭提多爽了!”

“还是开慢点儿好，安全第一。”

“想到要见你，不由得油门就踩大了。”

“别拣好听的说了，快进来吧。”两人说着进了客厅。

“你爸妈在家吗?”

“上班去了。”

郭兴家听说她一个人在家，迫不及待地搂住她就亲。

“你这是干什么呀!”从蕾毫无思想准备，赶紧推开他。

“我好想你。这几天满脑子都是你。”

从蕾坐在一边的沙发上说：“是不是跟韩月美吵架，到我这里寻安慰来了?”

“不提她好吗?”郭兴家的脸立刻耷拉下来。

“她不是很爱你吗?”尽管兴家不高兴，从蕾还是问了一句。

郭兴家没有回答她，凑到丛蕾身边，假装生气地抱怨说：“你这个没良心的，我给你发了那么多短信，为什么一个不回？难道你就那么恨我吗？”

“恨谈不上。我只是没韩月美那么贱！”丛蕾不想纠缠过去的感情，把话题岔开，“快说说来沧海干什么？需要我帮忙的，尽管说话。”

郭兴家认真地说：“我不是来出差，真的是专程来看你。”

“真的吗？”丛蕾有些受宠若惊了。

“这几天她搅得我心里好烦，就来找你了。”

“谢谢你还能想起我。”

兴家关切地说：“我一直在惦记你，找到工作了吗？”

这句话捅在了丛蕾的伤痛处，好像受了多大委屈似的，眼圈儿一红，泪水就溢出来了。她摇摇头，叹口气说：“人们说，大学毕业就是失业，这话一点儿也不假。如今最难的事儿，莫过于找工作了。我正为这事发愁呢。”

“你那么优秀，还愁找不到工作吗？我坚信会有人欣赏你。”

“现在的情况是，想要我的单位，我看不上；我看上的单位，嫌咱们学校档次低。”

“这些人也太形而上学了吧？学历不代表能力。他们两眼只盯着名牌学校，难道三类大学就没有人才吗？”郭兴家有些愤愤不平。

“现实就是这样！”

郭兴家沉思一下说：“工作嘛好说，包在我身上。现在跟我走！”

“跟你去哪里？”丛蕾眉头一皱，大惑不解。

“陪我去玩玩。”

“玩玩？我哪有这心情啊！”

“在家里更郁闷，还不如出去散散心呢。”

“去哪里啊！”

“我开着车呢，咱俩来个自驾游。想去哪儿就去哪儿。”

“我可没这心情。”丛蕾想到自己眼前的处境，情绪突然变了，“我还在水深火热之中呢。”

“不就是找工作嘛，包在我身上。”郭兴家慷慨地说，“如果你不嫌我家的公司是民营，可以先在那里屈就。等找到好的了，再去也不迟。”

“韩月美不是在你的公司吗？我不去。”这是她最忌讳的。

"丛蕾，我和她不合适。"兴家终于说出了憋在心里的话。

丛蕾不禁眉头一皱，想了想说："原来你想让我去填补你感情的空白呀！"

"你咋这样想呢！"这句话好像伤了兴家的感情，脸立马耷拉下来。

"对不起。"丛蕾见他不高兴了，赶紧道歉。接着问："我去你们公司能干什么呀？"

"工作随你挑，月薪三千。可以吗？"

丛蕾以为他在开玩笑，就追问了一句："你说话算数吗？"

"来，拉钩儿。"郭兴家说着，就勾住丛蕾的小拇指。

"拉钩上吊，一百年不许变！"两个人像小孩子过家家似的发誓。

丛蕾给妈打个电话，说跟同学去玩几天，就上了郭兴家的车。

2

郭兴家带着丛蕾自驾游，自然有他的打算。

自驾游确实自由，路线自己选，时间自己定，想走就走，想停就停。他俩沿着津浦高速公路南下，走到济南就下午两点了。刚下车，兴家的手机就响了。他一看是韩月美打来的，没有理睬。两人随便吃了点饭，就去看趵突泉。丛蕾失望地说："什么趵突泉呀，冒出的泉水还没有半尺高呢。"兴家说："旅游就是这样。不来后悔，来了也后悔。别管怎么说，我们看过趵突泉了。"接着，他又带她去了大明湖，在那里租只小木船划了一圈儿。丛蕾也不满足："这里还不如白洋淀呢。"郭兴家见她不太高兴，建议说："要不咱们去登泰山吧。泰山号称五岳独尊，人间仙境！"

丛蕾高兴得跳起来，举双手叫好："我早就想登泰山了！"

"晚上，我们就住在泰山顶上，明天早起看日出！"

丛蕾一高兴，就忘情地在兴家的脸上亲了一口。本来他对丛蕾还矜持着，这一下撩拨起他的情欲，把车停在高速路的耳道上，两人尽情地亲吻起来。

一阵亲吻，郭兴家像注射了兴奋剂，一路哼着小曲，兴致勃勃地来到泰山脚下。

这时，太阳已经落山了。郭兴家找个地方把车停下，找个小餐馆吃了点饭，俩人就去打听爬山的路线，同时问了一下住宿和看日出的地方。有人告诉他，泰山顶上有三家旅馆，只有神憩宾馆是三星级，24小时有热水，而且位于玉皇庙前，是观日出的最佳地方，只是价钱贵一些。别的旅馆一夜一二百元，这个宾馆一个标准间每夜五百元。

郭兴家用征询的目光看着丛蕾说："今晚我们就住这个宾馆了！"

丛蕾像吓着似的惊叫起来："一个房间就五百元，两个房间就是一千啊！"

"管它呢。今晚咱俩也神憩一回！"说着，两个人就手牵手地爬山了。

爬到山顶，找到那个神憩宾馆，就夜里十点了。兴家张口就要了两个标间。服务员说："交一千元押金。"

"这也太贵了吧。"丛蕾情不自禁地叫了一声，兴家改口说："那就要一间。"说着，拿出两个人的身份证。

登记后，交了押金，一位服务小姐就领他俩上楼了。

这时丛蕾有些后悔，趴到他的耳朵上说："咱俩住一间不方便吧？"

"你不是嫌贵嘛！"

丛蕾思忖了一下说："住一间也可以。不过，你要发誓，一定要老实，不准侵犯我。"

"保证做到！"郭兴家假惺惺地给她打个敬礼，做了保证。

服务员开门后，给他俩交代了一些诸如电视怎么开、热水器怎么用、电话怎么打的问题，就走了。

丛蕾扫视了一下这个房间，把嘴一撅说："什么三星级呀，这就是一般的标间。论设备，连一般也够不上。如果在市里，顶多值一百元，他们竟然要五百！"

"这不是在山上嘛，物以稀为贵。再说，建这宾馆，任何一种建材都要人从山下担上来，要花多少钱呀！咱们住在这里，一是图舒服，二是为了看日出啊！"

"这也太贵了！"

"钱是干什么的？就是用来满足欲望的。我们用五张百元大钞，就能换来舒适的住宿，满足看日出的愿望。值！"

郭兴家这么一说，丛蕾不再说什么了。她见屋里的两张单人床间隔只有一米的距离，又踌躇起来。尽管兴家发誓不打扰她，她总觉着不保险。又追问了一句："你真的不会骚扰我吗？"

郭兴家瞟了她一眼，流露出一丝坏笑说："你是不是求之不得啊！"

"你胡说！"从蕾说，"要不你再给我开个房间吧。"

"不心疼钱了？"兴家问了一句，没等从蕾回答，就说，"敢情你不掏钱，凑合着住吧。"

"我妈一再叮嘱我，不结婚不能随便办那事。"

兴家笑笑说："都什么年代了，还这么封建！"

从蕾嗫嚅地说："我害怕……"

"你要怕从床上摔下来，咱就把两张床并在一块儿。"

"不，不！"从蕾像吓着似的摇头否定着。

郭兴家对女孩子惯用欲擒故纵的方法。他见从蕾一副不情愿的样子，装作生气地说："既然这样，那就另给你开个房间得了。"

"可是，还要花五百呀！"从蕾语气里透着惋惜。

"心疼钱了？"郭兴家反问一句，"钱是王八蛋，花了再赚！我怎么能为五百块钱让我们的从小姐心里不安呢。"说着，就拿起电话拨打服务台。

从蕾赶紧把电话摁下："就住这吧，你老实点儿就行了。"

"有你这大美女睡在身边，我能老实吗？"

从蕾看他一脸坏笑的样子，觉得今晚是逃不过去了。她严肃认真地问他："你会娶我吗？"

郭兴家说："从蕾，我们的爱是纯洁的。爱就爱了，不附加任何条件。我不对任何人许诺什么。有条件的爱不是真爱。你是真的爱我吗？"

从蕾愣了一下说："我喜欢你的帅气，喜欢你的真诚，喜欢你的爽快大方，也喜欢你的风流倜傥。但我不喜欢你的玩世不恭。"

尽管从蕾对他是一分为二的，兴家依然觉得扫兴，"怪不得那次我要求跟你同居，你拒绝了。原来你根本不爱我……"

从蕾觉着兴家误解了她，再次表白说："我是不爱你的缺点。但是，如果我不爱你，会跟你单独出来吗？"

"从蕾，对不起。爱是不能勉强的。既然这样，还是另给你开个房间吧。"兴家说着，又拿起了电话。

如果说，那次丛蕾拒绝他提出的同居要求，是因为她爱他还不够深，或者说还没有决定嫁给他。这次兴家特意来找她，说明他还深爱着自己。已经失去过一次了，差点造成终身遗憾。难道这次还要失去他吗？她再次把电话摁下，笑着说：“兴家，咋不识逗呢。我既然跟你出来旅游了，也跟你住在一个房间了，难道你还怀疑我对你的爱吗？实话告诉你，我是怕怀孕。”说着，红着脸低下了头。

这是真心话，也是默许。郭兴家心里好激动，上去就把她搂在怀里，亲吻起来。

“几天不见韩月美，你就这么急呀！”丛蕾的口气像是责怪，其实是在试探他的心。

“现在只有咱俩，不许提她！”

两人忘情地亲吻了一阵。郭兴家说：“爬了半夜山，饿了吧？洗洗手，咱们去吃夜宵。”

餐厅就在二楼，是自助餐，全天候服务。二人走进来，见饭菜虽不太丰盛，也有二十多样儿。郭兴家说：“你去弄几样菜，我去买瓶酒。”

丛蕾说：“我不会喝酒。”

“爬山爬累了，喝点儿睡着舒服。”

既然这样，丛蕾就没有阻拦。

两人吃过夜宵，就十一点多了。回到房间，丛蕾就打开了电视。兴家说：“天这么晚了，洗洗睡吧。”

“那你先洗。”

两人推让了一阵，丛蕾就去了浴室。

郭兴家在卧室看着电视，却看不进去。他听着卫生间那哗啦哗啦的撩水声，再也按捺不住了，立马脱光，冲进了卫生间。丛蕾惊叫了一声：“你这是干什么呀！”

“我想洗个鸳鸯浴。”兴家说着就跳进了浴池，从后面抱住了她那白嫩细软的腰肢。她赶紧用两手捂住她那丰满的双乳。

“都这样了，还害羞什么！”

“我不习惯。”

“来，我帮你洗。”兴家说着，又搂住了她。

丛蕾这是第一次在男人面前暴露自己的裸体。她没有一点思想准备，那粉嘟嘟的脸羞得更红了。她掰开他的手，像泥鳅似的从他的怀抱里挣脱出来。

“来，我给你搓搓背。”兴家说着，拿起一条毛巾，就在她的背上轻柔地搓起来。问她：“舒服吗？”

“舒服，太舒服了，从来没有过的舒服。”

“那你还不让我进来。”

“你搞突然袭击，把我吓坏了。”

“我想看看你，快转过身来。”兴家说着，就扳过她的身子，真是凹凸有致，线条分明，那两个乳房像新出锅的馒头那么雪白，乳晕浅浅的，乳头不大，呈粉红色。他猛地趴在怀里把那乳头含在了嘴里。从蕾咯咯笑着说：“你真坏！”

“今晚我就要坏你！”郭兴家说了这么一句，赤条着把她抱在了床上。

从蕾看到他那两只燃着欲火的眼睛，心里跳得更厉害了。她双手抱着双腿，缩成一团，喃喃地说：“我好害怕。”

“怕什么？你不是说爱我吗？”

“可咱俩没有……”

这话像一盆冷水泼在兴家的头上，身上燃烧的那团欲火一下子被浇灭了，沮丧地说：“性是爱的必然。但，爱不能勉强。强扭的瓜不甜嘛。所以，我不勉强你。”说着，往旁边一张床上一躺，轻轻叹了口气，不再说话。

从蕾见他不高兴了，又有些后悔。既然两人已经这样了，就应该做他的妻子。这也说明，他跟韩月美根本不是真爱，或说两人已经没有感情了，最终会娶她的。既然这样，这种事总要发生，何必在乎早晚！这么一想，妈妈的再三叮咛就抛在脑后了。她过来勾住他的脖子说：“兴家，既然你这么爱我，想咋样就咋样吧。”说着，往他身边一躺，两手摊开，两眼一闭，任郭兴家摆弄。

郭兴家一骨碌从床上爬起来，欣赏着她那白皙娇嫩的胴体。别看她是那种饱满的圆脸，身上并不胖。那秀美苗条匀称的身体紧绷着，皮肤光滑而柔软。两个又鼓又圆的乳房，闪现出活泼生动的光彩。那双含情脉脉的大眼睛已经闭上，面颊闪着羞涩红润的光。

郭兴家激动得有些发抖。急不可耐地扑了上去。她的身体痉挛了一下，“啊”地叫了一声，就不再吭声。他是情场老手，有经验地运作着，且越战越勇，几乎使足了全身的力气。最后猛地抱紧她，就不动弹了。她觉着有一股不可名状的热流射进了身体，却没有感到一丝愉悦，恐惧攫住了她的心，直挺挺地躺在床上一动不动。

兴家从她身上滚下来，见她屁股底下垫的那些卫生纸染红了，惊讶地说："你还真是处女啊！"

从蕾惊恐地坐起来，看到那鲜红的血，有些害怕。她嗫嚅地说："我成了你的女人，你可要娶我呀！"

"你是我遇到的第一个处女。对当今的大学生来说，真是难能可贵啊。我会好好待你的。"

"我会怀孕吗？"从蕾怯怯地问。

"哪有这么巧！"郭兴家问她，"你感觉怎么样？好受吗？"

从蕾摇摇头，"好疼，好害怕。"

"这是第一次，再做就好了。来，咱再来一次。"郭兴家说着，又爬上了她的玉体。

这次他没有急于进入，而是紧紧搂着她亲吻，并用右手轻轻揉搓着她下面那个最敏感的地方。她像触电一样一阵阵颤抖起来。她想叫，嗓子眼里却像塞着一团棉花，叫不出来。

他温婉地问："舒服吗？"

从蕾满足地点点头。

郭兴家见到火候了，又翻身上去云雨起来……两个人折腾得大汗淋漓，喘息不止，然后像抽了筋骨似的瘫软在床上，不再动弹。

从蕾躺在郭兴家的身旁，喃喃地说："跟你在一起真好，真幸福。"

郭兴家问她："从蕾，你说人这一生图啥？"

"找个好工作。"

"找个好工作又能怎么样？"

"发挥自己的才智，为国家作贡献。"

"错！"

从蕾眉头一皱，反问："怎么错了？"

"人生不就这几十年吗？年轻的时候不玩、不享受，更待何时！"郭兴家感慨地说，"等到老了，想玩都玩不动了，想享受也没几天了。"

"我不赞成这样的人生。你咋这么消极，颓废呢。"从蕾明确表达了自己的看法。

郭兴家并没有因两人看法的分歧而扫兴，依然在津津乐道地阐述自己的观点。他说：“有首古诗说得好：‘生年不满百，常怀千岁忧。昼短苦夜长，何不秉烛游？为乐当及时，何能待来兹。’这诗就是劝人把生命放情在游乐之中。我们遇上了改革开放的好年代，父母又为我们创造了这么好的条件。如果不好好享受，那不枉来世上一回吗？”

“你有条件享受，我可没有。”

“你跟我在一起，咱俩一块儿享受。”

“我觉得，只有自己奋斗来的幸福，才香甜。”

“奋斗？谈何容易！”兴家说，“如今你连个奋斗的平台都找不到，谈何奋斗！”

“在大学，怪不得你成天吊儿郎当，原来你家有那么大的公司。”从蕾忽然明白了什么。

“‘文革’时讲读书无用，现在是上大学没用。大学毕业又怎么样？大学毕业不照样没有工作吗？”

从蕾不同意他的观点，可现实就是这样，也就没有说啥。

郭兴家接着说：“讲享受，女人离不开男人，男人也离不开女人。所以，我喜欢漂亮的女孩子。”

“你喜欢的女孩子太多了吧？”

“我最喜欢的是你，你却不理解我的心。那次你竟然冷酷地拒绝了我的要求。”

从蕾反问他一句：“难道爱就要同居上床吗？”

“爱情来了，两个人就该牵手；相爱了，自然就亲嘴了，然后就顺理成章地上床了。这是常规，很正常。”郭兴家毫不隐讳地说，“男女互相吸引的是性。性是检验是否真爱的标尺。没有性的爱是空谈。同居做爱，付出的是肉体，升华的是感情，取悦的是精神。有爱就有激情，有爱必然有性。如果没有性，那爱就不是真的，或说没有付出真心。真正的爱情，只有给予，没有索取！”

“你跟韩月美是真心的吗？”

“她说喜欢我，也很主动，心甘情愿地为我付出，天生是个尤物。”

“你跟她好了这么长时间，怎么又不爱了？”

“开始她说爱我，我信了。时间长了，她那市侩的嘴脸就暴露出来了。她爱的不是我，是我家的财产和富有。那时你不理我了，我既失落又空虚，也很孤独。她乘虚而入，满足了我一时的欲望，给我带来了快乐。但我并没有对她承诺什么。承诺算个屁，一纸婚书能为爱情保鲜吗？看看80后那么多离婚的，还不明白吗？大学的许多情侣爱得死去活来，形影不离。可一毕业，大多数不都分道扬镳了吗？在大学谈恋爱，包括同居，不过是个游戏。玩得起就玩，玩不起就别玩了。”

几句话把丛蕾说得心里惶惶然。她实在不敢苟同他的观点。摇摇头说：“我认为，凡是不以结婚为目的、只图一时欢愉的恋爱，不能称其为爱。充其量是放荡，是玩弄，是欺骗，甚至可以说是耍流氓！”

“丛蕾，别上纲上线了，没那么严重。”郭兴家不以为然地哈哈大笑起来。

“你觉得我很可笑吗？我们女孩子把贞操都看得很重。”

“贞操算什么？这是封建的残余。现在的女孩子谁还在乎这个呀！”郭兴家轻松地说，“爱情这东西，来就来了，去就去了，顺其自然。爱了必然有性，同居不过是现代大学生的一场小小的春梦。梦醒了，各奔东西，这是很自然的事情。人有爱的自由，也有不爱的自由。过去了就让它过去，不必计较，也不必惋惜。我看重的是曾经拥有，而不是长期厮守。女人为所爱的人献出贞操，那是引以为豪的事，也是最幸福的事。你不这样认为吗？”

郭兴家侃侃而谈，丛蕾越听越觉着不是滋味。这哪是爱呢，简直是玩弄女人的花花公子，纯粹一个流氓！她有些后悔，对自己的失身后悔莫及。然而木已成舟，说啥也晚了。女人最宝贵的东西破损了，再也无法修复。她觉着自己很傻，好像被他骗了，想马上离开，又觉得有些什么东西牵扯着她。仔细想想，他说的也有些道理。男女之间不就是这点破事吗？兴许他就是这么个实在人，有啥说啥，不隐瞒，不骗人。这比那些满嘴正人君子的男盗女娼强多了。她依然相信他真心爱她，是可以托付终身的那个人。不然，他不会特意去家里邀她出来旅游。这说明他已经不喜欢韩月美了，或者说根本就没爱过。她后悔当初自己太拘谨了，把性看得太重。如果在学校就依了他，不仅不会为找工作发愁，而且会堂而皇之地成为他的妻子。现在已经把自己的全部给了他，是否修复了俩人破损的爱？她吃不准，但充满了憧憬。她说：“兴家，我已经是你的女人了，你会对我负责一辈子吗？”

"我只能这样说，性只是真爱的开始，并不是赖婚的砝码。我知道你想成为我的妻子，我也想成为你的丈夫，咱俩在朝这个方向走。"兴家说着，猛地把话头一转，"但是，我依然不许诺什么。咱俩能不能走得长远，这要看我们感情的发展。现在我能做到的，就是把你安排在我家的公司工作。"

尽管兴家没有许诺爱她一辈子，她依然激动地说："这样咱俩就可以天天在一起了！"

"眼下咱们的感情还不能公开。"

"为什么？"从蕾没想到他会说出这样的话，着急地问，"是因为韩月美吗？"

郭兴家摇摇头："她是她，你是你，井水不犯河水。"

"我反对你脚踏两只船，这是不道德的。"从蕾把脸一沉，"你要她，我马上走人！"

"你没有信心跟她竞争？"

"这不是竞争不竞争的问题，你不该采取这种不负责的态度。"从蕾说，"这对我、对她都不公平。"

"从蕾，可能我表达得不够准确。"兴家解释说，"我爱你，但我会处理好月美的问题，应该给我点时间吧？"

这么一说，从蕾释然了，困神立马袭来。她说："几点了？我困了，快睡吧。"

"对了，明天还要起早看日出呢。"

于是，关灯睡觉。

3

第二天，郭兴家被电话吵醒，太阳已经爬上了窗户。他没有睁眼，摸起电话就接，张口就责备了一句："谁呀这么讨厌，还没醒呢，打什么电话！"

"兴家，你在哪里呢？怎么还没起床？昨晚为什么不接我的电话！"

兴家听是大哥的声音，而且充满了气愤和责备。他猛地坐起来问："大哥，我在泰山。有急事吗？"

“咱爹住院了，你立马回来！”

郭兴家一听慌神了，着急地问：“爸怎么了？什么时候住的院？”

“你赶紧回来，回来再说！”大哥说完，马上挂机了。

突然传来的噩耗让郭兴家傻眼了。老爸是公司的董事长兼总经理、全家的顶梁柱，更是他的精神支柱和经济后盾。爸要有个好歹，那还了得！他心里一慌，赶紧穿衣下床，趿拉上拖鞋就往外走。

丛蕾不解地问：“你这是干什么去？”

“我爸住院了，哥让我立马回去。”

“你慌啥！即便回去，也得收拾一下东西呀。”

“我想马上回到爸的身边。”

“有事要冷静呀。你要在路上出点事，那不是更添乱了吗？”丛蕾说完，忙收拾好东西，赶紧下山。

在路上，丛蕾说：“先送我回家吧。”

“送你回去，要耽误时间，你干脆跟我去看我爸吧。”

郭兴家是上午十一点多赶回滏水市的。他没有回家，开车直接去了医院。

当他推开病房门的时候，生怕爸爸有什么意外，那颗提吊的心咚咚跳个不停。爸在昏迷中输液，妈守在床边。他小声喊了一声“妈”，把妈拉出病房，问起了爸的病情。

妈生气地说：“你去哪儿疯玩去了？月美给你打电话为什么不接？”

郭兴家没有回答，嗫嚅地问：“爸的病怎么样？严重吗？”

“脑溢血，挺严重的。从北京请的最好的医生，给你爸做的开颅手术。手术说是十分成功，可至今还没醒过来。”

“谢天谢地，祝我爸有惊无险！”

这时丛蕾在一旁甜甜地叫了一声：“阿姨，你好！”

姜玉芳这才发现兴家身边站着一位姑娘。她打量一下，只见这姑娘亭亭玉立，模样俊美，欢眉大眼，梳着短发。她正想问这是谁，兴家编造说：“她叫丛蕾，是我的同学。我去泰安，在泰山脚下碰上的，她就给我当起了导游。”

“阿姨，听兴家说大伯病了，我也顺便过来看看。”丛蕾说着，就把在路上买的两兜水果和营养品交给了姜玉芳。

“来就来吧，还花钱干什么！”姜玉芳虽是责备，却觉着这姑娘挺懂事的。

“阿姨，我和兴家在这里陪大伯吧，你快回家休息。”

“我不累，我不瞅着他也不放心。”姜玉芳说，“一会儿你大嫂就来替我。你开了半天车，快跟丛蕾姑娘回家休息吧。”

兴家听妈这样说，也就没有坚持在医院陪床。他对丛蕾说：“妈嫌咱俩小，信不过咱。我陪你参观一下我家的公司吧。”

郭兴家拉着丛蕾刚从病房走出来，正碰上大嫂林秋灵来了。林秋灵惊喜地问：“兴家，什么时候回来的？你大哥正为找不到你着急呢。”

“大嫂，我接到大哥的电话就来了。”

这时，林秋灵才注意到丛蕾，上下打量了一番问：“兴家，这是谁呀？”

“她叫丛蕾，我的同学。”

林秋灵不禁皱起眉头，问他：“你不是出去旅游了吗？怎么带回个大姑娘？”

兴家没有回答秋灵的话，问大嫂：“我哥呢？”

“咱爸这一病，公司的担子就全压在你大哥身上了。他在公司呢。”

“那我去公司找大哥去。”郭兴家说了这么一句，就拉着丛蕾的手走了。

兴家刚从医院里出来，手机就响了，他看了一下号码，赶紧把话筒捂住，对丛蕾说：“她打来的，你别出声。”

“你在哪里？”丛蕾一听就听出是韩月美的声音。

“我在医院看爸呢。”

“你去哪儿了？为什么不告诉我？也不接我的电话。”韩月美话语里充满了责备。

“现在我没时间回答你的问题……”

“我马上去医院找你！”他的话还没说完，就被韩月美的话打断了。

兴家赶紧说：“你别来，一会儿我去找你。”说着，就把电话挂了。

丛蕾有些慌。她真不知道情敌见面会发生什么事情。兴家对丛蕾说：“你先在附近一个宾馆歇会儿，一会儿我来接你。”

他把丛蕾在宾馆安排好，就给韩月美打电话：“我马上回公司，你在门口等着我。”

郭兴家开车直奔公司，大老远就见韩月美在门口张望。他把车猛地停在她面前，摇下车窗说：“上车吧。”说着，把车门打开了。

韩月美上了车，还没坐稳，兴家一踩油门，车子就开走了。

“你这是带我去哪里呀？”

“你不是有许多话要问我吗？找个清静地方聊聊，省得吵得四邻八家不得安宁。”

韩月美知道快中午了，以为拉她到饭店吃饭呢，没想他把车开到了城外，就疑惑地问：“你这是拉我去哪儿呀？”

“到了你就知道了。”

兴家把韩月美一直拉到滏水河畔。把车停在一棵枝繁叶茂的梧桐树下，命令她：“下车！”

滏水河是这个城市的母亲河，南边连着著名的滏阳湖。最近河道进行了整治，河边镶砌了花花绿绿的水泥砖，河堤上栽满了绿树和花草，沿岸变成了漂亮的大花园，是市民们早晚散步的好去处。

韩月美向车窗外望望，不解地问：“你拉我来这里干什么呀？”

“你不是有话要跟我说吗？这里特别安静。现在是中午，除了河里的鱼、树上的鸟，没有一个喘气的。想说什么就说什么，想多大声就多大声儿。”他脸上洋溢着得意的笑。

韩月美一下车就问：“你走的那天，我给你打电话占线，在给谁打电话呢？”

“想知道吗？”

“当然。”

“知道了可别生气。”兴家说，“那会儿可能是在给丛蕾打电话。”

“丛蕾？”韩月美听了一惊，“你给她打电话干什么？”

“想她了，去看看她。”

“怎么，你去沧海找丛蕾了？”韩月美的口气里充满了责备。

“实话告诉你，我不仅去沧海看了丛蕾，还拉着她看了济南的趵突泉，游了大明湖，然后登了泰山。在泰山顶上住了一夜。要不是老爸病了，我们还想去苏州、上海、杭州玩玩……”

“这两天你俩一直住在一起？”韩月美的话里充满了醋意。

“是啊。”兴家得意地说，“你也别一项一项地问了。我告诉你吧，你想象的事儿全发生了。我决定把她留在身边，接替你在办公室的工作。有意见尽管提，我洗耳恭听。”

“你这个无耻的家伙，竟然不打自招！不仅没有一点儿羞耻，还表现得特别得意！”韩月美气得脸色惨白，挥起她那麻秆似的胳膊就要揍他，却被他一把抓住了。他嘿嘿冷笑着说：“月美，就你这小身板儿还想动武啊，这胳膊折了可别怪我！”他恼怒地抓着她的胳膊猛地一甩，她那弱不经风的身子差点栽倒。

“你这个没良心的白眼狼！”韩月美赶紧搂住那棵梧桐树，气急败坏地说，“把我弄到这前不着村后不着店的地方，想弄死我呀！”

“有这必要吗？”郭兴家冷笑着，“别看我学习不咋的，这点法律知识还是懂得。杀人偿命。我的青春还没享受够呢，怎么会犯法！”

韩月美看着他这张冷笑的脸，感到有些心寒。原本想跟他理论一番，现在觉得跟他说什么也没用了。她沉思了一下说：“兴家，凭良心说，从咱俩相爱的那天起，我对你不错吧？我是真心爱你的。一开始，我就把女人最宝贵的东西给了你……”

兴家打断她的话说：“你甭表白，你根本不是处女。”

“医生说，那是因为激烈运动造成的。”

“你也甭打掩护，我懂得是怎么回事。”

“别管怎么说，我对你没有二心。”韩月美真情地说，“后来我是管你多了些。但那是为你好，为了你的健康，也为了你的名声……”

“我不需要！”郭兴家并不领情。

韩月美进而哀求说：“兴家，我是管你过分了一点儿，今后决心改正。请你不要对我这样，千万别抛弃我！”

韩月美可怜兮兮的表白，并没有让兴家感动，更没有让他回心转意。他无情地说：“咱俩的缘分已尽，你还是算账走人吧。我也不会亏待你。咱俩好聚好散。”

韩月美本想挽回郭兴家的感情，他竟说出了这样的绝情话。她好像失去了支撑，顿时感到一阵眩晕，赶紧从后面抱住他的腰，恳求说：“兴家，我是真心爱你的。有时可能表达的方式不对，请你原谅我。我不想离开你。咱俩虽然没有结婚，可已经同居这么长时间了。我一直尽着一个妻子的义务。我爱你，就是给你当牛做马，我也愿意……”

“可是我已经不爱你了啊。”郭兴家扔下这么一句，甩开她开车走了。

“你拉上我呀！”韩月美呼喊着追上去。那车后扬起一股尘土，顿时飞得不见了踪影……

第三章 各怀心事

1

老爸病倒了，郭兴旺遭到了全家人的痛骂，他也在责备自己。在大喜的日子让爸生那么大气，得了脑溢血。开始，自己并没有那么想在老爸的寿诞之日提起接班的事，开始他还拒绝了舅舅姜玉山的建议。他觉得给爸祝寿是件喜兴事，不该扫大家的兴，不该在这种场合让爸退休，更不该说自己接班。没想到，姜玉山给他说他是妈怀里带来的，不是郭忠厚的亲生，在郭家根本不占优势。姜玉山是亲舅，他是为自己着想。而自己在革命化、年轻化、知识化和专业化方面确实比兴盛有优势。加上舒曼用不去参加寿宴要挟自己，就把这事答应下来。在众人夸赞爸爸的兴头儿上，就把让爸退休、自己接班的事说了。没想到惹得爸爸勃然大怒，气得晕倒在地，住进了医院。这祸是自己惹的，肯定会遭到全家人的痛骂。可是要不在众人面前提出这个问题，自己更没有希望了。

晚上，他从医院回到家里，舒曼抱怨他："你说得也太直接了，如果讲点策略，也不会惹这么大乱子！"

兴旺并不觉得自己做错了，理直气壮地说："我说的是大实话，一点儿也不离谱。爸老了就该退休，他退休我最具备条件。他生气是还想把着公司的大权，也说明他没把我放在眼里，我必须让亲戚朋友们知道我接班最合适！"

正在这时，姜玉山推门进来了。他接腔说："你爸之所以病倒，是你的话说得太直接了，他没有思想准备。再说，他本来就有高血压，又多喝了几杯酒。这不怪你，也不必自责。现在这话已经说了，君子一言，驷马难追。男子汉大丈夫就要敢做敢当，你要实现自己的目的。他这病能不能治好我看难说，就是把命保住工作也干不了了。你应该抓紧活动，把公司抓到自己的手里。"

兴旺觉着姜玉山的话给了他力量，不再自责了。舒曼说："咱俩就妈和舅两个亲人。人们怎么看你并不重要，重要的是把公司接过来。"

"别管怎么说，爸对我不赖，并没有把我当外人。眼下爸病得这么厉害，再说这事就没人性了。这事先放放吧，等爸好后再说吧，我去医院了。"说着，就往外走。

"你横是吃了饭再去呀！"

舒曼这么一说，他才觉得自己还没吃饭呢。于是，又坐下来。姜玉山说："兴旺，那是兴盛、兴国和兴家的亲爹，伺候他是他们仨的事。当务之急是快去找你妈，要让你妈坚定这个想法，事情就好办了。"

"现在跟妈说这事好吗？"

舒曼见他犹豫就有些生气，不满地瞥了他一眼，责备说："舅说了半天，你怎么没听进去呢？这事你要不抓紧，到时候后悔可就晚了！"

"那我吃了饭去找妈。"

舒曼说："吃完饭我去医院把妈换回来，你跟妈好好商量一下这事。"

姜玉芳从医院回来，满脸疲惫和焦虑，也没心思吃饭。兴旺却不顾这些，单刀直入地说："妈，爸这一病恐怕再也上不了班啦，公司的接班问题你心里可要有数。你看大哥大嫂整天泡在厂子里，爸病得这么厉害，他们根本没放在心上。我看他们居心不良。"

姜玉芳说："你爸还没醒过来，哪有心思想这事呀！"

"我舅说，爸即便好了也上不了班啦，公司总得有人管啊！"

"是我让老大把公司这一摊子先管起来的。"

"妈，难道你想让我哥接班？可你是我的亲妈呀！"

"兴旺，人要有良心。尽管你不是你爸亲生的，他对你从来没有过偏心。"

"妈，平时是这样。在工作安排上可就不一样了。"兴旺说，"老大在公司是副总，我只是个业务部主任，这不是偏心吗？"

"我心里像一团乱麻，现在哪有心思想这事啊！等你爸的病好了再说吧。"

兴旺见妈心不在焉，就自己打起了主意。

2

姜玉山在兴旺家跟他两口子说这事的时候，兴国跟李大博也在家说这事。

当李大博听岳母说要给岳父庆六十大寿的时候，就突然觉得岳父老了，不久即将退休。他再次怂恿兴国在公司安排个重要职务，也好将来分得一份家产。兴国却鬼迷心窍地要办一所特教学校。两个人为这事吵过多次，兴国却对爸上亿元的公司一点也不动心。在寿宴上，兴旺突然提出要爸退休，而且直截了当地要接班，一下子把老爸气病了。如今岳父得了这种病，看来退休是肯定无疑的了。他必须尽一切努力说服兴国。

这天，兴国为她的学校采购办公用品，跑腾了整整一天，腿都跑细了，回到家就瘫坐在沙发上。李大博以为她是从医院回来，就问："爸的病怎么样？醒过来了吗？"

"我没在医院，去给学校采购东西了。"兴国说，"我刚给嫂子打了电话，嫂子说爸醒过来了，还不能说话。"

"爸这病真的够戗，即便出院了，也上不了班啦！"

兴国不满地说："有你这样咒我爸的吗？"

"你甭不爱听，我说的是实话。爸真的老了，不服老不行。"李大博说，"还是兴旺机灵，看出了这步棋，在寿宴上就提出要接公司的班。"

"他接班？凭啥呀！我哥从十五岁就跟爸跑业务，而且现在是公司的第一副总。哥接爸的班是顺理成章的事！"

"兴旺肯定觉着他的学历比哥高，就先下手为强了。"

"兴旺太不懂事了，怎么能在这种场合提这事呢，结果把爸气成了这个样子。"

"兴国，你怎么还认不清当前的形势呢。爸这一病，他们哥仨儿肯定会撕破脸地争这公司，不信咱走着瞧！"

兴国不爱听，打断他的话说："你别唠叨了，我心烦！"

"兴国，'继承权男女平等'，这是《继承法》明文规定，是你应该享受的权利。你为什么要放弃呢？"

“大博，你长点出息行不行？咱俩都是大学毕业生，我们有知识，又很年轻。靠咱们的能力，完全可以自力更生。为什么非要当啃老族呢？”

“这跟自力更生是两码事。”李大博争辩说，“这是法律赋予你的权利，而且不是小数目，一个多亿呀！少说你也能分两千万吧？甭说你办这特教学校不挣钱，就是挣钱，多少年才能挣到两千万啊！”

兴国蔑视地瞥了他一眼说：“我爸就是个农民，而且只有高小文化，靠借姥爷的五块钱卖破烂，还能创出这么个大公司呢，难道我们还不如我爸吗？希望你长点儿志气，走咱们自己的路，别光盯着爸的公司好吗？”

李大博着急地说：“我快磨破嘴皮子了，你怎么就听不进去呢？兴旺之所以敢在寿宴上提出要接爸的班，很可能是他舅的主意。”

“别看兴旺争，我哥也不会把公司让给他，再说还有老三呢。”

“兴家还贪玩呢，他倒不一定要争。关键是你哥什么态度。”

“哥是个义气人，不会跟他俩争。可哥的贡献在那儿摆着呢，有目共睹。他不争也是他接班。”

“这倒是句实话。”李大博说，“即便你哥不争，嫂子也会争，不会像你这么傻！”

“大博，我告诉你，压根我就没有想过公司的事。”兴国说，“从小爸就教育我们，人生在世，不能光为自己活着，要为别人为社会做些有益的事。我办特教学校，就是想让这些残疾孩子做个自食其力的人。所以，爸特别支持我办这学校。”

“依我看呀，爸之所以支持你办这学校，是不想让你插手公司的事。”

“我才不稀罕呢。公司有他们哥仨就行了。”兴国说，“别看兴旺争，爹也不一定给他。”

“这可说不准。”李大博说，“你可别忘了，你爸听你妈的。你妈肯定会向着兴旺和兴家，不会向着你哥。她早就把你这嫁出的闺女，看成泼出去的水了。你要不争取，这公司跟你不沾边了！”

兴国责备说：“爸在医院病着呢，你怎么不想好好伺候爸爸，光想这事呢。”

“这是直接的利益，谁不想啊！这是一笔不小的家产，应该有你的一份，绝对不能放弃。如果你碍于面子，不好意思张嘴，我出面给你争。一个女婿半个儿，我争也合理……”

李大博絮叨起来没完没了，兴国烦了，不耐烦地说：“我的事不用你操心！”

“我看你是傻透了！”李大博无奈地叹口气。

他觉得兴国指不上，吃过晚饭就去找嫂子。对秋灵说：“嫂子，兴旺之所以敢在爸的六十大寿宴上，明目张胆地要爸退休，并恬不知耻地要自己接班，我看这是跟后妈和姜玉山预谋好的。公司的接班人非哥莫属，他凭什么呀！他才毕业两年，对公司没什么贡献，绝不能让他坐享其成。为了对得起死去的娘，咱们要联合起来，不能让他得逞！”

秋灵原来还纳闷儿呢，兴旺怎么会平白无故地在爸的寿宴上说这事？原来姜玉山是他的后台，顿时觉得问题复杂了。她说：“我跟你哥说过这事，他根本没把这事放在心上。他说‘爹这一病，公司的担子全压在我身上了。公司的正事还忙不完呢，哪有心思想这些乱七八糟的事啊’，把我骂了一顿。还是你跟兴国直接找你哥去吧。”

李大博本来想跟林秋灵结成统一战线，一块儿对付兴旺，见嫂子和哥这态度，那火热的心一下子凉了半截。

兴盛白天在公司忙活了一天，晚饭后又到医院看了看醒来的爹，提吊的心落了下来。他觉得爹能很快康复。妈怕把他也累倒下，让他赶快回家休息。他一回家就躺在了床上。

秋灵把李大博的话对他说了。他心里好烦，没好气地说：“这个李大博为什么对这事这么上心，就是对公司有所图。如果公司保不住，说啥也是白说！”

林秋灵说：“公司就是爹的命，即便爹不干了，妈也不会把公司交给你。”

“你当这是什么香饽饽呀！眼下全球闹金融危机，企业越来越不好干了，我还不想接这个烂摊子呢。”

“你傻不傻呀！”林秋灵责备一句，“瘦死的骆驼比马大。要不兴旺争当接班人呀？无论如何，你不能把这公司让给他干！”

“我真的干怵了。”

“困难是暂时的，不会总这个样子。”秋灵说，“你从小就跟着爹干，这公司有你的不少心血。即便没有功劳，也有苦劳。再说，你是长子，接班是名正言顺、理所当然的。凭什么让兴旺干呀！”秋灵一百个不服气的样子。

“论学历，兴旺、兴家确实比我高。兴旺的鬼点子不少。这次他跟韩国的一个客户谈，一下子就签了十个集装箱的订单。”

“这是瞎猫碰上个死老鼠，还不定用了什么办法呢。”

“你也别小看他。他有文化，脑瓜儿灵活，胆子也大。现在提倡干部革命化、年轻化、知识化、专业化。全面比较，他比我占优势。”

“可他没经验。在公司才干了两年，而且没有负责过全面工作，爹不会把公司交给他。兴旺说要接班，我看他背后有人。”

“你说是姜玉山鼓动的他？”

“有这可能。”秋灵沉默片刻说，“如果是这样的话，咱家肯定要出事。你更要有个思想准备。别光埋头干工作了，要多动动脑子。”

“你说妈真的会让兴旺接班？”

“你可别忘了，她是你和兴国的后娘，对兴旺、兴家来说可是亲娘！”

兴盛不禁皱起眉头：“你说咱妈有偏心？”

“俗话说，东西地，南北拐，谁都有个偏心眼。”秋灵说，“平时的一些事你也应该看得出来，特别是兴家，你看妈把他惯成什么样了！”

“爹会一碗水端平的。”

“爹不会歪待咱。可爹怕老婆，能拧过妈吗？”

“公司是爹一辈子的心血，看得比他的命还重。他不会轻易放弃公司的。”

秋灵抱怨说：“你也太实在了吧？兴旺的心思已经暴露无遗了，你怎么还看不出来呢。如果他们撺掇好了，咱就吃亏了。”

兴盛说：“你想得太多了。等爹出院后，看爹的意思吧。”

“你要先想好，把自己的态度亮出来，让他们打消这个念头。”

秋灵的话并没有引起他的重视。他说：“眼下的事还忙不过来，哪有心思想这些！在爹住院期间能把公司保住，就蛮不错了。”

“傻不傻呀！这公司是你跟爹打拼出来的，凭什么叫兴旺接班呀？那咱就亏死了！”

“兄弟之间讲什么亏不亏呀！”

“不行。爹要不干了，你就接班当董事长。”这是秋灵一直盘算的。

“凭什么呀？”

“凭你的贡献呗！”秋灵理直气壮地说，“你跟爹干了十几年了，现在就顶着公司半边天。兴旺虽然能独当一面了，但他才干了两年多。兴家刚毕业，什么贡献也没有。你接班还不应该吗？再说，你是长子，老大哥！”

“秋灵，别把董事长看成个香饽饽，这副担子太重了。我怕挑不起来。如果把公司毁在我手里，不仅对不起爹，也对不起死去的娘。”

“兴盛，你咋被困难吓住了呢。有我帮你，没有过不去的火焰山！”秋灵说，“即便你不为咱俩后半辈子着想，也要为咱儿子着想吧？”

“郭睿还小呢，想那么远干什么！”

秋灵生气地戳了他脑门儿一手指头：“你是个木头人啊！我说了半天，你怎么就不开窍呢？难道你就没有一点儿危机感吗？”

“从小爹就对我讲，粮有千担，也是一日三餐；钱有万贯，也是黑白一天；房有十座，也是只睡一间。荣华富贵是过眼云烟。如今咱有吃有喝有事干，住房宽敞，还有汽车，该知足了！”

“你咋就这么胸无大志，鼠目寸光呢。简直气死我了！”秋灵坐在床上呼哧呼哧地喘粗气。

“金融危机也不知道啥时候能过去，太难干了，我是怵到头了。谁愿干谁干，反正我不想争！”兴盛说完，拽过被子蒙上头，扭过身子睡了。

林秋灵生气地从床上站起来，指着郭兴盛说：“我说了半天，你咋一句也听不进去呢？告诉你，你和爹辛辛苦苦打拼出来的公司，不能让兴旺独吞了！”

“别胡思乱想了，快睡觉吧。”

秋灵生气地说：“兴旺根本不该姓郭，你咋就这么缺心眼呢！”

3

林秋灵跟兴盛谈不拢，心里憋着一口气，第二天就想去找李大博。她总觉得兴国和兴盛是一母所生，是亲兄妹，知己知心，打心眼里跟她两口子亲近。

李大博接到嫂子打来的电话，以为是岳父的病重了，下班后就赶紧跑过来。一进门就惶惶地问："嫂子，出什么事了？是不是咱爹的病厉害了？"

"不是。大博你坐下，我想跟你聊聊。"

"我就怕家里打电话，吓死我了！"李大博长出了一口气，摸着怦怦乱跳的胸口，好像真害怕似的。他坐在客厅的沙发上，客气地说："嫂子，这几天让你受累了。要不要我请几天假，伺候咱爹几天？"

因李大博在重点高中当老师，又送毕业班，领导要求特严，时间卡得很紧，就没安排他陪床。秋灵怕他误会，就说："我不是叫你给爹陪床，是想跟你说说话。"

"嫂子，有啥事？"

"这几天我一直琢磨，那天兴旺让爹退休由他接班，这不是偶然的，这是不是妈和姜玉山的意思？公司明明是爹和你哥打拼出来的，凭什么让兴旺接班呀！我让你哥动动脑子，他却不拿这当回事。难道我们就白白把公司让给他呀！"

"我哥太老实了。他一心扑在公司上，光知道埋头苦干，也不想想自己的今后。如果妈要兴旺接了公司，哥也太亏了！"李大博一副愤愤不平的样子。

"那你说怎么办呀？"

"我越想越觉着这事复杂。兴旺之所以敢在大庭广众之下这么说，我看可能是后妈和姜玉山怂恿的呢。"

秋灵说："姜玉山正事不干，却满肚子坏水，不会出什么好主意。"

李大博说："咱石磊舅是跟爹一起创业的，又是公司副总，那天他怎么不说话？"

"你也不看那是什么场合，那么多亲戚朋友，再说市领导还在呢。他要说话还不吵起来？咱舅能那么不懂事吗？再说，咱舅跟你哥一样，太老实太厚道了，只知道吃屈让人。都说外甥随舅，一点也不假。"

说到脾气，李大博生气地说："兴国也这样。我劝她别办那特教学校了，在公司干啥不比办那学校强呀，可她就是不听！"

秋灵说："说啥咱俩也不能眼瞅着把公司给兴旺呀！你说怎么办？"

"兴旺不是郭家的后代，绝对不能把公司交给他。我想爹也不会同意的。"

"就怕咱爹耳朵根子软，听咱后妈的！"

"爹要让兴旺接班，就去找咱叔。董事长必须让哥当！"

"如果讲岔了，肯定导致分家。"秋灵说，"分家也不能兄弟仨平均分……"

"兄弟仨？"李大博听着不对头，打断她的话问，"嫂子，你们郭家明明是兄妹四个，你怎么说兄弟仨？难道就没有兴国的份儿吗？"

"俗话说，出嫁的闺女，泼出去的水。这是老规矩。再说，兴国也没给企业作过什么贡献。"

林秋灵说得理直气壮，李大博却皱起了眉头。他不服气地争辩说："在家里兄弟姐妹是平等的，男女都有继承权。这是继承法明文规定的。"

"法律是法律，咱家是咱家。"秋灵说，"后妈绝对不会让兴国掺和分家的事。"

一句话把李大博说了个透心凉。本来他是想跟嫂子搞统一战线，一致对付兴旺，不料她也不把兴国当成自家人。他立马把脸拉下来，表明自己的态度："嫂子，兴国跟哥是一母所生，是亲兄妹。如果你光顾自个儿，不帮我们，我也帮不上你！"

秋灵见李大博说出这样的话，赶紧把话收回来，央告李大博："你可不能撤劲。现在咱两家必须团结起来，一致对外。如果法律上规定有兴国的份儿，我没意见。"

李大博知道秋灵不跟自己一个心眼儿，对搞统一战线心凉了。他蔑视地瞥了秋灵一眼，冷冷地说："小小不言的我可以让步，如果出了大格儿，我寸步不让！"扔下这么一句，就告辞了。

李大博回到家里，把这事儿对兴国一说，兴国不以为然地笑了起来。

李大博懵懂地问："你笑什么？"

兴国感叹地说："嫂子平时跟咱好像挺近乎，可一到财产上就分心了。大博，咱不跟他们争了。"

"兴国，这可是一个多亿的资产呀，不能白白便宜了他们！"

"大博，我爹创业的时候，手里没有分文，是靠借姥爷的五块钱卖破烂起家，没有继承老人的家产，不照样创办了这么一个大公司吗？我们为什么不能自己创业呢？"兴国说，"爹供我大学毕业，就是对我最大的投资，又帮我办起了特教学校，这是对我的最大支持，这我就满足了。”

“你满足我不满足。”李大博说，“这是你的权利，你不好意思争，我替你争！”

“喘这气没用。”兴国摇了摇头说，“父母并没有亏欠我们什么，我们不该向老人索取。现在爹病着，学校的事我脱不开身，你就多抽些时间往医院跑跑，替我尽孝我就心满意足了。”

“你的脑袋咋就不开窍呢！”李大博无奈地摇了摇头。

4

郭兴盛的思想压力确实很大。在兄妹四个中，他是长子，又是公司的第一副总，理所当然地要挑起公司的重担。过去爹在，公司里的大事小情都是爹管，他只是爹手下的一个大卒子，听话照办就行了。爹突然病倒了，好像天塌了，一下子没有了主心骨，不由得有些慌乱。公司的事全装在他脑子了。

这天他去公司上班。刚走进办公室，就接到日本一家公司发来的电子邮件，告诉他那笔到期的二十万美元的货款不能如期汇来，拖到什么时候没说。他一下子傻眼了。下周就到了给职工们发工资的日子了。全指望这笔钱给职工发工资呢，现在却突然没了着落，脑袋顿时大了。

他去财务处，把这事告诉了林秋灵。秋灵也蒙了。他问秋灵：“账上还有多少钱？”

“只有十多万，离给职工发工资差多了！”

是啊，他们公司有两千多职工，这点钱简直是杯水车薪，根本不解决问题！

“筹钱迫在眉睫，这是当务之急。”兴盛情不自禁地自语了一句。

秋灵说：“现在国家紧缩银根，贷款太难了。”

兴盛没说什么，闷着头走了。秋灵都替兴盛发愁。

这事不知是怎么传出去的，不到半天工夫，职工们就纷纷议论起来：“公司揭不开锅了，我们没饭吃了！”

这话传到兴盛耳朵里，他觉得灾难马上就要来临。他们公司的职工

90%以上是农民工。他们抛家舍业、离乡背井地出来打工，不就是为了挣钱吗？有的父母等着寄钱看病，有的老婆等着寄钱养家，有的弟妹等着他们寄钱交学费。爹是个厚道人，特别体谅农民工的难处。他一再叮嘱兴盛："农民工不容易，我们绝对不能亏待他们。无论如何不能拖欠工人的工资，更不能以任何借口克扣他们的工资。工资有保证，企业才能稳定。否则，就会有人跳槽。"近几年招工越来越难了。本地的农民工都奔长三角和珠三角去了。那里经济发达，工资高，吸引力大。他们公司的工人，多是西部贫困地区的农民。如今随着西部开发的一系列政策的落实，那里的经济发展很快，不少农民在本地就业了，不再出来打工。再说，现在种地收入也不少，而且不纳税，买农用机具、家用电器什么的，国家还给补贴。60岁以上的老人还按月发养老金。如果工资低了，根本招不到工人。他们对钱看得比较重，甭说不能按时发工资，就是工资低了，他们都会拔腿走人。制衣业是劳动力密集型企业，又都是技术工。走一个老手，再招个新手，最少培训四个月才能成为熟练工。不仅耽误生产，还要花费一笔为数不少的培训费。所以，按时发工资是关系到稳定职工的大事。金融危机以来，人心就开始浮动。他们一怕裁人，二怕降薪。为了稳定职工情绪，老爹曾在职工大会上庄严宣布："我们公司保证不裁人、不降薪、准时发工资，一天也不拖欠！"这"三保证"是爹对职工们的承诺。现在却没钱给职工发工资，兴盛能不着急吗？

晚上回到家里，秋灵见他愁眉不展，唉声叹气，安慰说："现在公司上下全指望你呢，无论如何你要挺住，千万不能倒下！"

兴盛叹口气说："真是一分钱难倒英雄好汉啊！"

秋灵安慰说："咱们公司是诚信企业，在银行的信誉很高。明天你去银行跑跑，兴许能贷到款。"

第二天，他从床上一爬起来，就去医院看爹了。见爹的病情又有好转，马上去公司安排了一下急办的事情，就赶紧去银行跑贷款。

公司贷款原来都是老爹经手，兴盛跟银行的领导只是一般认识，并不太熟，更没有交情，着实有些怵头。然而，爹在住院，发工资就在下周，磨扇压着手呢，他只好硬着头皮去。

他们公司经常打交道的有三家银行。他掂量了半天，觉着爹跟农行打交道最早，交情最深，就决定先去农行。

过去爹找农行的毛行长贷款，都给他送些礼物。这次更不能空着手。送什么好呢？想了半天，觉得应该投其所好。毛行长喜欢收藏字画，就去爹的办公室找。翻腾了半天，总算找出一幅四条屏，上面的署名是清代杨岘。他虽不懂，但觉得这是古董，就用报纸裹起来，放在了车上。

刚要开车出门，他舅姜玉山叫住了他，说韩国来了个客户，要他去接待一下。当务之急是跑贷款，他不想因此耽误，就告诉他让兴旺接待这个客户。这正是姜玉山求之不得的。他找到兴旺说："现在公司不景气，谁抓住了客户，谁跑来了订单，谁就是公司的功臣，谁就能在职工中树立威信。你一定要把这个韩国客户拉住，争取签个大订单。"兴旺听舅这么说，觉得这是天上掉下来的馅饼，就高兴地接待韩国这个客户。

郭兴盛来到农行，直奔毛行长办公室，一见面就热情地叫了一声"毛叔"。尽管毛行长比他大不了几岁，他依然这样称呼。这样就一下子拉近了距离。

毛行长热情地接待了他，递给他一支烟。兴盛说："我不会吸。"然后又沏茶。兴盛说："毛叔，我不渴，别客气了。"

毛行长问："今天怎么有空到我这儿来了?"

兴盛先没提贷款的事，把从车上拿下来的字画，放在毛行长面前，临时编造说："毛叔，我爹出差买了一幅字画，说是精品，我就给你送过来了。"

毛行长确实酷爱收藏字画，听说是精品，立马眉开眼笑。他说："快打开，我欣赏欣赏。"

兴盛把那四条屏在办公桌子上展开，顿时毛行长眼前一亮。他一边欣赏着，一边点头说："对于杨岘，我倒有些耳闻。在清代咸丰年间，他曾在江苏松江当过知府，因得罪了上僚，就被罢了官。后来他在苏州读书著述，以卖字为生。"这里，毛行长面带微笑，陶醉地欣赏着那字画说："他的书法属于北碑派，个人的风格十分明显。在字形结构上采取了上部紧密、下部疏朗的处理，尤其是撇、捺及长竖等笔画，左右伸展，波挑飞扬，形成一种犀利峭拔、活泼飘动、神采焕发的形象。因此，被人称作是用草法写隶书。这在当时的碑学书法家中是少见的，真是好东西!"

毛行长这么一说，兴盛有些舍不得给他了。爹买这字画花了不少钱，肯定有重用。然而，东西现在已经拿来了，况且有急事求毛行长，暗暗咬牙也就豁出去了。他说："毛行长，喜欢这幅字吗？"

"当然喜欢了。"

"那就送你了！"兴盛说得十分慷慨。

"送给我？"毛行长觉着这字画不寻常，就觉得兴盛有事求他。于是多了个心眼儿，笑着说："兴盛，今天你来找我，恐怕不单是为了送这幅字吧？"

兴盛是直肠子，说话不会拐弯抹角，就把为发工资的难处说了。

毛行长夸张地吸溜了一口凉气。幸亏自己多了个心眼儿，没敢冒昧地收下他这字画。否则，自己就被动了。

兴盛见毛行长不再言语，觉得事情不妙。他想字画既然已经拿来了，事情成与不成也不能拿回去了。他违心地说："毛行长，这字画是我爹送你的，跟贷款无关。"

毛行长说："谢谢你爸的好意。但我有个原则，无功不受禄。眼下贷款确实卡得很紧，就是贷十万元，也要上报审批。我怕耽误了你们发工资，这字画你还是拿回去吧。"

一盆冷水把兴盛浇了个透心凉。贷款无望，字画也不能拿回去。他只好装作仗义地说："毛行长，款贷不贷没关系。这字画送你了。"说着，就往外走。

"你这不是叫我犯错误嘛！"毛行长说着，把那四条屏卷起来，塞到他手里。

郭兴盛的脑袋像挨了一棒，嗡地炸响。他不知道自己是怎么把车开出农行的，一出农行的门，赶紧停在路边，趴在方向盘上歇了一会儿。他的脑子像凝固了似的，也不知在想什么。在车里平静了一下情绪，才没精打采地回到公司。

秋灵一见面就问他："怎么这么快就回来了？没办成吗？"

兴盛摇了摇头，低声骂一句："真他妈的滑头！"

"那字画他收下了吗？"秋灵问。

兴盛扫兴地说："收下事情就好办了。"

"看来毛行长就没打算贷给咱。"

"我跟毛行长没有什么交情。要爹去可能就办成了。"

"说这有啥用啊!"秋灵责备一句,"你再去工行试试吧。"

"我跟工行的邱行长也是一般认识。"

"你打着爹的旗号去啊。"

"农行我就是打着爹的旗号去的。"

"不去怎么知道不行?你还是去碰碰吧。"

"去也是白跑。"尽管他这么说,还是得去。说着,扭头就往外走。

"哎,你现在别去。等到快中午的时候请行长吃个饭,说话还方便。"

兴盛听了秋灵的话,等到十一点半,才给工行的邱行长打电话,而且显得特别热情:"邱叔叔,中午有空儿吗?"

邱行长问:"你是哪位?"

"叔叔,我是忠厚制衣公司的郭兴盛啊!"

"郭董事长的老大呀!有事吗?"

"中午我想请你吃个饭。"

邱行长眉头皱了一下说:"兴盛,我跟你爸是老交情了。有话就说,何必这么客气!"

"邱叔叔,是不是嫌我辈分小,不给面子啊!"

"哪里哪里,我可没这意思。"

"我请你喝茅台。"

"就咱俩吗?"

"你想叫谁,全叫上。"

邱行长想了想说:"就咱俩吧,要那么多人干什么!找个干净清静的地方。"

"好的。"兴盛高兴地说,"邱叔叔,我知道大鱼大肉你吃腻了,今天我给你换换口味。听说有个菌类馆刚开业,都说不错,咱俩去涮蘑菇怎么样?"

邱行长痛快地答应了。

兴盛放下电话,立马去菌类馆订了个房间,然后在门口等着邱行长。

邱行长也听说这个菌类馆不错,还没来过,一下车就打量起来。这个小楼确实不大,装修得却别有韵味,给人一种赏心悦目的感觉。他不停地点着头说:"确实不错。"

兴盛把服务小姐叫来，让邱行长点菜。

“随便坐坐，吃什么无所谓。”邱行长说着，又把菜谱推给了兴盛。

兴盛来回翻着菜谱，左挑右选地点了六种高级蘑菇和一些时令鲜菜。然后，以征询的口气问邱行长：“喝十五年的茅台行吗？”

“我半年不喝白酒了，喝点儿红的吧。”

“那咱就喝洋酒，人头马怎么样？”

“好的。”

酒和菜定了下来，服务小姐去报单。两个人在慢慢地品着茶说话。

邱行长问：“你爸呢？怎么没来？”

“我爸住院了，才让我找你的。”

邱行长不由得一惊：“你爸怎么病了？为什么不告诉我？”

“脑溢血，从北京301医院请来最好的医生做了手术，现在脱离危险了。”

“我抽空去看看这位老功臣。他为咱们市的经济建设贡献可不小啊！”

“邱叔叔，你工作那么忙，就别耽误你的宝贵时间了。”

“兴盛，你找我肯定有事。”邱行长单刀直入地说，“我跟你爸是多年的老朋友，就别绕弯子了。有啥事打开窗子说亮话吧。”

郭兴盛是个实在人，就没有绕弯子，把公司遇到的困难一五一十地说了。

这是邱行长料到的，并没有感到吃惊。他慢条斯理地说：“我对你们公司一贯是支持的，你爸最清楚了。”

“谢谢邱叔叔支持，你就再救一回急吧。”兴盛说得十分恳切。

邱行长知道，忠厚制衣公司一直是守信用的诚实客户，还贷从来没有拖欠过，信誉很高。工行也没少支持他们。如今出现的困难完全是金融危机闹的。他想伸出救援之手，可眼下有政策，对贷款卡得很紧，审批程序也很严，觉得无能为力。他无奈地说：“兴盛，不是叔不帮你，确实帮不了你多少。十万以内，我可以贷给你们一个月。超过十万，就要逐级审批，恐怕希望也不大。”

邱行长的态度是真诚的，兴盛有些感动。然而，杯水车薪不解决问题。仅发一个月的工资就需要五十多万啊！他要求再多贷一些。邱行长说：“不是我不想多帮你，实在是做不了那么大的主。就是贷给你十万，我还要冒着挨批评的风险。如果不看你爸的面子，打句官腔就可以把你打发走。”话说到这个份儿上，邱行长已经够实在的了。

菜很快上齐了，兴盛招呼小姐斟酒。对邱行长说：“邱叔叔，我的事说完了，现在就剩下喝酒了，来，干杯！”

两人把一瓶人头马喝了个底朝天，兴盛当然喝得多些。回家开不了车，就打电话让司机把他接走。

回到公司，秋灵见他走路有些趔趄，赶紧过去扶住他。高兴地问：“贷款的事成了？”

兴盛把邱行长的话一说。秋灵那张兴奋的脸立时拉下来：“十万根本不解决问题！”

“不行再想想别的办法。”

秋灵着急地说：“农行的门堵死了，工行只能贷十万，而且只有一个月的期。建行、商业银行我们打交道更少，去也没戏。哪还有什么办法呀！”

“我醉了，不说这事，我要睡觉。”秋灵见兴盛这么说，就叫司机把他送回家。

晚上下班，秋灵回到家里，兴盛就睡醒了。他问秋灵：“钱的事你有办法了吗？”

“我能有什么办法呀，想法借呗！”

“借？”郭兴盛反问一句，摇了摇头，“眼下企业都缺资金，谁有那么多钱借给咱呀！”

“找咱忠良叔啊！”林秋灵胸有成竹地说，“当下能借给咱钱的，恐怕只有叔了。叔是亲叔，他的公司在咱们市服装业是龙头老大。再说，叔的公司以内销为主，受金融危机冲击不大。去年又在非洲开辟了几个市场，发展势头很足，资金也相当雄厚。”

“这倒是事实，可是……”

秋灵问：“可是什么呀？怕叔不借咱？”

“叔没问题，可婶子呢？别忘了咱叔是怎么从咱们的公司走的！”

一提这事，秋灵不由得吸了一口冷气……

在改革开放初期，郭忠良跟郭忠厚一起创业。当公司有了一定规模之后，兄弟俩在如何管理企业上发生了矛盾。郭忠厚是豪爽脾气，特讲义气，把一些亲戚朋友都安排进来，尤其是在安排姜玉山的问题上，二人的矛盾特别尖锐。姜玉山是姜玉芳的弟弟，从小游手好闲，不务正业，老婆早就跟人跑了。他不想在家种地，就转包给了别人，到县城做个小买卖。但他总是这山看着那山高，干什么也没长性，结果赔了个精光。在走投无路之后，就来找他郭忠厚，要来姐夫的公司上班。郭忠厚虽然知道他什么也干不来，但他是姜玉芳的胞弟，不想驳他的面子，就让他来了。他一来就挑肥拣瘦，不想去车间干活，就让他去管库房。他竟从库房里偷布料和衣服到外面去卖。这事叫郭忠良发现了，要开除他。姜玉芳一再讲情才没处理他，也不敢让他再管库房了，就让他去看大门。他觉着看大门没有油水，又要调换工作。郭忠厚让他回家，姜玉芳却不同意，对老头子说："别管他什么样子，他是兴旺的亲舅，就是看在我的面子上，也得给他碗饭吃吧。"郭忠厚没办法，让他去食堂给职工做饭。他安分了半年多，又去找郭忠厚，要给他安排个管事的差事。郭忠良说，他能看好大门就不错了，还要当官。他的欲望也太高了。郭忠厚看着老婆的面子，让他在食堂当了事务长。从此，他又为所欲为起来，不仅天天喝酒，还往家里偷米偷面。有人向郭忠良告状说："食堂有啥，他家有啥。"郭忠良坚决要开除他，姜玉芳拦着不让处理，说什么"你开除他还不如开除我呢"。郭忠厚也给他求情。在无可奈何的情况下，郭忠良毅然离开了公司，自己出去创业了……

兴盛想起这事，一下子就心凉了。

秋灵说："这事过去多少年了，叔可能早把这事忘记了。"

"叔可能不计较这事，婶子就不一定了。她要耿耿于怀呢？"

"不会不会，婶子是通情达理的。绝对不会那么小肚鸡肠的。"

兴盛想想叔婶和爹妈现在的关系，打消了这个顾虑。可又想起爹经常给他们讲的过去受穷、靠借五块钱去天津收破烂的事。那是在生产队的时候，他两岁多、妹妹兴国才几个月，家里穷得吃了上顿没下顿，两个孩子饿得哇哇直哭。爹想生产队指不上，就想做个小买卖，于是去找老丈人借钱。老丈人看财如命，不仅不借，还挖苦说："是你们孝顺我呢，还是我孝顺你！"气得郭忠厚扭头就走。是丈母娘可怜他，偷着塞给他五块钱。他就拿着这五块钱去天津收破烂。从此发誓："就是饿死也不借钱！"

秋灵见兴盛不吭声，又问了这么一句："又想什么呢？"

"你忘了咱爹发的誓吗？"

“我没忘。”秋灵说，“现在不是万不得已，磨扇压着手嘛！我们总不能因为爹病了，就让公司垮了吧？爹曾经向职工们拍了胸脯，立下了三个‘保证’。我们怎么能让爹言而无信呢？”

兴盛心里好矛盾，拧着眉头在思索，不知道该怎么办。

秋灵进一步劝导说：“借钱不丢人，诚信最重要。咱借钱先给职工们把工资发了，然后再想办法把钱还上。不让爸知道就行了。”

兴盛也觉得只有这条路了。然而，这么大的事，他还是不敢做主，问秋灵：“要不跟爹商量一下？”

“我看你是急糊涂了！”秋灵责备说，“爹刚苏醒过来，现在还不能说话，怎么能跟爹说这事呢。要把爹急出个好歹，你负得起责任吗？”

“如果瞒着爹，将来让爹知道了，他抱怨我破坏家规、大逆不孝，我担得起吗？”

“兴盛，我也不愿违背爹的意愿，落个破坏家规的名声。可眼下最重要的是保住咱们的公司。你忘记娘是怎么死的了？这是爹娘的心血啊！”秋灵说，“大孝为国，小孝为家。爹是个明事理的人。就是将来爹知道了，也不会责备咱，兴许会夸咱们机智灵活呢。”

兴盛依然难以下决心。

秋灵鼓动说：“别犹豫了。如果爹怪罪下来，就说是我的主意！”

“那我这就去找叔！”郭兴盛终于下定决心。

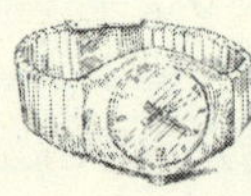

第四章　兄弟分心

1

兴旺按着姜玉山的旨意，热情接待了韩国这个客户。为了拉住这个客户，他私自做主，答应给对方提成百分之十作为奖励，因而订了十个集装箱、共计十二万件衬衣的货。他向哥请功，拍着胸脯说：“哥，有这十个集装箱的活儿，起码能满足一个月生产任务。”但他隐瞒了给对方百分之十提成的事。兴盛夸奖他：“有进步，长本事了。”他趁机说：“哥，公司这么多事，你一个人也够累的，我干业务也这么多年了，让我当个副总吧，也为你分担些担子。”

兴盛想起他在爹的寿宴上说的话，知道他的用心，但没批评他。只是说：“这事要等爹出院后再说。”

兴旺听了，一脸的不高兴。

“这个订单只够咱们干一个月的活儿，你接着去山东跑订单吧。”

他一百个不情愿，凝神想了想，怀疑哥把自己支出去有阴谋，眉头一皱，但没说什么。

兴盛见他站在那儿没动，强调说：“你准备一下，赶紧去吧。下周就要给职工发工资了，我得赶紧去跑钱。”说着，就开车去找叔郭忠良。

郭忠良的公司和家在高新技术开发区，两家相距二十多里。虽然不远，因平时都在忙自己的工作，除了过年过节，两家来往并不多。郭兴盛自春节给叔婶拜年去过之后，还没有去看过叔叔和婶子。这次却要伸手向叔借钱，而且不是小数，该怎样向叔开口呢？

郭兴盛想，叔是个大方爽快的人。眼下自己的公司遇到了困难，叔不会束手不管。这是自己的亲叔，没必要绕弯子，叔最喜欢实话实说、直来直去了。这么一想，他满怀信心地加大了油门，不一会儿就到了叔家。

正好是星期天，叔婶全在家。他们热情接待了这个大侄子，又是沏茶倒水，又是拿水果瓜子，显得特别热情。

这时兴盛才发现，自己光琢磨怎么开口向叔借钱了，竟忘了给叔婶买些东西，十分尴尬。

郭忠良问：“你爸的病最近怎么样？”尽管他不断去看哥，见到兴盛还是要详细问问。

兴盛说：“爹的手术很成功，现在一天比一天好，头脑已经清醒了，就是说话还不太清楚。”

“看病就得抓紧时间。”郭忠良说，“这次赶上北京的专家在医院讲学，手术太及时了。”

“叔，爹真有福气。”

郭忠良单刀直入地问：“快说有什么事？你爹是缺钱还是缺药？”

“不是……是有别的事求你，真不好意思张嘴。”兴盛吞吞吐吐地嘟囔了一句。

郭忠良责备说：“有什么事就说，还客气啥！我不是外人，是你亲叔！”

郭兴盛见叔说得这么亲切，提吊的心一下子落下来。但他依然解释说：“叔，如果不是磨扇压着手……”

婶子是个急脾气，催促说：“你这孩子有事就说呗，还磨叽啥呀！究竟出啥事了？”

“金融危机给公司带来了很大困难，眼下连职工的工资都发不了啦。”

“金融危机真的这么厉害呀！”郭忠良听了脑子猛地一炸，仔细想想，又说，“按说也不奇怪。哥的公司主要是做外贸，在金融危机中受影响是首当其冲的。可以理解。快说需要多少钱？”

郭兴盛看看婶子，嗫嚅地说：“光给职工发工资就需要五十万。”

“五十万！”婶子彭丽华惊讶地说，“金融危机是全球性的，影响你们的公司，也影响到你叔的公司，也有困难……”

郭忠良怕老伴提起过去跟哥分歧的事，就给她使个眼色，然后对兴盛说：“五十万没问题。”

“不用那么多。”兴盛说，“工行邱行长可能贷给十万……”

"别贷了，太麻烦。我给你拨五十万得了！"

兴盛心里一块石头落了地，赶紧站起来给叔婶鞠了一躬："谢谢叔，谢谢婶子！"

"你小子跟我还客气啥！"郭忠良说着，立即拨通了他们公司财务处的电话，"徐处长，你让会计马上去银行，给忠厚制衣集团公司拨五十万。"

"叔婶，你们帮了我的大忙，救了公司的大急，太感谢了。"郭兴盛的话是由衷的。

郭忠良说："兴盛，你也太见外了。我是你叔啊，我不帮你谁帮你？是灰就比土热！"

郭兴盛说："叔，昨天我在市里跑了一天贷款，现在贷款太难了。急得我和秋灵一宿没睡好。"

"兴盛，你傻不傻呀。你不知道国家在紧缩银根吗？你叔现在是咱们市服装业的龙头老大，以后有什么困难就来找我。多了不敢说，几百万还是拿得出来的。"

郭兴盛高兴地说："有叔给我们做后盾，就不怕了。"

婶子说："千不该万不该，你爹过六十大寿那天，兴旺不该说让你爹退休的事，更不该说他要接班，结果把你爹气病了。现在他后悔了吧？"

"我看背后有人支持。"郭忠良担心地说，"你爹这一病，公司和家里可能要乱了。"

"哥确实该退休了。"彭丽华说，"这一病再上班恐怕就难了。"

"兴盛，现在公司的担子全压在了你身上，不论他们说什么，你都不要往心里去，集中精力把公司搞好。至于公司怎么办，等你爹好了以后再说。"

兴盛理解地点点头。

婶子看看表，天快晌午了，就要留他吃饭。兴盛说："公司的事挺多，饭就不吃了。"说着，站起来要走。

郭忠良说："不吃就不吃。有事给我打电话。抽空我们去看看你爹。"

叔婶把兴盛送出门外。临上车，兴盛特意叮嘱叔："我来借钱的事可别告诉我爹。"

郭忠良知道哥借钱碰钉子的事儿，也听他说过“饿死不借钱”的话，会意地冲兴盛笑笑：“我知道你爹忌讳什么，你就把心放到肚里吧。”

2

过了几天，郭忠良两口子来医院看忠厚哥。正巧兴盛、兴国和姜玉芳都在。

姜玉芳赶紧迎上去，拉着彭丽华的手说：“你哥好多了，甭惦记了。你们太忙，就别跑了！”

郭忠良说：“嫂子，再忙我们也得来看看哥呀！”

他们说话声音大了一些，把睡觉的郭忠厚吵醒了。他睁开惺忪的眼睛，见弟弟和弟媳来了，挣扎着要坐起来。郭忠良赶紧上去扶住他，说：“哥，你别动。”说着，就在床边坐下来，拉着他的手，安慰说：“哥，你的病治得及时，好得很快。现在什么也别想，安心养病，早日痊愈。”

患者最容易激动。郭忠厚见弟弟和弟媳来看他，眼圈儿马上就红了，泪水不由自主地流下来。

彭丽华凑过去说：“哥，别激动。你这病肯定会好起来的。”

姜玉芳说：“多亏忠良果断，从北京请来专家做手术，恢复得这么快。”

郭忠厚高兴地点点头。

“哥，我们都老了，年龄不饶人啊！不服不行……”

彭丽华刚张嘴，郭忠良就白了她一眼，生怕触及到哥退休这个敏感问题，让他生气，接腔说：“哥的内脏没问题。这病好了，完全可以再干几年。”说着，转身对哥说：“不过，当前的任务就是养病，公司的事千万别想。”

郭忠厚哇啦哇啦地说着什么，一句也说不清。彭丽华说：“兴盛把公司打理得很好。你就放心吧。”

姜玉芳接腔说：“兴旺是重点大学毕业生，进步很快。最近跟韩国一家公司订了个十个集装箱的大订单。”

兴国听出了后妈这话的滋味，张嘴想顶她一句，又怕扫爹的兴，张了张嘴什么也没说。

“兴家也大学毕业了，你家又多了一员虎将。”郭忠良说，“这小子从小就机灵，脑瓜子转得快，肯定不错。”

“马马虎虎吧。”姜玉芳知道兴家不争气，就这么搪塞了一句。

“兴国，听说你办了个特教学校，这太了不起啦！”郭忠良说，“我为你骄傲。需要叔帮助的，尽管说话。”

“谢谢叔。有事我一定找你。”

兴盛说：“叔，我们兄妹四个，就我不是大学毕业，现在感到工作很吃力。”

“你不是自学完了从高中到大专的课程吗？”

“是啊。”兴盛点点头说，“叔，我全是用业余时间学的，太难了。怎么也比不上他们大学毕业的。”

“这要一分为二地看。”郭忠良说，“论读书，你确实不如他们仨多，但你的实践经验，是他们一时半会儿学不到手的。你是在最困难的时候，跟着你爹摔打出来，经过风雨，锻炼了意志。不仅学到了书本上的知识，也学会了经商的本事。在这一点上，你比兴旺、兴家强。”

正说着，郭兴家拉着丛蕾的手来了。他见叔婶都在，就向他们介绍丛蕾：“叔，这是我大学的同学。”

郭忠良瞅了他俩一眼，见两个人亲亲热热的，高兴地问：“搞对象了？”

兴家腼腆地笑笑：“是朋友。”

“嫂子，你真有福气啊！”彭丽华夸奖了一句，接着问丛蕾，“姑娘是哪里人啊，多大了？”

丛蕾一点儿也不羞涩，大方地说：“我是沧海的，跟兴家同岁。”

“不远不远，多般配的一对啊！”

一句话把丛蕾说了个大红脸，羞涩地低下了头，心里却是甜蜜的。

彭丽华瞅着兴家这个聪明帅气的小伙子说：“嫂子，你们兴家从小就是个机灵鬼，将来肯定有出息！”

姜玉芳笑着说：“他婶子，借你的吉言，我就等着他有出息呢。他的脑瓜儿不难用，就是浮躁。”

兴家不愿听这话，就凑到老爸的病床前，亲切地问：“爸，今天感觉怎么样?”

郭忠厚并没有回答兴家的问题，而是指着忠良说着什么，吐字还不清楚。姜玉芳理解他的意思，翻译说：“他说你挺忙，让你们走呢。”

郭忠良见哥的病越来越好了，挺高兴。他凑近哥的耳朵说：“哥，既来之，则安之，安心养病。”转脸又对姜玉芳说：“嫂子，我哥就托付给你了。忙不过来，就叫丽华留下帮你。”

“不用不用。孩子们不少，都挺孝顺的。”

彭丽华对姜玉芳说：“嫂子，孩子们都大了，让他们轮班伺候。别光你一个人在医院里耗着。养他们这么大，也该让他们孝顺孝顺了。”

“孩子们都不错，你们放心吧。”

“嫂子，那我们回去了。”郭忠良说着，在哥病床前的床头柜上搁下两万块钱。

郭忠厚看到这钱，眼泪又涌出来。他拿起那沓钱，让他们拿走，嘴里说着：“不缺钱，不要!”

郭忠良没接那钱。他对姜玉芳说：“嫂子，不要怕花钱，给哥用最好的药。”说着，就向哥摆摆手：“哥，我回去了。过几天再来看你。”

彭丽华握着姜玉芳的手说：“嫂子，辛苦你了，也要注意身体。有事打电话。”

一家人把郭忠良两口子送到电梯门口，转身回到病房。兴家说：“妈，你跟哥哥姐姐都回家吧。我和丛蕾在这里伺候爸。”

“你俩行吗?”姜玉芳觉得他俩太年轻，没经验，有些放心不下。

兴盛说：“还是我在这里陪爹吧。”

姜玉芳说：“公司那么多事，怎么能耽误你呢。你快回公司吧。”转脸问兴家：“你怎么把月美气走了?”

“我没气她。她要走，我有什么办法。”

“快打电话让她回来伺候你爸。”

“打了。她说，今天到。”

姜玉芳把兴家拉到一边，凑到耳边低声说：“你快把丛蕾送走吧，免得月美回来，两个人闹矛盾。”

“妈，我想让丛蕾在咱们公司工作。”

姜玉芳不禁皱了一下眉头：“现在不是时候，以后再说吧。”

“我已经答应她了。”

姜玉芳不再言语。她对这事非常不满。眼下公司这么困难，怎么还能添人呢。再说，月美在这里，如果留下丛蕾，三个人怎么相处？当着丛蕾的面，这话没说出口，只是说："你俩回家吧。"

郭兴家以为妈答应把丛蕾留下，高兴地拉着她的手走了。

3

兴盛从叔的公司借来钱了，能按时给职工发工资了，心里的一块石头总算落了地。近一个月爹的病大有好转，说话也清楚了，腿脚也能动了。他要去医院看看爹，就把发工资的事交给秋灵了。

如期发了工资，职工们喜气洋洋，都说董事长讲信用。这天，兴旺推掉其他的事，特意到各科室、各分厂和各车间转转。职工们对兴旺说："金融危机以来，外商不断有退订单的。能给大家发工资太不容易了，谢谢老板。"兴旺见大家把发工资的功劳记在了自己身上，心里特别高兴。他说："我爸向大家发过誓，讲过'三保证'，我就是砸锅卖铁也要按时给大家发工资呀！"大家听了，感动得热烈鼓掌。

这事传到秋灵的耳朵里，气得她差点背过气去，立马给兴盛打电话，张嘴就说："你不上班，兴旺把你筹钱发工资的功劳记在他身上了。你快回来跟大家说清楚吧。"

兴盛听了并没有生气。他对秋灵说："能发工资就好，随他怎么说去吧。"

躺在病床上的老爹听说按时发工资了，高兴地说："我最担心的就是这事。公司不是没多少钱了吗？你是怎样筹到钱的？"

兴盛怕爹生气，就没有把向叔借钱的事告诉爹，只是笑笑说："爹，公司有我们呢，你就别操心，安心养病吧。"

既然儿子不说，郭忠厚也就不再问了。但是，这几天他从一些蛛丝马迹中看到了一些问题，联想到六十大寿那天兴旺和姜玉山逼他退休交班的话，就对姜玉芳、姜玉山和兴旺产生了怀疑。他想，如果自己这病不能彻底好，真的上不了班了，公司该怎么办？事实逼迫他考虑这个问题。从那天姜玉山和兴旺说的话，他看出了他们的心思。可他觉着兴旺没有经验，根本挑不起这个担子。如果把公司交给他，很可能把自己一生的心血付之东流。那就既对不起跟自己一起创业的大儿子，也对不起累死的前妻。今天就兴盛一个人在，他就敞开心扉对兴盛说："祝寿那天的事你们都看见了，我这病就是气的。他们已经在打公司的主意了。你太实诚，但要长个心眼儿。害人之心不可有，防人之心不可无……"

就在郭忠厚跟兴盛掏心掏肺说这话的时候，姜玉芳和兴旺两口子来医院替兴盛了。她听见老头子在跟兴盛说话，就没有推门进去，做了个打住的手势，让他俩别说话，三个人在门外侧耳细听起来。

郭忠厚接着说："如今咱们的公司发展成这个样子，太不容易了。这是我一生的心血，你也卖了不少力气。如今遇到了前所未有的困难，无论如何你要撑下去，不能叫它垮台。"

兴盛从口气里听出了爹的伤感。他不爱听这些，安慰说："爹，你的病肯定能彻底治好，再干十年没问题，别胡思乱想了。"

郭忠厚摇摇头说："年龄不饶人啊。这一病我才觉得真的老了。再说，这个病能不能彻底好还不好说。你要有个思想准备……"

兴旺在门外听到这里，再也忍无可忍了，他暗暗捏紧了拳头。姜玉芳见他双眉紧皱，趴在他的耳朵上悄声说："冷静，不要胡来。"说着，就推门进去了。一进门就说："哟，你们爷儿俩说什么呢，这么亲热？"

郭忠厚没有言语，慢慢闭上了眼睛。兴盛说："妈，爹对彻底治好这病没信心，我在劝他。"

姜玉芳冷笑着瞅了兴盛一眼。对郭忠厚说："我听见你俩说的了。公司是全家的，你就是不干了，也不能只交给老大一个人管吧，还有兴旺和兴家呢。"

郭忠厚没有言语，也没有睁眼。

兴旺跟妈交换了一下眼神，对爸说："公司发工资了，哥告诉你了吧？"

郭忠厚依然没吱声。兴旺接着说："这次发工资，是哥从叔那里借了五十万……"

这话像猛地扎了郭忠厚一锥子，他在床上猛地坐起来，惊异地问兴盛："这次发的工资是借你叔的？"

兴盛点点头说："本来我们是指望日本那二十万美元发工资的。可他们不能如期汇来，我和秋灵一下子抓瞎了。赶紧去跑贷款，银行依然在紧缩银根，农行根本不贷，工行的邱行长看着你的面子，说最多能贷给十万，根本不够发工资的。实在没有路子了，才去找叔的……”他知道爹最忌讳借钱，心虚胆怯，咕咕哝哝的。

“我不是一再告诫你们‘饿死也不准借钱’吗？”

兴旺无中生有地说：“我说了，哥就是不听。”

兴盛不满地瞥了兴旺一眼，心里说：“你啥时候说这话了？简直是无中生有。”

“你破了咱家的家规，知罪吗？”

兴盛低声争辩说：“我知道这么做你会生气。可你向职工做过‘三保证’，怕大家说你说话不算数，怕职工情绪不稳定影响生产，更怕工人们跳槽公司垮了。”

郭忠厚不再言语，向兴盛摆摆手让他走。兴盛向爹告别，悄悄地走出来。

兴旺和舒曼对视一眼，偷偷地笑了……

第二天，兴盛把爹给他说的话对他亲舅一说，石磊再次提醒他说：“你爹都看出问题来了，你要认清兴旺的面目，他根本跟你不一个心眼，在想法抢这公司。”

兴盛说：“别管怎么说是一家人，我不跟他们计较。再说，眼下企业这么难干，我怵头了，谁愿干谁干。”

“难道你就不怕他把公司给毁了吗？”

这句像重锤敲在心上，他不禁皱起眉头……

4

眼看公司没活干了，兴盛让兴旺去山东跑订单。兴旺想起爸在医院跟哥说的话，觉着这是故意把他支走，以便自己独吞公司。但他是业务处长，跑订单是他的本职工作，推脱不了。这话又不能对哥直说，便去找他的亲舅姜玉山。姜玉山思谋了一下说：“我倒觉得这是一个很好的机会……”

“机会？”兴旺眉头一皱问，“什么机会？”

“你想啊。眼下外贸不景气，就要抓紧开拓国内市场。如果你能跑来大订单，不仅能显示你的能力，也给公司作了贡献。将来说话就有了底气，接班的希望就会增大，何乐而不为呢？”

姜玉山几句话把兴旺说得高兴了，立马表态说：“我会千方百计地把订单跑回来，让他们不会再小看我。别看我参加工作才两年，能力并不比他低。”

姜玉山问他：“你有把握吗？”

“我的客户源虽然不多，可我的同学遍天下，有些是吃喝不分的铁哥们儿，他们肯定会帮我。”

“同学就是一大人力资源，要充分利用这个优势，争取一炮打响！”

兴旺说着，就把大学同学的通讯录翻腾出来，专门把山东的同学挑出来，打上“√”。人倒是不少，但都是一般的工作，手里并没有什么实权，没有几个能帮上他的，不免有些心灰意冷。但他不死心，继续翻找。忽地有个叫齐鸣的跳了出来，让他眼前一亮。这个叫齐鸣的是济南人，他爸是省政府秘书长，据说在山东手眼通天。在学校时，齐鸣就吹嘘他爸爸没有办不成的事，这次他要考验考验他是真是假。想到齐鸣不仅考上了公务员，而且被安排到了省地税局，就觉得他爸有一定的权势。于是，马上给他打电话。当他通报了自己的姓名，对方立即热情起来，亲热地骂道：“你这个兔崽子咋一个猛子扎下去，就没动静了呢？”

他回骂道：“你小子当官了也不言一声，是不是怕我沾你的光啊！”

“我巴不得你能沾上我的光呢，欢迎来济南玩玩，包吃包住。”

兴旺见他说得如此真诚，高兴极了，就坡下驴地说：“我还真的有事想找你呢，我去了可别不见我呀！”

“不会的。我齐鸣眼下虽然没权，可老爷子有权啊。你就说有什么事吧。”

兴旺见他说得这么慷慨，就把要去山东跑订单的事说了。齐鸣满口应承说：“这是小菜一碟。你来吧，保准你满意。”

兴旺还是不放心，反问道：“你就吹吧，千万别把底儿吹掉了。”

齐鸣说：“凭我个人没有这么大的本事，可老爷子是省政府秘书长啊。让我爸打个电话就给你把事儿办成了。”

“那我真的去找你了。”

“欢迎啊。告诉我你什么时候到，我把咱们的同学招呼到一块儿，好好聚聚。”

“我明天就去。”

“那我在机关等你。”

他知道齐鸣特讲义气，说了一定照办。就从嫂子那里支了些钱，开着车高高兴兴地去济南了。

一进济南地界，兴旺就给齐鸣打电话，问他省地税局在哪条路上。他说，我把地址用短信发到你的手机上。他就按着齐鸣发的具体地址，直奔山东省地税局。到了单位一打听，齐鸣正在机关等候他。毕业两年再相见倍儿亲切，齐鸣上来就给了兴旺一拳：“咱俩是邻省，离得最近，你小子咋就不来呢？”

兴旺说：“我哪像你呀，混得有头有脸的。再说，我又不像你有那么有权的爸爸，咋能到处乱跑呢。”

“我知道你爸是大老板，是忙着帮他赚钱吧？”

“哪里哪里，这两年金融危机越来越严重，公司太难干了。这不来求你帮忙嘛！”

“咱们兄弟别客气，有什么事尽管说。”

“我这不是来求你了吗？”

“吃住我都给你安排好了，四星级宾馆，全方位服务，可以吗？”

“中午我请客，把你爸齐秘书长也叫上。饭店你安排，我做东。”

“你来山东，我要尽地主之谊，怎么能让你破费呢。”

兴旺见齐鸣如此实在，也就不再计较，一再表示感谢。接着说：“我的事你跟老爷子说了吗？”这是他最关心的事。

“你的事就是我的事，放下电话我就跟爸说了。”

“那真是太好了，让我怎么谢秘书长啊！”

“咱俩不言谢。”齐鸣说，“这次来山东，我陪你好好玩玩。山东旅游资源丰富，名山名海，古刹古庙，应有尽有，泰山、蓬莱阁、孔府孔庙、青岛海底世界、日照海滨公园、长岛、威海的北洋水师提督府等，你想去哪儿咱就去哪儿。”

兴旺听了，对齐鸣佩服得五体投地。

他俩在宾馆喝着茶聊天，晚饭前同学们就陆续到了。多日不见，难免一阵寒暄，互相介绍了毕业后的情况，就去餐厅喝酒了。白酒、啤酒、红酒样样俱全，白酒是茅台、五粮液，啤酒是青岛名牌，红酒是法国伯特红酒，一直喝得醉倒几个才算罢休。

第二天早餐后，同学们都走了，兴旺跟着齐鸣去玩。他俩先去了沿海的青岛、威海、长岛和日照，朝行暮宿，吃喝玩乐，好不惬意。

不觉过了几日，兴盛哥给他打电话来，问他订单的情况。因他不知道能落实多少，不敢吹牛，只是含糊地说："正努力跑呢。"他这才觉得已经出来几天了，应该抓紧落实一下。于是，不敢再玩了，匆匆返回济南。在齐鸣和他爸爸的帮助下，兴旺拿到了给波兰加工军服的大订单，价值达百万美元。之后，他们又介绍兴旺去了两个服装公司，也订了两个内贸订单。数量虽然不是很大，却也都在五十万元以上。

兴旺在返回的路上，就忙给他舅打电话报喜。姜玉山说："你小子还真有两下子，这么几天就满载而归了。"他对兴旺说："跑的这订单先不要告诉兴盛，回来以后，咱俩商量商量再说。"

兴旺不知舅舅有什么事要商量，回来后就直接去找姜玉山了。姜玉山说："自从你跟韩国那客户签过订单之后，最近一直没有签单。"

兴旺喜出望外地说："这么说，我跑回的这三个订单解了公司的燃眉之急。"

"我想让兴盛坐坐蜡。"姜玉山成竹在胸地说，"他不是瞧不起你吗？不是觉得自己有本事吗？我们就要晾晾他的台，不把这大订单给公司，看他怎么做这无米之炊！"

兴旺不知姜玉山玩的是什么鬼把戏，眨巴眨巴眼睛问："这大订单不给公司给谁呀！难道能让它作废吗？"

姜玉山笑笑说："如今订单就是企业的命，卖给谁也能拿到好价钱！"

兴旺琢磨出舅舅的意思了，领略地说："舅，你是说把那两个小订单给公司，应付一下我哥，把那个百万美元的大订单卖给别的公司，赚一笔大钱？"

姜玉山点点头说："兴旺，这公司又不是你自个儿的，所以，办什么事都要长个心眼儿，想想怎样对自己有利。这样做，既应付了老大，给老大摆了门儿，自己又能捞到一大笔好处，何乐而不为呢？"

兴旺问："那你说这个大订单卖给谁好呢？"

"当然是房家的大华制衣公司了！"

"你说卖给房思远？"兴旺不禁皱起了眉头，疑惑地说，"房思远可是爹的老对头了。这合适吗？"

"合适不合适，要看这笔账怎么算。"姜玉山说，"如果从公司的角度算，是有些不合适；如果站在你的立场上，就很划算。”

“这事要让哥知道了，我还怎么做人啊！”兴旺依然疑虑多端。

“俗话说，无毒不丈夫，胆小焉能发大财。你不是想接公司的班吗？只有把兴盛搞得威信扫地了，你才会有机会。这样，即便接班不成，还能捞到一笔不小的好处呢。”

兴旺虽然觉得这样做于情于理都讲不过去。但是，为了给哥摆门儿，让哥威信扫地，达到自己接班的目的，只好听舅舅的了。

晚上，他把房思远的儿子房文鹤约到酒店，边喝酒边说：“我从山东跑了几个大订单，我们公司一时用不了这么多。你们公司是不是想要啊？”

房文鹤一听他跑来不少订单，竟然多得用不了，不免有些妒忌。眼下金融危机越来越严重，市场越来越萎缩，他的服装公司也存在吃不饱的问题。听说有订单转让给他，真是天上掉馅饼了。他垂涎三尺地说：“如果你能让给我订单，我绝对不会亏待你。”

“有个一百万美元的订单，如果给你们公司，你能给我多少好处？”

“二十万。”房文鹤张嘴说。

“二十万太少。”

“你要多少？”

“六十万。”

“六十万太多了吧？”

房文鹤闷头想了半天，最后像下了很大决心似的说：“我豁出去了，五十万！”

兴旺觉得这个数目不少了，但他仍在往上拱：“再加上五万怎么样？”

“如果不是公司面临断炊的危险，我才不会出这么高的价钱买你的呢。”房文鹤说，“就五十万，行就成交，不行我走人。”

既然房文鹤把话说到这个份儿上，兴旺说：“你给我办张五十万的银行卡，明天咱俩一手交卡，一手交货！”

事情就这样成交了。兴旺一再叮嘱说：“这事天知地知，你知我知，谁也不能说，特别是我哥。”

房文鹤从这事上联系到郭忠厚的病，觉着郭兴旺已经心怀鬼胎了，这就预示着分家，看来这个老竞争对手不会维持多久。他不由得暗暗窃喜，含情脉脉地说："兴旺兄弟，你帮我这么大的忙，我怎么能恩将仇报呢。我不会出卖你，你就把心放在肚里吧。"

5

房文鹤嘴里虽然是这么说的，心里却巴不得马上挑起兄弟俩的矛盾。他转身上了自己的车后，立马拨通了兴盛的电话："郭总，谢谢你。"

此时郭兴盛和林秋灵正在医院看望父亲，对这个莫名其妙的电话感到奇怪，反问道："你是谁呀，为什么谢我？"

对方传出一阵爽朗的奸笑："我是你们的老对手啊，难道已经忘记了？"

房文鹤！兴盛顿时知道是谁了。房文鹤的爸爸叫房思远，在二十世纪九十年代初，也开了个服装厂。他见郭忠厚给国外做贴牌加工赚了不少美元，就想让郭忠厚带他去欧洲开拓市场。郭忠厚是个义气人，就把他带到了莫斯科。但他在那里没有站住脚，便以为郭忠厚不是真心帮他。从此暗中较劲，在内销上下起了工夫，后来发展得不错。金融危机来，房思远见郭家的对外贸易在走下坡路，他得意地给郭忠厚打电话，故意给他送腻歪，讥讽地说："俗话说，十年河东，十年河西。真是世事无常啊！没想到老兄的公司也有今天。如果需要我帮忙的话，尽管说话，我不会像你那样对朋友见死不救！"郭忠厚骂他是小人得志，再也没有理过他。房文鹤现在为什么要谢自己呢？

郭兴盛正在懵懂之时，房文鹤说话了："兴盛，你还不知道吧？兴旺刚刚卖给我们公司一个百万美元的订单，是他从山东跑来的。你这位二弟真有本事啊，竟然把手伸到山东去了。看来你们的订单多得做不完啦。不过，你们卖的价钱也太高了，竟跟我要五十万！我告诉你，靠倒卖订单是发不了财的！"

兴盛终于明白是怎么回事了，立时就把他气得肺炸了！自己的公司正面临着断炊的危机，兴旺竟然把这么个大订单卖给了房家！

秋灵见他到病房外去接电话，迟迟不回来，不知出了什么事儿，就出来看他。见他脸色苍白，浑身发抖，就赶紧扶住他问："谁来的电话？出什么事了？”

兴盛无力地向她摆摆手：“公司有点事，你告诉妈，我先回去了。”

秋灵见他这样的脸色，让他自己回去不放心，就跟他一起回了公司。

“到底出什么事了？”到了公司办公室，秋灵情不自禁地问。

兴盛生气地说：“真没想到他会干这样的事！”

“什么事呀？你快说，我都急死了！”

“兴旺……”

“兴旺他怎么了？”

“这次我让他去山东跑订单，他回来后，竟把一个百万美元的订单卖给了房思远的公司！”

秋灵不相信自己的耳朵，反问一句：“你说什么？”

“真是家门不幸啊！”兴盛悲愤地说，“咱家从来没有外待过他，他怎么会这样？这不是故意拆咱们公司的台吗？”

“走，回去把这事告诉爸妈！”秋灵义愤填膺地说了这么一句，开门就要回医院。

“秋灵，你冷静些。这事怎么能告诉爸妈呢？咱爹的病刚有好转，要知道他干出这种吃里爬外的事，还不气死呀！万万使不得！”

“这事你也忍气吞声吗？”秋灵平稳了一下情绪说。

兴盛的脑子嗡嗡作响，好像没听见她的话，低着头没有言语。

“这事到底怎么办呀？”

“让我冷静一下。”

秋灵着急地说：“咱们公司正等米下锅呢，叫他把那订单赎回来！”

“你想房家会把那订单赎给咱吗？”

秋灵也知道郭家跟房家的过节，觉得赎回那订单是不可能的。气愤地说：“这事绝不能便宜了兴旺！”

兴盛平静了一下情绪，冷静地想想，觉得此事不可能是兴旺一人所为，他还年轻，没这么多的心计，其中可能隐藏着复杂的背景。在当前的情况下，不能再激化兄弟间的矛盾。他对秋灵说：“为了爹的身体，为了公司的稳定，先把这事压下。”然后叮嘱秋灵：“这事绝对不能张扬，你要严格保密，不能让任何人知道。”

“没想到你这么窝囊！”秋灵想不通，狠狠地说了这么一句。

第五章　移情别恋

1

从蕾在郭家待了几天，兴家领她参观了整个公司和三个服装加工厂。她感叹地说："你家公司好大，设备真高级！"

郭家的公司主要是给外国加工名牌服装，所以，设备都是进口的。生产线是日本的，一些专用设备是意大利和德国的。电子防脱线钉扣机和电脑锁眼机是日本的，杜克普电脑开袋机、士多宝撬腰机是德国的，卷筒机是美国的。这些都是全世界最先进的。另外，还从国外聘请了两名设计师。他们技术高超，经验丰富。原来从蕾觉得来民营企业工作有些屈才，现在却觉着自己对服装业一窍不通，来这里上班还不定够格呢。

兴家看出了她的顾虑，安慰说："这你不用怕，安排你在办公室，天天在我的身边总该可以吧？"

"韩月美不是在办公室吗？"

"我不想让她干了。"

"为什么？"

"她太张扬、太世俗，也太那个。以为我多么爱她似的，处处管着我，我讨厌她了。"郭兴家说起来有些气愤。

"我愿意在你身边工作。"从蕾立马表态。

在郭家的这几天，从蕾也了解到一些关于他家的情况。兄弟三个并非一母所生，只有兴家是郭忠厚和姜玉芳两个人的，因而对他特别宠爱。老大和老二不是一母所生，不一个心眼儿，貌合神离。老爸如果不能上班了，面临着分家。如果是这样的话，兴家将得到一大笔财产。因此，她特别后悔当初不同意跟他同居，结果导致分手，让韩月美钻了空子。当时认为是维护自己的尊严，现在却觉着这是小题大做。如今大学生同居已屡见不鲜，自己却那么看重贞节。值得庆幸的是兴家并没有记恨她，依然旧情不忘，主动来邀她结伴旅游，还答应给她安排工作，使那熄灭的爱情之火又重新燃烧起来。如果能嫁到郭家，想有的就全有了，起码少奋斗二十年。当时自己对韩月美的行为嗤之以鼻，觉得她轻浮，风骚，不屑一顾。现在却觉得韩月美比自己现实。如今爱情失而复得，她要加倍珍惜。

自己大学毕业后想找个好工作，没想到工作那么难找。为应聘她去了那么多单位，爸妈也托了不少人，至今也没找到如意的工作。连个施展自己才能的平台也没有，还空谈什么奋斗呀！即便能找到个一般的工作，一个月能拿到两三千元就不错了，怎么能跟郭家的生活相比！现在兴家住的是四室两厅两卫、一百五十平方米的房子，而且装饰豪华，家电家具一应俱全。如果嫁个一般人家，还要攒钱买房，那就要勒紧腰带，从牙缝里一分一角地挤。积攒二十年也不定买得起上百平方米的房子。想起这些，她就怪自己过去太幼稚、太天真、太理想化了，把“奋斗”看得那么美好。好像只要奋斗就会有收获，事实并非如此。看看那些师兄师姐们，许多人付出了很多，到头来分文未果，依然囊中羞涩。想想兴家说的，也不是没有道理。人生究竟图什么？说到底，是为了过富裕日子。不怪人们说，干得好不如嫁得好。她要好好把握这次机会。

然而，郭兴家身边已经有了韩月美。韩月美之所以能够得逞，是她付出了性。现在她才知道，爱跟性是不可分离的。男女之间没有身体的融合，怎么谈得上爱？如今自己也把女人最宝贵的东西给了他，两个人又走到了一起。然而，韩月美会轻易放弃自己争来的东西吗？两个女人争一个男人，关键在于郭兴家的态度。那么，他最终会选谁呢？她心里并没有底。

晚上，两个人又滚在了一起。丛蕾单刀直入地问兴家：“你真的爱我吗？”

“爱呀！我要不爱你，怎么会跑那么远去找你？”

尽管郭兴家说得非常干脆，她依然不太信，反问：“你跟韩月美发展到什么地步了？”

“我坦诚地对你说，俺俩该发生的那些事都发生了。但我现在不爱她了。”

“既然你俩已经那样了，为什么还去找我？”丛蕾听了，心里酸酸的。

“这说明我更爱你。”

“你妈喜欢她吗？谈婚论嫁了吗？”

兴家摇摇头说：“开始，我妈觉得她还行。时间长了，她那娇气、虚伪、专横跋扈的本质就暴露出来了。”

“那你妈为什么还让她回来伺候你爸，是不是已经把她看成儿媳妇了？”

兴家见丛蕾的口气咄咄逼人，不由得笑了。丛蕾感到莫名其妙，问他：“你笑什么？让我说对了吧？”

“看你这点出息！”

“我怎么了？”

“你太多心了。”兴家真诚地说，“我妈叫她回来，是因为家里缺人手。再说，又不是我让她回来的。你吃的哪门子醋啊！”

丛蕾提溜的心落下了，依然在问：“那你给她打电话了吗？”

郭兴家摇摇头：“你在这里，让她回来不是添乱吗？”

丛蕾觉得他在回避矛盾，于是问：“你真的留下我工作吗？”

“我已经对妈说了，你也听到了吧。”

“你妈并没有同意接受我呀。”丛蕾心里依然嘀咕。

“可我妈也没说不接受你呀。”

“再说，还有你大哥大嫂呢。他们要不同意怎么办？”

“这是我的事，他们管不着。这事我说了算。”

郭兴家的声音不高，丛蕾却感到了一种力量。不由得心里一喜：“你还真像个男人！”

“那你是不是决定娶我了？”丛蕾鼓了半天勇气，才这样直接地提出了这个问题。

郭兴家说：“丛蕾，我不会轻易对任何人许诺什么，包括她，也包括你。”

这句话，让丛蕾觉得丈二和尚摸不着头脑。难道他真的是游戏人生、只是玩玩，还是激发自己跟韩月美竞争？她吃不准，于是说：“既然你留我在公司工作，我就回去告诉爸妈一声。”

“可以。”郭兴家点头应允了。

从蕾又试探地问:“你让我什么时候回来?”

“想什么时候回来,就什么时候回来。”

“那我马上回来上班。”

“何必那么急!”

“是不是怕我跟韩月美发生冲突?”

“那倒不是。”郭兴家说,“我想你不会那么傻吧?何况我爸还住着院呢。你会跟她发生冲突吗?”

“是不是希望我等你爸出院后,再来上班?”

郭兴家点点头:“最好是这样。”

“我想回来帮你伺候你爸。”

“谢谢你有这份孝心。不过眼下不需要。”

“给我一个表现的机会,我会让你爸妈和哥嫂接受我的。”

兴家沉思一下说:“看情况吧。等我电话。”

第二天,从蕾就走了。临走,也没讨到一句让她心里踏实的话。

2

从蕾走三天了,韩月美还没有回来。姜玉芳没好气地问兴家:“你给月美打电话了吗?她怎么还不回来!你不知道现在家里缺人手吗?”

“妈,你看她像伺候人的吗?她回来还不够添乱的呢。”

“我也不喜欢她那小姐的样子,可现在家里需要人。你大哥大嫂公司离不开,二哥和二嫂也指不上,你姐成天也在忙她的学校,你又不靠槽,就耗我一个人,我可受不了。”姜玉芳命令说,“你叫她马上回来!”

郭兴家这才不情愿地给韩月美打电话,传达了妈的旨意。

韩月美回家是赌气走的。

韩月美回到农村老家,老妈见她气鼓鼓的,就问她:“怎么不高兴?”她就把兴家跟从蕾一起旅游的事和两个人的矛盾说了。妈担心地说:“你这不是给人家腾地方吗?再说,男人不能管死,要哄着。你赶快回去吧。”妈一说她又后悔了,可她是赌气回来的,如果主动回去,多掉价呀!于是,在家硬挺着。

韩月美以为兴家离不开她，当天晚上就会给她打电话，求她回去。不料这些日子过去了，兴家不仅没有给她打电话，连个短信也没有。不由得嘀咕起来，莫非他真的讨厌自己了？冷静下来，回想起两人相处的日子，想想妈的话，发现自己确实做得有些过分，管他真的太多了。两个人并没有结婚，还没有管他的权利，凭什么天天跟他吵？她赌气走人是觉得他离不开自己，不料抻弓拉断了弦，现在竟骑虎难下了。俗话说，好马不吃回头草。难道他对丛蕾真的是死灰复燃了吗？想到这里，心里慌乱起来，再也不能安心在家里待着了。

韩月美正在懊悔，沉默的手机响了。她赶紧打开，见是兴家的号码，心里一阵激动，赶紧接听。她嗲声嗲气地说："亲爱的，真是一天不见，如隔三秋啊。你也想我了吧？"

"爸住院了，家里缺少人手，我妈叫你马上回来！"

郭兴家扔下这么一句冷冰冰的话，就把电话挂了。这像给她浇了一瓢冷水。原来不是他想自己，而是他妈让她回去伺候病人！她不想干这种端屎端尿伺候人的活儿。可这是他妈的命令，她不敢违抗。兴家已经移情别恋了，如果再得罪了他妈，自己的希望就彻底破灭了。她只好忍气吞声地回来了。

韩月美没有直接去医院，先来公司找林秋灵，想了解一下董事长的病情。秋灵一见她的面就抱怨："你怎么一走就不露面了呢，真的想给丛蕾腾地方吗？"

韩月美猛地一愣，不禁皱起眉头。秋灵凑到她耳边低声说："这些天兴家跟丛蕾一直滚在一起。"

"这个不要脸的，我要找她算账！"韩月美忍无可忍，扭头就走。

秋灵拦住她："你去哪里呀？丛蕾昨天已经走了。"

月美停住脚步，回头问："她去哪儿了？"

"回家了，过几天回来上班。"

"兴家欺人太甚了，我咽不下这口气！"韩月美气鼓鼓地走了。

秋灵以为她去找兴家算账，就叫住她说："兴家在医院里，你可不能去那里闹。妈让你来伺候董事长，你可要好好表现呀！"

韩月美一下子僵在了那里，不知如何是好。

3

从蕾回到家里，把她找到工作的事儿对爸妈说了。当然隐瞒了跟兴家外出旅游和去他家的事。爸妈喜出望外，说这是天上掉下个大馅饼，求之不得的好事，应该好好感谢郭兴家这位同学。爸妈一再叮嘱她，一定要好好工作，要对得起兴家的一片好心。

喜从天降，从蕾像做梦似的。她不仅找到了工作，而且找回了自己的爱情，心里像灌了蜜，乐开了花。可是，一想起韩月美，心里就发堵、不踏实。

从蕾不踏实是有道理的。韩月美还留在公司，跟兴家的关系并没有了断。她心里怎么会踏实呢？反复想想，又觉得自己有些轻率。他之所以去找自己一起旅游，莫非是韩月美跟他发生了一点矛盾，他感到孤独、寂寞、空虚，为了填补感情上的缺失？如果是这样，自己就受骗上当了，她对自己的失身感到后悔。

这时，她又后悔把找到工作的事告诉爸妈了。老两口哪知道女儿的工作是怎么来的呢？如果知道了真相，他们还会这么高兴吗？然而，话已出口，如泼出的水，再也收不回来了。怎么办？一时没了主意，只好听天由命，顺其自然吧。

夜里，她失眠了。在床上辗转反侧，像烙饼似的来回折腾。客厅的落地钟敲了十二下，她知道已经半夜了。父母的屋里早已没有了动静，她的脑子里却像放电影一样，闪现着跟郭兴家交往的一些细节。他对自己那么关心体贴，每句话里都充满了真诚，不像是骗自己。除了没有明确答应娶她，处处表现了他的真心，不像是假装的。凭什么怀疑他呢？爸妈要自己报恩，自己却怀疑起自己的恩人来了，这算什么人啊！从兴家的言谈话语中，她感觉他真的讨厌韩月美了。相处一段时间，伪装自然就会剥去，真相就会暴露，谁好谁赖，他自然会掂量得出。兴家可能是真的后悔当初跟自己分手了。实践是检验真理的唯一标准，事实胜于花言巧语。如果说兴家开始爱上自己是一时冲动，那么这次来沧海找她，肯定是经过深思熟虑的。既然自己把一切都给了他，就要相信他，真心对待他。如果成天嘀嘀咕咕，疑神疑鬼，两个人的心怎么能融在一起呢？这么想，她就想马上回到郭兴家身边。又觉着韩月美可能回去了，跟她相见必然有一番较量。这倒要好好想想，做好各种准备。这么一想，就又睡不着了。

第二天醒来，已是上午九点多了。爸妈已经上班走了。她想尽快见到兴家，就不再等他的电话了。于是，给妈打个电话，说公司催她上班，收拾好东西，就去了火车站，买了张车票就返回滏水市了。

火车开进了滏水站，她才给郭兴家打电话，告诉他自己回来了。她心里有些忐忑，兴家会不会责备自己先斩后奏呢？不料兴家高兴地说："我好想你，马上去接你。"

如果说丛蕾给兴家打电话时，那颗心是提溜着的，那么现在她那颗忐忑不安的心完全放了下来。

下了火车，她拉着行李箱，踏着轻盈的步子走出车站，一眼就看见兴家在出站口踮着脚向她招手。她心里一阵激动，就像一只小燕子飞过去。两人不顾周围那么多人用异样的眼神看着他俩，紧紧抱住就忘情地亲吻起来。几天的胡思乱想全抛到了九霄云外。

兴家接过她手中的行李箱，放进车的后备箱里，然后给她拉开车门。她坐在了副驾驶的座位上，淡淡地问了一声："她回来了？"

"嗯。"兴家知道她问的是韩月美，点点头说，"她一回来，大嫂就把咱俩的事告诉她了。"

丛蕾心里咯噔了一下，关切地问："她跟你吵了吗？"

"她敢！"郭兴家说，"妈让她回来是伺候我爸。她要敢跟我吵，立马叫她走人！"

丛蕾听了好激动，凑过去在他脸上亲了一口。

"别闹，开着车呢。"郭兴家说，"她对我不敢怎么样，但她不会饶你。你可要做好充分准备哟。"

"只要你爱我，我怕她干啥！"丛蕾的话底气很足。

4

韩月美认为，兴家对她的背叛，是丛蕾从中做了手脚，说了她的坏话。她决心报这一箭之仇。宁肯鱼死网破，也不让她鸠占鹊巢！她心里憋着这口气，单等丛蕾回来跟她算账。

从蕾摸清了郭兴家的态度，第二天便以胜利者的姿态，哼着小曲来公司上班了。推开兴家给她安排的办公室的门，她见韩月美坐在办公桌前发呆，不免有些怜悯她。如今她已经是只落水狗了，何必还要逮住蛤蟆攥出尿呢，毕竟是同学一场嘛！她不想跟她交锋，特别是在办公室。当着那么多人吵起来，多没面子啊！那将对职工造成很坏的影响，对她对自己对兴家都没好处。因此，刚迈进去的一只脚又抽了回来。不料开门的声响被韩月美听见了。她猛地站起来，冲她吼道："从蕾，你这个不要脸的，竟敢来跟我抢老公！"

真是冤家路窄，从蕾想躲都躲不开。既然这样，何必可怜她呢。她并没有恼怒，反而笑了两声，昂首挺胸地走进来，挑战似的问："他已经不爱你了，为什么还赖着不走？"

韩月美咬牙切齿地说："夺人之爱是卑鄙的！"

"卑鄙的是你！"

"你肯定在他面前说我坏话了。"韩月美说着，就过来抓住从蕾的脖领子，气急败坏地说，"你老实给我交代，是怎样勾引兴家的！"

"请你放尊重些。"从蕾不慌不忙地移开她的手，"你哪像个知性女人呀，简直像个农村泼妇！"

两个人的吵闹声惊动了各科室的人，都从办公室跑出来，聚集在楼道里看热闹。有人悄悄地去叫郭兴家。

从蕾喘着气说："月美，今天发生这样的事情，怪我吗？你应该好好反省反省自己了。"

"你不来，他会对我这样吗？全是你的错！"

"你失宠怎么能怪我呢？是他把我请来的。"

这句话像个闷棍打在韩月美的头上，她不再言语了。她本想跟从蕾争个鱼死网破，起码要在公司把从蕾搞臭，又觉着自己眼下并不占优势。这样吵闹如果让兴家知道了，肯定更会怪自己。于是改变了态度，恳求说："从蕾，在学校我不该抢你的男朋友。可现在俺俩已经这样了，你就让给我吧。无论在他们家里，还是在公司，人们都知道我是他的女朋友，而且就要谈婚论嫁了。你成全俺俩好吗？不管怎么说，我们是好同学好姐妹。"

从蕾觉得好笑。她讥讽地反问："你的态度怎么突然变了？怎么又说我们是好同学好姐妹了？当初你不择手段地把兴家从我身边夺走，怎么不说这些？当时你是得逞了，那得意忘形的样子简直令人作呕！既然你夺得了别人的爱，为什么不好好珍惜？今天他把你甩了，这能怪我吗？”

要在过去，韩月美根本容不得丛蕾这样数落她，早就咆哮如雷了。如今这口气只好忍了。她低下那高傲的额头，喃喃地说：“丛蕾，原谅我好吗？”她说这话的时候声音很低，嗓子有些嘶哑。

丛蕾又动了恻隐之心，长出了一口气说：“你既然把话说到了这个份儿上，我不再跟你计较什么。但我有个要求，咱俩各上各的班，和平共处，井水不犯河水。你能做到吗？”

韩月美默默地点了点头，没有做声。

丛蕾就是这么一个宽厚的人，月美几句好话就把她的心说软了。她说：“兴家把这办公室给我了，你快把东西搬走。我要去医院伺候董事长了。”

旁观者见丛蕾从办公室出来，都悄悄地走了。这时郭兴家正赶过来，问她：“你俩吵架了吗？”

“事情已经过去了，我要去医院了。”丛蕾并没有对兴家说刚才发生的事情。

韩月美心里有些感动。她对兴家说：“我在给丛蕾腾办公室。你另给我安排个工作吧。”

“究竟让你干什么，我要跟妈和大哥商量一下。你暂时跟丛蕾倒替着伺候我爸吧。”

晚上，丛蕾从医院回来，兴家问她怎样跟月美和解的。她笑笑说：“得饶人处且饶人吧。我是宽厚的，不会那样小肚鸡肠的。”

“你想让我给她换个什么工作？”

“这是你的事，我才不管呢。”

“我怕她难为你。”这是兴家最担心的。

丛蕾说：“我会处理好俺俩的关系。”

“还是把她安排远些。如果她天天在你眼皮底下转悠，你不觉着别扭吗？”

“你想把她安排在什么科室？”

兴家诡秘地说：“公司在莫斯科有办事处，让她去那里工作，不是离咱俩很远吗？”

“现在外贸生意不好做，你大哥不是说要把那办事处撤了吗?”

“撤了再说，先把她支开。”

“谢谢你体谅我!”

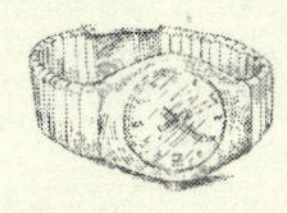

第六章　心怀鬼胎

1

经过一段治疗和丛蕾的精心护理，郭忠厚的病恢复得很快，现在已经能下床了，但右腿却依然不听使唤。丛蕾遵照医生的嘱咐，每天给他按摩右腿、揉背、洗脚，还扶着他慢慢锻炼走路。他身高体胖，丛蕾帮他锻炼十分吃力，经常累得满头大汗，气喘吁吁。她不怕苦，不嫌累，也不嫌脏，经常给他端屎端尿，擦洗身子，换洗衣服，特别勤快，就像伺候自己的老人。她还给老爷子读报讲笑话，逗他开心。她把对兴家的爱全部用在了老爷子身上。姜玉芳看在眼里，喜在心上。她暗暗把丛蕾跟韩月美作比较，觉得丛蕾朴实、真诚，一点儿也不娇气，越来越喜欢她了。郭忠厚也多次感动得流泪。

兴旺和舒曼见老爷子的病情渐渐好转，为了达到自己的目的，也献起了殷勤，不断来医院陪爸爸，还买这买那，表现得特别孝顺。李大博也不甘落后，只要有空就到医院来，陪老丈人锻炼，陪他聊天，让老爷子开心。只有老大两口子在公司忙这忙那，无暇顾及医院的老爹，只有晚上下班后，才有空来看爹一眼。老爹问起公司的事，他也是报喜不报忧，免得让老人操心。

郭忠厚有七天没有解大便了，憋得特别难受。他跟护士说了，医生给他开了些通便胶囊，立即吃了两粒。过了一昼夜，按说大便应该下来了，可就是拉不出来，腚眼里像插着一根硬橛子，怎么使劲也解不出来。丛蕾问医生是怎么回事，医生说可能是时间长了，大便头儿太硬了，必须用手把那硬的抠出来。丛蕾要给他抠，郭忠厚说啥也不让，这事怎么能让一个女孩子做呢，只好等着儿子们来。

这天兴旺来了，见老爸在床上坐卧不安，关切地问：“爸，你怎么了？哪儿难受？”

从蕾把情况一说，兴旺抱怨说："快找医生要开塞露啊！"

"医生找过了，开塞露也用过了，还是不行。"

"难道医院就没办法了吗？"

"现在只有用手抠了。"

郭忠厚说："你来了正好，帮我抠抠。"

兴旺听了，把嘴一咧说："我干不了这个，还是找医生吧。"推说有事赶紧走了。

郭忠厚悲哀地摇摇头叹道："到了事上，指望不上啊！"

"董事长，在家我给我爸也抠过。"从蕾说，"老人爱便秘，特别是你吃得少吃得精，活动又少，所以，解不下来。你是病人，就别不好意思了。"

郭忠厚想，这种事怎么能让从蕾干呢。他摇摇头说："你打电话让老大来。"

从蕾刚要给兴盛打电话，李大博推门进来了。从蕾想让他帮董事长解决这个问题，就对他说："姐夫，你来得正好，董事长七天没大便了，憋得难受，用了开塞露也下不来，你快帮他掏掏吧。"

李大博皱着眉头犹豫了一下，马上释然了。他鼓足勇气，仗义地说："这有什么呀！爸，我帮你弄。"

郭忠厚却连连摇头，这种事怎么能让女婿干呢。他说："还是叫你大哥来吧。"

李大博正为找不到表现的机会着急呢，机会突然来了，他怎么会放过呢。于是坚持说："爸，这怕什么！一个女婿半个儿，我应该尽点孝。"说着，就把老爷子扶进了卫生间。

用手抠大便，既脏又臭，想想都恶心得想吐。尽管李大博戴着口罩，还是在犹豫着。他想了半天，找来一根筷子，哆里哆嗦地往岳父的肛门里杵，结果弄得挺疼，也没杵到里面去。郭忠厚说："干这活没有工具，只有用手抠。"他想放弃，但自己已经把这事揽下来，再说这确实是一个难得的讨好机会。于是，硬着头皮，扭着脸用手把那硬屎头儿抠了出来。他也哇哇呕吐起来。

郭忠厚顺利地把七天的宿便排泄出来，顿感浑身轻松了，感动地说："大博，别看你是个女婿，比兴旺儿子还强啊！"

"爸，这是我应该做的。"李大博觉着这是对老丈人做的最有意义的一件事。

回到家里，他对兴国绘声绘色地讲了给老丈人抠大便的事，骄傲地说："亲儿子不愿做的事我做了，对老爷子不错吧。"

兴国听了也很感动，揶揄地说："如果没有私念的话，这事确实够动人的，难能可贵呀！"

李大博说："但愿我这一片孝心能得到好报呀！"

兴国不屑地瞥了他一眼："原来你不是真心孝顺我爹呀！"

2

晚上，兴旺回到家里，舒曼问他："今天你去医院了？"

"是啊，只要有空，我都去医院看看爸爸。"

"我刚从医院回来，听说爸让你给他抠大便，你吓跑了。他很生气。"

"这是医生护士的事，我怎么能干这么肮脏的事呀，想想都恶心！"

"兴旺，这就是你的不对了。"

"我有什么错呀？"

"你失去了一次讨好爸爸的机会。"舒曼惋惜地说，"是姐夫给爸掏的大便。爸说，你这儿子还不如女婿呢。"

"你说李大博给爸抠屎了？"兴旺摇摇头说，"你也太会编故事了吧？"

"你甭不信，这是真的，是爸亲口对我说的。"

兴旺不再言语。舒曼接着说："本来人们就说你不是亲生的，到了关键时刻还真的显出来了。这次你没表现好，对你接班十分不利。"

"这本来就是医生和护士干的嘛，为什么叫家属干？这医院的服务也太差劲了！"

"兴旺，如果是我爸需要你干这事，你能像姐夫一样吗？"

兴旺不耐烦地说："我不想跟你讨论这个假设的问题。"

"你甭回避，我真没想到你对老人是这样的态度。"舒曼说，"尽管你不是亲生的，可爸并没有外待你。俗话说，养育之恩，终生难报。这点事你都不肯干，爸很失望。"

兴旺不耐烦地说："李大博这样做是有利可图。你没看到最近他对爸妈大献殷勤吗？"

舒曼说："献殷勤有什么不好。"

两口子正说着，妈来了。她一来就批评兴旺："你爸对你很不满。这么点事你都不肯帮忙，还不如个女婿呢。"

兴旺狡辩说："妈，不是我不肯干，是不应该干。这本来就是医生护士的事，凭什么让家属干？再说，那天我真的有事，一个朋友打电话把我叫走了。"

"你甭找借口。"姜玉芳冷着脸说，"你爸说，白养你这么大，他很伤心。"

"妈，你当李大博是真心孝顺吗？我看他居心不良！"

"他有利可图，难道你就没利可图的吗？这是对你的考验，你被考验垮了！"

"妈，孝顺不孝顺不能看一时一事。"舒曼赶紧替他打掩护，"妈，你是我们的亲妈，不会因为这点小事不让兴旺接公司的班了吧？"

兴旺接着说："别看李大博这样做了，我觉着他也不是真心。这些日子你不觉得他有些反常吗？他为什么反对兴国办特教学校，鼓动姐来公司上班？还不是看中咱家的公司了？爸刚住院那会儿，他总推说学校工作忙，没时间给爸陪床，现在怎么突然积极起来？几乎每天晚上都来，还给你和爸买这买那，千方百计讨好你俩？还不是看着爸不能上班了，要在公司捞些好处吗？这点小事如果就蒙蔽了你的眼睛，他的阴谋就得逞了！"

几句话把姜玉芳说得不吭声了。兴旺凑到妈跟前，煞有介事地说："妈，都知道我不是爸亲生的，他们都不跟我一条心。大哥本来没那么大的能力，却抓着公司的大权不放。他们怕我在公司碍眼，硬是派我去山东跑订单。你说他安的什么心？我发现最近李大博跟大嫂来往特别多，恐怕也是在嘀咕接班的事吧？"

姜玉芳生气地瞪他一眼说："别拿个人的心思去揣摩别人，今天这事你让我特别伤心。"说着，气呼呼地走了。

在回家的路上，兴旺的话让她脑子里翻腾起来。她想，李大博跟秋灵来往多她没发现，但李大博最近往医院跑得多这是真的，对她也比以前热情了许多。难道真的是为了让兴国分家产？这些日子，老头子的身体虽然恢复得不错，但腿脚还是不好。看来即便他不想退，也不能再坚持上班了。这样，公司接班人的问题就迫在眉睫。老头子这病就是兴旺气的，他能让兴旺接班吗？尽管玉山一再强调他比兴盛学历高，可他在管理方面没有兴盛有经验。再说，这公司是兴盛跟老头子一起创办的，现在他又当着公司的副总，有利条件比兴旺多。还有兴国，毕竟跟兴盛是一母所生，别看她不热心公司的事，李大博可一直在觊觎着公司，而且已经付诸行动了。看来公司接班的事并不一定顺利，真的要动动脑筋了。

3

兴旺把百万美元的大订单卖给了房家的大华公司，秋灵怎么也咽不下这口气。这绝对不只是捞些好处的问题，这是故意给兴盛摆门儿，想把他置于死地，以达到他接班的目的。这太卑鄙、太恶毒了。她越想越生气，已经到了寝食不安的地步。尽管兴盛要把这事压下去，不让她张扬，是为了家庭和谐，她还是决定把这件事揭开。他跟自己本来就不一心，家里本来就不和谐，何必这么遮遮掩掩！是脓包就得捅开，一定让人们认清兴旺的真面目。她觉着这样做对家庭、对公司都是有好处的，下班后就去找兴国了。正好李大博也在家。她就一五一十地把这事说了。

兴国听了不由得一愣，这是她根本没想到的。眼下公司困难这么多，有没有订单关系到公司的生死存亡，兴旺干出这样的事，简直是背叛行为。李大博气愤地说："这也太不像话了，太阴险了，绝对不能把公司交给他，要在公司揭露他，让全体职工看清他的真面目！"

兴国冷静一下说："俗话说，家丑不可外扬。这事在公司抖搂影响不好。"

李大博说："起码要让咱爹知道这事……"

秋灵打断他的话说："这万万使不得。爹要知道了这事，再气得犯了病怎么办！"

兴国说："无论如何这事不能让爹知道。"

"这么大的事难道能忍吗？不把他揭露出来，以后还不知他再干什么呢，这是最大的隐患！”李大博气愤地说。

秋灵想了想说：“起码应该狠狠批评他一顿，让妈也知道她儿子是个什么样的人！”

三个人商量了一通就去找姜玉芳。姜玉芳见兴国两口子和秋灵一块儿来了，觉得有些惊奇，就问：“你们有事吗？”

“妈，我们有事跟你和兴旺商量一下。你打电话让他和舒曼过来吧。”秋灵说。

姜玉芳觉得气氛不对，反问道：“有什么事呀这么严肃。”

兴国说：“大事。咱们一块儿商量一下。”

尽管姜玉芳心里疑惑，还是给兴旺打了电话。

不一会儿兴旺跟舒曼开着车来了，一进门就问：“妈，有什么事呀？”

秋灵一见兴旺两口子，就冰冷地说：“听说你在山东跑来个百万美元的大订单。眼下公司根本吃不饱，你什么时候给你哥呀？”

姜玉芳听说兴旺跑来个百万美元的大订单，喜出望外地问：“兴旺，你嫂子说的是真的吗？”

兴旺觉得把那订单卖给房家的大华公司，神不知鬼不晓，嫂子怎么知道这事了？顿时，他脸黄心跳起来，一口否定：“哪有什么百万订单呀！”

秋灵冷笑一声：“房文鹤早就给你大哥打电话说了，还到处造舆论，说郭家兄弟不一条心。你觉着房文鹤还在给你保密吗？”

姜玉芳严肃地说：“秋灵，这可是关系到人品的事，你可不能听房家那小子的。他可能在故意挑拨兴盛跟兴旺的关系。”

“要想人不知，除非己莫为！”秋灵说，“你让他自己说。”

兴旺低头不语。

“你不说，我说。”秋灵就把兴旺把从山东外经贸厅跑来的那百万美元订单，以五十万的价钱卖给房文鹤的事说了，“房文鹤得了便宜卖乖，故意告诉兴盛的。”

李大博鄙夷地瞅了兴旺一眼：“这哪是人干的事啊！”

姜玉芳紧皱着眉头问兴旺：“难道这是真的？”

这时，兴旺的脑袋上冒了汗，低声嘟囔一句：“房文鹤这小子真他妈的不是东西！”

秋灵说："房文鹤的话你也信呀！他家是咱的老对手。你这么干不是拆咱公司的台吗？"

李大博补上一句："这是背叛，认敌为友！"

"你个浑蛋，简直要气死我了！"姜玉芳羞得无地自容，狠狠地扇了兴旺一巴掌。

"妈，咱们公司眼看就没活干了，让兴旺把那订单赎回来吧。"

秋灵的话音刚落，李大博强调说："必须赎回来！"

兴国见兴旺低着头不言语，叹口气说："房文鹤会把吃进去的东西吐出来吗？我看够戗！"

李大博说："要么咱们就向山东外经贸厅说明情况，宣布那订单无效。"

"是应该声明，不然违约了我们还要承担责任呢。"秋灵尖刻地对姜玉芳说，"这是你那大学毕业的儿子干的，你应该好好教训他。"说着，跟李大博走了。

这事着实让姜玉芳生气了。姑嫂和李大博走后，她生气地用手指点着兴旺的额头说："你也太不给我长脸了，你怎么会干出这么缺德的事呢。这不仅是给你哥摆门儿，简直是给我脸上抹黑。你爸要知道这事，会活活气死的。快说怎么想起干这事了？"

兴旺嗫嚅地说："这是我舅让我干的。他说，我要想顺利地接班，就得搞垮老大的威信。他没有订单就支撑不了公司，我就会顺理成章地接班了。"

"当真是玉山让你干的？"姜玉芳怕他说谎就叮问了一句。

"不信你就问问他。"

"这、这叫我说你俩什么好啊！"姜玉芳像一只泄了气的皮球瘫坐在椅子上。

姜玉芳的脑子很乱。她想把姜玉山叫来核实一下，然而，核实了又能怎么样？兄弟也可能是好意，为了让兴旺接班而为，但是，他俩太不动脑子了，也不想想会造成什么影响。又一想，这事发生几天了，兴盛为什么不马上提出来？是不是等待什么时机，用这个"炮弹"置兴旺于死地？别看老大不显山不露水的，心里不知道琢磨什么呢？俗话说，咬人的狗不露齿。别看兴盛平时不说不道，肚里不知装着多少坏水呢，不得不防。她倒想跟姜玉山商量商量下一步怎么办……

4

秋灵跟兴国两口子联合起来搞了一下兴旺和妈，觉得很解气，很过瘾，大大煞了一下他们的嚣张气焰，以后可能收敛一些。晚上就跟兴盛谝这事，说搞得他娘儿俩多么狼狈，不由得咯咯笑起来。

兴盛却觉着秋灵惹了祸，没好气地说："我一再叮嘱你这事谁也不能说，知道他是个什么人就行了。你把这事捅开，等于把矛盾公开化了，他们会怎么想？也不动动脑子！"

"兴旺和妈那个尴尬，简直想找个地缝钻进去。"秋灵说着，满脸洋溢着得意。

"你别得意得太早。我想他们不定怎么记恨我呢。"兴盛顾虑地说，"家不是讲理的地方，有些事就得睁一只眼合一只眼。你要较真，日子就没法过了。"

"我不赞成你掩盖矛盾！"秋灵明确表达了自己的态度，"你不揭露他，他还以为你是傻子呢，更无法无天了。"

"你觉得他们会收敛吗？"兴盛摇摇头说，"绝对不会。他们会气急败坏，变本加厉。那不是适得其反了吗？"

"他们还能拿着不是当理说，难道还没人管他们了吗？要知道，大权还在爹手里，他们不会炸翅的。"

"你说这事能告诉爹吗？把爹气出个好歹怎么办？这事万万不能告诉爹，起码现在不能。"

秋灵不以为然地说："这是什么体面事呀，他们还敢告诉爹？谅他们也不敢！"

"秋灵，你做事太欠动脑子了，只顾屁股不顾脑袋。只图一时痛快，不想后果。今后咱们怎么跟兴旺和妈相处啊！"

"是兴旺做错了，是后妈没有把他教育好。关咱们什么事呀！"秋灵振振有词地说，"这事就应该让兴旺在职工大会上做检讨，叫他把那订单赎回来！"

兴盛见秋灵如此执拗，生气地呵斥她："你太过分了，不要逮住蛤蟆攥出尿！你想叫兴旺把那订单赎回来，这可能吗？房家是谁？是咱公司的老对手。再说，他们捡了那么大个便宜，怎么会退给咱?”

秋灵见兴盛着急了，收敛了一些，但仍不服气，嘟嘟囔囔地说：“能不能赎回来是另一码事，反正不能稀里糊涂地没事了。”

“秋灵，得饶人处且饶人吧，别再较劲了。”兴盛哀求地说，“眼下公司的事够多的了，爹又在住院，你别再给我添乱了行吗?”

“我咽不下这口气!”

兴盛见她不识劝，就没有耐心了，提高嗓门说：“咽不下也得咽!一切要等爹出院以后再说。”

秋灵这才不犟嘴了。

兴盛怕她心里不舒服，缓和一下情绪，解释说：“秋灵，你要理解我的难处。别管怎么说，咱们是一家人，不能让外人看笑话。家和万事兴，不要针尖对麦芒，胳膊折了要往袖里藏。为了全家和睦，也为了我，你就不要提这事了。”

“是他错了，还不让说。”秋灵的火气又涌上来了。

“为了息事宁人嘛！公司这一摊子就够我挠头的了，后院不能再起火了!”

“兴旺不给职工们做检查，起码也得给你道个歉!”

兴盛见谈不拢，也就不再言语。

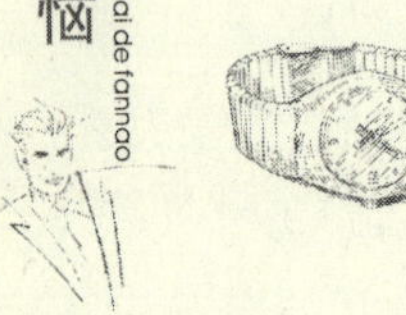

第七章　大爱情深

1

女儿兴国办残疾人学校，是想让残疾孩子学到一技之长，能在社会上生存，自食其力。她经过调查，觉着教他们学内画不错。内画是一门艺术，如今许多内画作品已经走进了千家万户。无论是商店，还是旅游景点上，到处都有内画作品，销路不错，而且前景看好。再者，画内画靠的是智慧，不需要多大的体力，也不用到处奔跑，坐在家里就能创作。于是，她确定在教学生文化课的同时，专业知识以内画为主。考虑成熟之后，她就写了一个办学的请示报告，送到市残联和市教育局。领导很快批准了她的办学要求，她用老爸赞助她的一笔资金先租了一处房子，经过维修和装饰，购买了桌椅和一些教学用品，条件具备之后，就在市报上刊登了两则广告，一是招生，二是招聘内画老师。

广告登出不久，就有两位男士来学校应聘。一个身材伟岸，气宇轩昂，三十挂零，脸上挂着和蔼可亲的笑容。他说："郭校长，我们在报纸上看到你们的广告，想来你们学校当内画老师。"另一个长得瘦瘦的、腿脚有些残疾的小伙子说："郭校长，这位老师姓文，叫文昊，是咱们市的内画大师。我叫郑宏宇，跟着文老师学内画三年多了。"

郭兴国听说他俩是来应聘内画老师的，热情地说："欢迎你们!"说着，就让座沏茶，让二人坐下谈。

文昊说："郭校长，我听说你是省师大毕业的优秀生，还是企业家的富二代，竟不怕艰难，决心办残疾人学校，被深深地感动了，想助你一臂之力，也为残疾人事业贡献一份力量。"

郑宏宇也说："郭校长，残疾人学内画最合适了，我就是受益者。我要把我学的技术奉献给这些残疾孩子们。"

郭兴国望着文昊瞅半天，总觉着面熟，拍着脑门儿说："文老师，我好像在哪儿见过你，一时想不起来了。”

郑宏宇说：“文老师的内画作品在文化宫搞过展览。他的作品构思精巧，笔调细腻，很有特点。你是在内画展上还是在电视上见过文老师的?”

郑宏宇这么一说，郭兴国忽地想起来了，赶紧点着头说：“是是，文老师经常上电视，是市里的名人。”

文昊笑笑说：“我不是什么名人，只是搞内画早了些。同意招聘我们吗?”

“文老师，欢迎你们，真是求之不得。只是觉得让你们教这些残疾孩子有点大材小用了。再说，你这大师我们也聘不起呀!”

“郭校长，我是自愿来这里尽义务，分文不取。只给宏宇开工资就行了。”

“文老师，不要报酬怎么行!”

郑宏宇说：“文老师的作品可值钱了，卖一个鼻烟壶就够他半年消费的了。”

“不要报酬，让我过意不去呀。”

“俗话说，不是一家人，不进一家门。”文昊说，“既然俺俩来应聘，咱们就是一家人了。千万不要客气。”

“那就谢谢二位老师了。”

因为招聘老师是跟招生同时进行的。老师很快就招够了，共招了两位内画老师、两名文化课老师、一名生活老师。郭兴国负责学校管理，有时间也教一些文化课。

第一期学员招了二十七名。尽管社会上还不了解这个学校，学生招来的不多，郭兴国却把开学仪式搞得很隆重。这是爹的意思。郭忠厚对兴国说：“你办的这个学校很有社会意义，一定把开学仪式搞得隆重些，一是让人们了解你的学校，二是让全社会的人都关心残疾人事业。所以，应该把动静弄大些。”于是，不仅请来了学生家长、市里的知名人士和一些知名企业家，还请来了市残联理事长和市教育局局长，把主管教育的副市长也请了过来。副市长在开学典礼上作了热情洋溢的讲话，文昊和一名残疾学生分别代表师生们表了决心。事后，市报记者写了一篇报道，发在报纸的头版头条，并配发了评论员文章，呼吁全社会重视和关心残疾人教育事业。

开学了，教学逐步纳入正轨。兴国没想到的是，这些残疾孩子的智商参差不齐，多数没有上过学，只是跟家长学过一些常用字和一些简单的加减法。兴国想，没有文化怎么交流啊！这个问题必须率先解决。于是，除了每天上的两节文化课外，她和文化老师们一起，利用一切空闲时间，教他们认字。

别看这些学员都是十二至二十的孩子，教他们认字却要像教一年级的学生那样，掰着一个字一个字地教。

学字要先学拼音。教拼音是非常吃力的。她在黑板上写出字母“W”，再伸出五个手指头，让大家看着她的口形发音，告诉他们：“这个字母念‘乌’，发音开口很小，双唇要拢成圆形，中间留一个小孔儿，舌头向后缩。”就这样学生们跟她一遍又一遍地学直到念对为止。然后她又写个“O”，说：“汉语拼音‘O’是元音，这个字母念‘窝’。发音时嘴巴先摆好一个圆形，保持不动，然后发音。”一遍一遍地练习。学会后，就让他们把这两个字母连起来念，“W——O，我。”对这些孩子心急不得，不能图快，每天只教他们学三个字。她鼓励学员们：“等你们学会了拼音，我就教你们学电脑打字，就能上网聊天了。”

一说上网，学员们来精神了，学习的积极性更高了。

晚上十点多钟，郭兴国跟文昊交流完学生一天的情况，要去检查学生宿舍。文昊见她一天没闲着，就说：“郭校长你太累了。我和生活教师去查宿舍，你快回家休息吧。”

兴国说：“我不累。你快回家吧。如果天天回去这么晚，嫂夫人会有意见的。”

文昊苦笑笑摇摇头说：“我离婚一年多了。”

兴国感到惊讶：“你这么优秀，你媳妇怎么会……”

“俺俩脾气不和。”文昊说，“我喜欢清净，她却爱动，而且特爱花钱。不是要我陪她逛商场，就是要我陪她去旅游。两个人的性格不同，志趣不一样，步调不一致，生活一点不谐调，去年就分开了。”

“文老师对不起，让你伤心了。”兴国觉着自己无意揭了文昊心里的伤疤，感到愧疚。

“没关系，事情已经过去一年了。”文昊说，“郭校长，咱们成天在一起工作，除了在学员面前，不要叫我老师好吗？”

“好啊，”兴国欣然接受，“那你也别叫我校长了。直呼其名多好啊！”

“兴国，我接受你这意见。”文昊说，“你忙活一天累了，回家休息吧。我去查学生宿舍。”

“我去吧。不看看他们，我不放心。”

“那我陪你一起去。”文昊说着，就跟兴国一起去查学员宿舍。

这些学员在家里自由懒散惯了，根本不管学校的制度。说是九点熄灯，结果九点半了，各个宿舍里还是灯火通明。看书的，聊天的，也有带着笔记本电脑上网打游戏的。他们没有按时熄灯，见老师来了也不怕，既不躲也不藏，该干啥还干啥。文昊大声呵斥说：“九点半了，快熄灯睡觉！”有的说，我不困；有的说，我睡不着。兴国耐心地说：“快睡吧。明天咱们还要上课呢。睡不好，上课会打盹儿，学不好。”有的问：“睡不着怎么办？”兴国说：“睡不着也要合着眼，要不就数数，一会儿就睡着了。”有的依然不听，兴国就给他们把灯关掉。刚要出门，有个男孩子说：“老师，我要拉屎！”兴国知道他双腿残疾，行动不便，就过去把他从床上扶下来说：“走，我陪你去厕所。”那学员不好意思地说：“你是女生，不能进男生厕所。”文昊说：“我陪你去。”就帮这个学员去了厕所。兴国就到女生宿舍检查去了。

李大博一个人在家好寂寞。兴国回不来，晚饭是他自己做的。吃了饭看了一会儿电视，也没有自己喜欢的节目，就脱衣上床了。这些日子兴国一直很忙，两个人有半月多没有亲热了，生理的欲望折磨得他焦躁不安，魂不守舍。他看看表快十点了，兴国还没回来，就给兴国打电话，一连打了三次，她却不接。他躺在床上，忽地想起网上对小说《村子》的评论，说这部长篇小说的性描写特别直露，比当年贾平凹的《废都》都露骨。他便从床上爬起来，打开电脑，搜索到这本书的电子版，认真看起来。本想转移一下自己的注意力，困了就睡觉，没想到书上那逼真的性描写把他那欲火撩拨得升腾起来。

正在这时，大门传来开锁的声音。他赶紧把电脑关了，从床上蹦下来，上去就把兴国抱住了，急不可耐地说：“你可回来了，我想死你了！”说着，就把她抱到床上，要扒她的衣服。

“你这是干什么呀！”兴国毫无思想准备，讨厌地推开他。

“老婆，我想了，好想好想……”李大博一下子扑过去，压在她的身上。

兴国挣扎着坐起来，恼怒地说："我累了，睡觉。"

这话像盆冷水浇在他头上。但他不死心，涎着脸恳求说："我求你了。"

兴国厌恶地瞥他一眼："瞧你这点出息！"

"我是正常的男人，是你太不正常了。"

"对不起，今天我太累了。"兴国说着，上床关灯睡了。

李大博没好气地说："你天天回来这么晚，这日子还过不过了？"

"刚开学，事情比较多，请你谅解。"

"我谅解你，你谅解我吗？"李大博说，"你成天围着那些缺胳膊少腿或聋或哑的孩子们转，却把我忘了。我是你老公，你有义务满足我……"

他正要往兴国身上爬，兴国的手机吱吱响起来。李大博扫兴地说："这是谁呀这么没礼貌，深更半夜的发什么信息呀，甭理他！"

"这么晚来信息肯定有急事。"兴国赶紧打开手机，一看是耿苗青发来的短信，屏幕上写着：老师快来，我要死了！

耿苗青是个十六岁的男孩子，个子很矮，而且驼背，脚也畸形，用脚背走路，仄仄歪歪，十分困难。兴国不知他出了什么事，这信息把她吓出了一身冷汗。想给他回个电话问问是怎么回事，不料对方关机了。

兴国的心一下子提溜起来，马上穿好衣服，刮风打闪般地回学校了。

李大博听到兴国"嘭"的关门声，发狠地吼道："这日子没法过了！"

郭兴国心急火燎地返回学校，见耿苗青坐在学校的楼梯口上，在冲她笑。她见苗青安然无恙，问他："发生什么事了？你怎么说快死了？"

苗青顽皮地龇牙笑笑说："老师，我用手机练拼音呢，随便打了这么几个字，就发给你了。"

原来是为练拼音搞的恶作剧，让她哭笑不得。她把苗青从楼梯上扶到宿舍，说："天不早了，快睡觉吧，别胡闹了。"

兴国把他在床上安顿好，再次回到家里。她见卧室黑了灯，知道大博睡了，生怕惊醒他，没敢开灯，蹑手蹑脚地走进卧室，摸黑躺在床上。

"你还回来呀！"李大博忽地从床上坐起来，拉开灯，原来他并没有睡着。

“对不起，打扰你了，快睡吧。”

李大博还要做爱，兴国说：“天太晚了，睡觉吧。”说着，盖上被躺下了。

李大博生气地把屁股一撅，脸朝外睡了。

兴国刚睡着，枕头底下的手机又震动起来。打开一看，又是耿苗青的信息。手机屏幕上显示着：“老师，有人打我了，你快来！”

是不是又在搞恶作剧？兴国犹豫着去不去。然而，她只能信其有，不敢信其无。又赶紧从床上爬起来，衣服扣子没系全，就急忙赶到学校。大老远就见耿苗青站在学校门口，用一脸坏笑迎接她。你说气人不气人！

她再次把他安顿睡下，等他睡着了才走。不料刚一到家，耿苗青又发来一条短信：“我要跳楼了，真的！不信吗？”

兴国哪敢不信啊！她再次赶到学校，结果和以前一样，平安无事。

兴国生气地问他：“你为什么三番五次地戏弄我？你知道老师白天多忙多累吗？你知道老师离学校多远吗？深更半夜你这么折腾我对吗？”

耿苗青低下头诚恳地说：“郭老师，我是为了多练习拼音。”

这一夜耿苗青不仅搅得郭兴国不得安宁，也影响了李大博的休息。从此，她干脆睡在她办公室。李大博气急败坏地问她：“你真的不要这个家了？”她只好赔着笑脸道歉：“对不起，过一段就会好起来的。”

李大博不甘心过这样类似单身的生活，就找嫂子诉苦，告兴国的状。秋灵见他俩感情出了问题，抽空就来学校看看。她见兴国在教室里上课，双手在给学生们比画着。她不知道这是在干什么，就在外面看起来。文昊从教室前过，问她找谁。她说：“我是兴国的嫂子，想来看看她。”文昊见是兴国的嫂子，热情地说：“嫂子，马上就要下课了。你先到办公室等她一下。”说着，把她领进了校长办公室，给她沏了杯茶，两个人就聊起来。当秋灵知道他就是文昊时，高兴地说：“兴国光夸你，说你是内画大师，义务教这些学生，难能可贵呀！”夸得文昊不好意思起来。

俩人正聊着，兴国下课了。她见嫂子来了，惊讶地问：“你怎么来了？有事吗？”

文昊怕打扰姑嫂说话，就从办公室走出来。

秋灵说："这个文老师真不错，文质彬彬的，又那么随和，没有一点大师的架子。"

兴国满意地点点头，说："文昊是不错，他不仅教业务，还帮我管理学生。"

秋灵问："兴国，刚才我看你在教室跟学生们一个劲地比画，这是干什么呢？"

"嫂子，我这是在教聋哑学生认字呀！"郭兴国说，"肢体残疾的孩子会说话，沟通起来比较方便，认字也快。聋哑学生听不见，也不会说，教他们认字可费劲了。"

秋灵觉得不可思议："聋哑人听不见，也不会说，这怎么教他们学认字呀！"

"所以，我就教他们学哑语呀！"兴国说，"这些聋哑学生多是农村来的。他们没有正规学过手语，做的手势不规范。我就教他们学正规的哑语。"

"你哪懂哑语呀！"

"边学边教呗。"

"你跟谁学呀？"

"跟着电脑学。"

秋灵感慨地说："妹子，真的难为你了。"

"没什么。为了教这些孩子学到一技之长，再大的困难我也不怕。我在电脑上学会了手语，然后用电脑+键盘+手语的方式，教他们认字写字。"

秋灵感叹地说："这简直是对牛弹琴啊！"

"对牛弹琴也有用。时间长了，形成了条件反射，他们就学会了。"兴国说，"教这样的学生必须有耐心。慢慢来，一点也急不得。"

"有效果吗？"

兴国笑着向嫂子点点头："铁杵磨成针，功到自然成。现在他们已经学会不少汉字，可以跟别人简单地交流了。我还教他们学会了用键盘和鼠标上网。"

秋灵拍着兴国的肩膀说："兴国，难为你了。我让大博来学校看看，他就理解你了。"

兴国生气地说："他这人光为自己着想，太自私!"

"听大博说，你搬到学校住了，也不回家。兴国，我告诉你，男人离不开女人。你不回家住，这哪儿像个家呀！再说，你太辛苦了。妹子，咱家又不是没条件，干什么不行呀，可别为办这个学校把家给毁了!"

"嫂子，他在吓唬你呢，甭管他。"

秋灵关心地说："我给你哥说说，给你在公司安排个工作，把这个学校转让出去吧。我看文昊老师对办学校挺上心的……"

"嫂子，你想啥呢?"兴国打断秋灵的话，"开弓没有回头箭，我不会半途而废的!"

秋灵担心地说："大博要跟你离婚怎么办?"

"他不会。如果他真想离，我马上答应他!"

秋灵见兴国这么坚决，责备说："离婚可不是小事，哪能这么轻率!"

"他逼我，是为了让我听他的。"兴国说，"可他看错人了，我永远不会听他指挥!"

秋灵见说不服兴国，就回家了。一见兴盛的面就说了兴国和李大博的情况。

兴盛听了，眨巴眨巴眼睛，疑惑地说："兴国的学校不是办得很好吗？昨天我碰见吕副市长，还夸兴国办了件大好事呢。他俩有什么问题呢?"

秋灵见兴盛没听懂她的话，就说："大博嫌兴国天天回来挺晚，就没好气。兴国干脆搬到学校住，不回家了。大博要离婚，你这当哥的该管管了!"

"我看这个大博思想有问题，应该狠狠批评他。"

"兴盛，这也不能全怪大博，你该劝劝兴国。家庭比事业重要，她不能冷落大博。"

兴盛说："兴国办的是一件好事，善事儿，有意义的事儿。大博应该理解。"

"我去她的学校看了一下，培养这些残疾孩子太费劲了。"

"办残疾人学校是比办正规学校费劲得多，但这些孩子也应该受到教育呀！如果把这些残疾孩子培养成具有一技之长的人，他们就可以自食其力。不仅可以减轻家庭的负担，还能给国家作贡献呢。”

尽管兴盛一再夸奖兴国，秋灵依然担心：“大博真要离婚怎么办?”

“我想他不会。”

“但愿没事。”秋灵深深地出了一口气。

2

郭忠厚虽然觉得李大博不会离婚，对小两口的感情变化也引起了重视。两人的矛盾是因为李大博反对兴国办残疾人学校，不怪女儿。大博应该支持她，不能拉她的后腿。

一天，郭忠良的二儿子郭子骞来看大伯。他在市报当记者，郭忠厚对他说起了兴国和大博的矛盾。子骞说：“姐的事迹这么突出，应该在报纸上好好宣传宣传，回去我跟总编汇报汇报。”

过了几天，报社派女记者高靓丽来学校采访郭兴国。兴国热情地接待了她。她们刚在校长办公室坐下，就听到有人敲门。兴国赶紧去开门，只见一个瘦弱的男孩站在门口，腋下拄着双拐，一脸羞涩地说：“我找郭校长，我要上学!”

兴国同情地说：“我就是校长，你要上学，我们欢迎你。”

这男孩高兴地说：“我叫徐刚，是郊区的。父母带我去了几个学校，人家见我残疾，说啥也不要。听说你们是为教残疾人办的学校，我就来了。郭校长，我谢谢你。”这孩子说完，突然扔掉拐杖，就要下跪。

兴国赶紧扶住他，忙把拐杖从地上捡起来，递给他。然后拉把椅子让他坐下。接着又把他的年龄、家庭住址及有关情况进行了登记。

办完入学手续后，兴国说：“徐刚，你到我们这里来上学，算是找对门了。他们不要你，我们欢迎你。”

“谢谢郭校长。”徐刚说着，吃力地从椅子上站起来，给兴国鞠了一躬。

眼前这一幕，让记者很是感动。残疾人是多么渴望学习呀！办这所残疾人学校是多么必要啊。他对郭兴国更加肃然起敬了。

徐刚问：“在这里上学一年交多少学费?”

"我们是义务教育，不要钱。"

"不要钱?"徐刚惊讶地反问一句。

"学费由市残联出。学生只拿生活费就行了。"兴国说，"如果家里有困难，生活费也可以减免。"

徐刚高兴地说："这个学校太好了!"

"走，我领你去教室，跟老师和同学们认识一下。"兴国让记者在办公室等一下，高靓丽也跟着去了教室。

兴国把徐刚领进了教室，对文昊说："文老师，这个孩子叫徐刚，是刚来的。"

文昊对同学们说："来，我们鼓掌欢迎新同学徐刚!"

同学们立即起立，鼓掌欢迎。徐刚心里一热，激动得眼圈儿红了。

兴国对徐刚说："文老师是我们市有名的内画大师。他的内画作品在国内外都很有名。跟他好好学习，将来就能自己养活自己。"

文昊对徐刚说："只要你好好学，一两年时间，保你每个月有千元以上的收入。"

徐刚高兴地说："文老师，我一定好好学习，当一个好学生。"

兴国给徐刚交代了一番，就让他回家拿生活用品去了。如果说徐刚是怀着忐忑的心情来的，那么他走的时候心里充满了阳光。

兴国和记者回到办公室，感慨地说："你在教室里看到了，这些孩子如果没人管，不仅是家庭的负担，也是社会的累赘。"

兴国的话音刚落，文昊就下课回来了。她这才向文昊介绍记者："文老师，这是报社记者高靓丽，他来采访咱们学校。"

文昊赶紧过来跟记者握手，夸奖地说："郭校长这种办学精神，太值得宣传了。开学几个月，她很少回家，一心扑在学生们的身上。对待这些孩子就像自己的亲人。每个学员的床铺，她都要帮着铺好，并躺上去试试。如果感觉不舒服，她就自己掏钱，买来海绵给学生们铺上。为了体验孩子们的生活，她跟学生们一起吃饭，有时还睡在学生宿舍。她不怕脏，不怕累，给学生们理发、剪指甲，有时还背着腿脚残疾的孩子上厕所，陪着解大便。前几天学生们换季，回家取衣服。她要求每个学生到家后，都必须打电话回来，不然心里就不踏实。"接着，他给记者讲了这样一件事：

有个学生叫马超，是平安县城北许家庄的，离市里有七八十里路。

这个学生年岁小，左腿残疾，走路不方便，智力也较低。放假时又没人来接。郭校长怕他在路上出事，就把他托付给一个同路的学生。这个学生年岁较大，虽是个哑巴，但很机灵。走时一再叮嘱他，要把马超送到家。回来的时候接上他，一起返校。这个聋哑学生明白了郭校长的意思，频频点头。可是，到了返校这天，这个聋哑学生回来了，却没有带回马超来。郭校长问他是怎么回事？他用哑语告诉郭校长事情的原委。原来那天下了汽车，马超说什么也不让这个同学送他，坚持自己步行回家。并告诉他，返校时也别来接，自己能返校。郭校长见天色已晚，她再也坐不住了，急得里走外转。眼看天黑了下来，怎么办？不会出事吧？想给马超家打电话，一查学籍表，他家没有电话。这时，开饭时间到了，她顾不上吃晚饭，开上车就去了马超家。原来马超感冒了，他爸叫他好了再走。他爸见校长亲自来接孩子，连连道歉说："实在对不起，实在对不起。"兴国见马超没事，那颗提吊的心才放下来。她让马超跟车回来。他爸说："他还吃着药呢。"兴国说："孩子看病我管，你就放心吧。"拉上马超就回学校了。感动得他爸不知说什么好。

文昊说："兴国通过这次家访，才知道马超妈早已过世，更加可怜这个苦命的孩子。见他的被褥有些破烂，立即给他买了一套新被褥，还把自己的旧衣服给了他几件。"

女学员陈志二十二岁，除了两只手能动，其他部位都不能自由活动，整天坐在轮椅上。她特别渴望学习，听说有了特教学校，就让姥爷送她来了。她因父母双亡，在家由姥爷照顾。如今姥爷快八十岁了，照顾她力不从心了。白天还好说，一到晚上，每隔两个小时就要帮她翻一次身。她到学校后，减轻了姥爷的负担，老人特别感激。她的饮食起居都是师生们轮班儿伺候她。特别是郭校长，还经常帮她擦洗身子、换洗衣服、解大小便。这些对正常人来说，本来是很简单的事，在陈志身上就成了大难题。特别是解大便，她的身子在坐便器上坐不住，还得用两只手搀扶着她，郭校长经常为此累得一身汗。

接着，文老师又讲了郭校长的办学宗旨，他说："郭校长经常说，办学首先要育人。她特别注重对学生的思想品质教育，培养他们身残志坚、自立自强的精神。要求他们从日常生活做起，按时起床，坚持洗脸刷牙。在学生之间，大力提倡团结互助。聋哑人手脚灵便，就帮助肢残学员打水、盛饭、推轮椅；肢残学员则帮助聋哑人学习手语，跟正常人交流。在这个学校，每天都可以看到推着轮椅的残疾学员上课、搀扶着上下楼梯、星期天结伴上街买东西，聋哑学员则背着下肢瘫痪的同学。他们用手语交流，有说有笑，一副天真烂漫的样子。平时，肢体健全的聋哑同学，则主动担起打扫教室和宿舍的任务。半年来，这些学生，在老师们的培养教育下，他们自强不息，团结互助，无私奉献。不管哪个学员病了，老师和同学们都会主动帮忙请医买药。即使在深夜，他们也会推着轮椅或轮流背着去医院就诊。在这个团结友爱的大家庭里，学员们没有因为残疾而自卑。他们昂然向上，面貌一新，以积极乐观的态度，面对生活中的各种挑战，生命质量与健康质量不断提高，完成了一次又一次的自我超越……"

兴国和文昊讲述了许多动人事迹，记者高靓丽很受感动。回去后，连夜写了一篇题为《大爱情深》的长篇通讯，并选了一张郭兴国跟残疾孩子们在一起的照片，连同这篇文章一起发表在市报的头版头条。

第二天一上班，文昊见到报纸，看了一下大标题和那大照片，就热血沸腾起来。他高兴地拿着报纸找到兴国，激动地说："上报了，上报了！"

兴国听了一愣，忙问："什么上报了？"

文昊把那报纸往她眼前一拍，激动地说："兴国，你的事迹登报了！"

兴国一看那标题和照片，心里就热乎乎的。想让一家人分享她的快乐，就把这张报纸拿回家去，想叫大博看看。心想，他看了这报纸，就可能支持自己的工作，不再跟她怄气了。

万万没想到的是，李大博见到这报纸，不屑地瞥了一眼，阴阳怪气地说："兴国，你假装积极，标新立异，原来是为了显摆自己啊！你觉着让报纸吹捧你有意思吗？"说着，就把那报纸抛到地上了。

"不许你这样污辱我！"兴国扔下这么一句，就捂着泪脸，跑到娘家去了。

李大博怕她在岳父面前告他的状，也就追了过来。

郭忠厚拿着那张报纸问大博："你看过这张报了吗？"

李大博支支吾吾地说："看了一眼。"

"你对兴国的工作理解了吧？"

李大博低头不语。

郭忠厚说："社会上非常肯定兴国的工作，你也应该转变对她的认识了。"

李大博不屑地把嘴一撇说："眼下人们都崇尚物质，讲究实惠。谁还干这种傻事呀。再说，争这种空名儿有什么用呢。"

郭忠厚没想到李大博会说出这样的话。他失望地说："大博，你的价值观跟兴国相比，差得太远了！"

他不由得担心起女儿的婚姻来。

第八章　传承分歧

1

郭忠厚突然病倒也给郭忠良敲响了警钟，感慨着人生的变化无常。哥的身体原来多么棒啊，爬黄山不歇脚，喝白酒一瓶不醉。怎么就突然病倒了呢？

彭丽华也长吁短叹："年龄不饶人啊！你也快六十了，别成天那么忙了。如果在机关，你这年龄也该退休了，可你现在还兼着公司的董事长、总经理。多累呀，也该考虑退居二线了。"

"其实，这两年我已经在考虑这个问题了。"郭忠良说，"每当有老朋友住院或去世，我都认为是在给自己敲警钟。人生无常，世事难料。到了我们这个年龄，身体就快出毛病了。特别是我们这些干企业的，经常陪客户吃饭喝酒熬夜，生活没有一点规律，工作压力又大，说不定什么时候就被撂倒了呢。"

"最近，我发现你说话声音有些沙哑，去医院检查检查吧。"

郭忠良摇摇头说："我没事，充其量是感冒，也可能是缺水了，没什么大不了的。哪能动不动就去医院呢，你当那是什么好地方啊！"

彭丽华说："感冒也应该当事呀，抽空去查查，看是怎么回事，让医生给你开点药。"

郭忠良没有反驳，也没答应立马去医院检查。他沉浸在往事的回忆中。

郭忠良生在一九五二年。虽然生在新中国，长在红旗下，童年却并不阳光。因父亲在北京一家大饭店当过二掌柜，在"一化三改"运动中被定为资本家，遣返回乡接受改造。父亲的思想与新社会格格不入，对什么都不满，在村里经常发牢骚，说怪话。他跟忠厚哥一样，因父亲的问题从小就受歧视，遭白眼。为改变这样的命运，父亲经常给他俩灌输“书中自有黄金屋，书中自有颜如玉”，“万般皆下品，唯有读书高”。但那时家里太穷，忠厚哥没上过多少学，爹就把希望寄托在他身上。他从小就特别机灵，三岁能念《三字经》，五岁能用算盘打“小九九”，背诵《千字文》，上学前就把家里的《百家姓》、《弟子规》、《朱子治家格言》都背过了。从小学到高中，他的学习成绩一直名列前茅。他刻苦学习的目的就是考上大学，脱离农村，改变自己的命运。然而，就在他刚考上初中那年，“文革”风暴已席卷全国，学校都停课闹革命了。他是黑五类的狗崽子，造反派不要他，他就成了坐山观虎斗的逍遥派，躲在家里如饥似渴地读书。也不管什么书，有书就读。后来响应“知识青年上山下乡”的号召，回生产队战天斗地修理地球了。他悲观失望过，懊丧颓废过，曾想破罐子破摔。后来哥办了个服装厂，叫他来厂里帮忙。跟哥跑腾了几年，熟悉了厂里的业务。但他跟哥的思想观念不一样，两个人尿不到一个壶里，经常发生分歧，自己就另立门户开了自己的公司。改革开放给他插上了腾飞的翅膀，他凭着自己的智慧和胆识，把他的公司一步步引上了新台阶，生意越做越红火，他也成了全市乃至全省服装业令人瞩目的人物……

一晃二十多年过去了。往事如昨，历历在目。他觉着浑身的劲儿还没使完呢，已经五十八岁了。马上就到了谢幕退出历史舞台的时候了。特别是哥一病，他也在考虑退休的问题，然而，自己创办的信誉集团公司让谁接班呢？这个严肃的问题已经摆在了自己面前，需要认真考虑了。

子承父业，是中国家族企业传承的惯例。这里既有企业经营管理权的交接，也包括家族财产的继承。难道也要像其他人一样，把自己创办的企业交给儿子吗？这些日子他一直在苦苦思索这个问题。

郭忠良有两个儿子都已大学毕业，不仅学习成绩优秀，而且有自己的理想。大儿子郭子轩听了妈的话，考的是中央财经大学，学的是经济管理，为的是将来接老爸的班，但他对软件研究更感兴趣。小儿子郭子骞从小就喜欢看小说，他的理想是走遍全国，周游世界，书写社会，记录人生。于是，报考了中国传媒大学。毕业后到市报应聘当了记者，理想是将来当一名作家。当记者成天东跑西颠，接触的人是新的，记录的事也是新的。这些新人新事激荡着他的心，不停地敲击电脑的键盘。通过自己的文字，记录着社会和人生，发表着自己的见解，评判社会，歌颂真善美，鞭笞假恶丑，天天忙碌并快乐着。除非公休日，爸妈很少见到他的身影。

既然子骞不想经商，彭丽华就把公司接班的希望寄托在郭子轩身上。子轩大学毕业后，妈就想让他在公司当副总，参加管理，尽快熟悉公司业务，将来接替爸爸的职务。郭忠良却觉得一下子上这么高的位置，对企业对儿子都不好，还是从下到上一步一步地走比较扎实，于是先让他去车间做统计员。当时子轩想不通，对爸说："既然你不重用我，何必让我来公司工作？我这名牌大学的尖子生，到哪儿也是抢手货！"

对此，彭丽华也想不通。她愤愤地质问忠良："你脑子里想啥呢？就是从社会招个大学生来公司，你也不会把他安排在车间当统计员吧？"

郭忠良说："正因为是咱儿子，我才让他从最基层做起。"

子轩的情绪郭忠良是料到的。他没有批评儿子，而是心平气和地跟他讲道理。他说："让你这个大本毕业生在车间做统计员，确实是大材小用了，更不用说你是名牌大学的尖子生了。你想做一个管理者很好，但是，管理者必须了解被管理对象。从基层做起，熟悉一下业务有什么不好呢？"

彭丽华规劝老头子说："我们让他学经济，你却不让他参加管理，太说不过去了。"

"正因为我想重用他，才让他从基层做起。"

彭丽华知道郭忠良的脾气，下定的主意谁也改变不了，就不再跟他吵了。她把子轩叫到一边，悄声说："我说不服你爸，去找你大伯吧。你爸就听你大伯的。"

子轩说："大伯还没出院呢，我去医院说这事妥当吗？"

"你大伯的病早就没事了，很快就要出院了。"

子轩见妈这样说，就打消了顾虑，去医院找大伯了。

郭忠厚一听就火了，怒气冲天地对子轩说："给你爸打电话，叫他马上到我这里来！"

子轩怯怯地说："大伯，你给我爸打吧。他要知道我来找你告状，事情会更糟的。"

郭忠厚想想也是，就说："那你走吧。我叫他过来，看看他到底是怎么想的。”

子轩临走，叮嘱大伯：“千万别说我来过。”

郭忠厚笑笑说：“你放心，我知道该怎么说。”

子轩走后，郭忠厚立即给忠良打电话，让他过来一趟。

郭忠良知道哥的病好了，让他过去可能是商量出院的事，拿上一张银行卡就过来了。

他一进门就问：“哥，是不是要出院？”

“这个疗程再输三天液就出院了。”

郭忠良眉头一皱说：“这腿脚不是还没好利索吗？急着出院干什么！”

“医生说，基本就这样了。再用药也不会起多大作用，关键是锻炼。我也住烦了，不想再住了。”

郭忠良听着哥叫他来不是为这事，就问：“哥，有什么事打个电话说就是了，怎么还要当面说？”

“电话里一两句说不清。”郭忠厚漫不经心地说，“我想跟你讨论个事。”

“有事你就说，还讨论啥呀！”

郭忠厚坐下，问：“子轩毕业了，他的工作你是怎么安排的？”

“把他留在公司了。”郭忠良说，“子骞想当作家，指望不上了。子轩学的经济管理，在公司对口，可以学以致用。”

“这么说，你打算让子轩接你的班了？”郭忠厚说这话的时候，有意瞥了忠良一眼。

郭忠良并没有注意哥在瞅他，埋头喝了一口茶说：“接班现在还为时过早，先叫他在基层锻炼呗。”

“那你安排他干什么？”

“让他先在公司当统计员，熟悉一下车间的情况和生产的工艺流程。”

“让他去车间当统计员？太屈才了！”郭忠厚不由得提高了嗓门。

“先让他在基层锻炼锻炼。”

郭忠厚一下子火了，愤愤地质问：“我们拼死拼活地干事业为啥？不就是为孩子们吗？子轩大学毕业了，学习那么优秀，你怎么能让他去车间当统计员呢？搞统计，初中毕业就够了。你这样安排简直是糟蹋人才！你既然要他回公司，就应该让他当副总，绝对不能让他下车间！”

“哥，你别着急。”郭忠良见哥火了，解释说，“我想让他把车间和各科室的工作都熟悉一下，看看他的能力……”

“看什么看?!”郭忠厚不满地打断弟弟的话，“你刚才说，子骞根本不想干企业，你那公司接班的就只有子轩了。你还看什么？难道你想让外人接你的公司?”

郭忠良说：“公司的接班人是大事，要具备相当的能力啊，子轩现在还不具备条件。”

“忠良，能力不是天生的，是锻炼出来的。开始，咱俩懂企业吗?知道董事长、总经理怎么当吗？咱出身农民也干得很好，难道大学毕业干不好吗?”郭忠厚说，“让孩子锻炼我没意见。关键是把他放在什么岗位上。放在高的岗位，就能锻炼掌握全局的能力；放在低位，只能学些具体的技能。兴盛文化不高，我是让他一步一步地走上副总岗位的，他经历了几年的学习锻炼，现在顶起个儿来了。兴旺大学一毕业，我就让他分管业务，现在就能独当一面了。子轩是财经大学的尖子生，安排个副总绝对没问题。你把他安排在车间当统计员，干得再好，又能有多大出息啊！”

郭忠厚说得情绪激昂，郭忠良却笑眯眯地摇头，并不赞成哥的意见。他觉得一时也说不服哥，于是说：“哥，你的意思我明白了，我会对子轩负责的。我公司还有事，就先回去了。”说着，起身告辞。

郭忠厚叮嘱忠良：“我们都岁数不小了，应该考虑接班人了。今后我们就全指望孩子们了！”

郭忠良点了点头。

2

彭丽华知道郭忠良找哥去了，见他回来，却故意问：“你去哪里了?”

“咱哥把我叫去说子轩工作的事。”

“咱哥怎么说?”

“跟你的意见一样。”

彭丽华心里一喜，赶紧问："哥的话你总该听吧？"

郭忠良摇了摇头说："我还是想让他在车间锻炼一段时间。"

"你咋这么任性呢。"

"是你到哥那里告了我一状吧？要么哥怎么会突然问起子轩的事？"

"这不是冤枉人吗？今天我一直在家里，根本没动窝儿。"彭丽华表白说，"哥从小就喜欢子轩，关心关心他呗。"

"哥的话表面上是向着子轩，实质那样对他并不一定好。"

"你还坚持叫子轩去车间当统计员啊？"

"年轻人锻炼锻炼没坏处。"

"你怎么就听不进别人的意见呢？子轩有情绪，去了能干好吗？"

"你放心，我会让子轩想通的。"

彭丽华赌气地说："这工作你去给子轩做，我可不管了。"

郭忠良把子轩叫过来说："你大伯把我叫去，说了你工作的事。他想叫你当公司副总，将来接班。我不赞成他的意见，你还是先在下边锻炼锻炼吧。我想你总会想通的。"

子轩觉着爸爸不会害自己，就点头接受了。

郭子轩回到家里，把这事告诉了未婚妻柳慕青。她以为大伯说服了未来的公公，开玩笑地说："你当了公司副总可别瞧不起我这个小小老百姓哟！"

"哼，想得美，爸依然让我在车间锻炼。"

柳慕青不禁眉头一皱："你爸的思想咋这么顽固呢。"

"爸有爸的想法。"

"你甘心干这个吗？"

"其实在基层锻炼锻炼也不错。"

柳慕青无奈地叹口气说："谁知什么时候能叫你上来呢？"

正在这时，子轩的手机响了。电话是兴家打来的，要他晚上请客吃饭。

这话柳慕青也听到了，就把电话接过来说："好啊兴家，你说想吃什么？我让你哥请客。"

"我想吃烤羊肉串，喝啤酒。"

"好哇。咱去大帝烧烤好吗？马上动身。"柳慕青放下电话，拉起子轩的手说，"走吧，别想这事了。只要有本事，放到哪儿也发光！"

子轩和柳慕青来到大帝烧烤，兴家和丛蕾已经等在那里了。兴家顽皮地冲柳慕青打个敬礼，赞美一句："嫂夫人越来越漂亮了！"

"兴家，你就贫嘴吧。我跟你哥还没结婚呢，叫得太早了吧。"

"这是早晚的事。"

"那可不一定。这就看你子轩哥对我好不好了。"说着，心里甜蜜地用弯弯的笑眼看着子轩。

兴家冲柳慕青伸出大拇指："我哥对你是这个，还不满意吗？"

子轩不认识丛蕾，就把兴家叫到一边问："怎么又换了？那个韩月美呢？"

"去莫斯科办事处了。"兴家说着，拉过丛蕾说，"来，我给你介绍一下，这是我叔家的子轩哥。我们是一爷之孙，从小就在一起玩儿。这位漂亮姐儿叫柳慕青，是我未来的嫂子。刚大学毕业，在工行上班。"

柳慕青问兴家："这漂亮姑娘是谁呀？也不介绍介绍。"

"她叫丛蕾，我的同学。"

柳慕青调皮地问："不仅是同学吧？"

子轩怕丛蕾尴尬，就把话题岔开，对兴家说："你去给咱要烤肉和啤酒。想吃什么就要什么，今天哥管你够！"

不一会儿，兴家要来烤肉和啤酒，四个人就边喝边聊起来。

兴家问："子轩哥，你是名牌大学毕业，叔让你在公司干什么呀？"

"车间统计员。"

"车间统计员？"兴家一听急了，"叔这不是埋汰人嘛！甭说下车间，就是叫我当副总我也不干。"

"那你想干什么呀？"

"子轩哥，趁着年轻，叔又有钱，你们该很好地享受享受青春。"

"享受青春？"子轩听了一愣，反问说，"你多大了，还想玩？"

"古人都说，少年当及时，蹉跎日就老，若不信侬语，但看霜下草。我们赶上了好年代，为何不玩呢？"

子轩还想说什么，柳慕青觉着说也是白说，就扯了他一下说："今天咱们就是吃羊肉串喝酒。"

"对，咱们不醉不归！"兴家说，"子轩哥，这啤酒喝着不过瘾，咱换白酒吧。"

柳慕青说："别换酒了，两种酒在肚里一掺和会醉的。"

“好久不跟兴家喝酒了，喝醉就喝醉吧。”子轩就放开量喝起来。结果喝得舌头根子发挺，说话也前言不搭后语了。

兴家见状，就把他抱上车，是柳慕青开车拉他回家的。

彭丽华怕子轩因工作的事心里不痛快，晚饭后就过来看他。见他醉成这个样子，就抱怨柳慕青：“工作的事你知道他心里不痛快，还让他喝这么多！”

兴家接腔说：“婶子，这不怪嫂子，是我跟哥喝的。快让他睡一觉吧，睡醒了就没事了。”

彭丽华把子轩的醉归罪于对他的工作安排不当。一回家就埋怨起老头子来：“甭说儿子有情绪，我也想不通。真不知道你是怎么想的！”

“丽华，‘文革’中你就瞧不起坐飞机上来的干部，现在怎么想让子轩一步登天了？”郭忠良意味深长地说，“将军也要从士兵做起。这样扎实、稳当，有好处。”

彭丽华不满地瞅他一眼，把嘴一撅说：“难道你让子轩也像你一样，从最基层一步步往上爬？这要多少年才能坐到你的位子上呀！”

郭忠良说：“我可以叫他一步登天，坐到集团公司董事长的位子上。他能挑得起这么重的担子吗？孩子想要什么就给什么，这是爱吗？我认为，他缺少什么就给他补什么，这才是真正爱。他生在八零后，赶上了改革开放的好时代，长这么大也没经过什么风雨。别看大学毕业了，那只是书本上的知识，能否用得上，还要经过实践的检验。再说，他才二十多，太嫩。早在两千多年以前，孟子就说过，‘天将降大任于斯人也，必先苦其心志，劳其筋骨，饿其体肤’……这就要求年轻人先吃苦。吃苦既是一种修身的锻炼，也是一种生存的资本。吃得苦中苦，方为人上人啊！苦，可以折磨人，也可以锻炼人。这个道理你不懂吗？”

几句话把彭丽华说得不言语了。她嘟囔一句：“子轩要懂得你的心就好了。”

“他已经理解了我的心。”郭忠良说，“是你把他的醉硬和工作不如意联系在一起。”

当妈的不放心儿子，第二天一大早，又过来看子轩。柳慕青说：“昨晚他吐得一塌糊涂。”

子轩说：“吐了就好受了。妈，昨晚喝醉与工作无关。我想通了，爸让我在基层锻炼是为我好。我会当个好兵的。”第二天，他就去车间上班了。

3

郭子轩上班后，公司常务副总冷雪怕他不重视车间统计工作，就认真地找他谈话，最后叮嘱说：“你可别小看统计员的工作。这工作并不像你想的那么简单。你去车间让赵主任给你详细讲讲就知道了。”

子轩虚心地听完后，就去了缝纫二车间，找到赵主任。赵主任给他讲了统计工作的重要性、公司的规章制度、奖惩办法及有关规定。原来子轩认为，车间统计员就是统计一下有关数字，没想到这工作关系到公司对生产形势的分析，各种数据必须准确，出现问题要负全部责任。顿时觉得肩头的担子重了。

郭忠良知道子轩认识到车间统计工作的重要，就把他叫去，又认真地说：“车间是公司的基础。统计工作就要真实地反映车间的情况。为了保证产品质量，公司建立了一个质量监督监测体系。各个车间都有一个检验体系，下一个工序监督上一个工序，互相监督。检验出不合格的拣出来，并根据你统计的数字进行奖惩，并做出整改文件。”

子轩认真听着，真切地感受到爸爸严谨的工作态度，从内心里无比佩服。郭忠良接着说：“子轩，你要牢牢记住，质量是企业的生命，诚信是企业的声誉。你在车间做统计员，不仅要统计这些数字，更要从这些数字中发现问题，向领导提出建议。你肩上的担子不轻啊！”

从这些细微的工作中，子轩进一步认识到爸爸的伟大，口服心服地说：“爸，我明白你让我做统计员的用心了。从基层做起，不仅能熟悉业务，还能体察民情，塑造自己的人格。”

子轩终于理解了爸爸的良苦用心。郭忠良高兴地说：“子轩，小胜凭智，大胜靠德。无论做什么事，都要先做人。能不能继承父业并不重要，重要的是要继承父志和父德。仁义礼智信，是我们中华民族的优良传统。今天我们要赋予这些具有时代精神的新的内涵。仁者，人也，就是以人为本，尊重人、关心人、为大多数人谋利益；义者，就是公平正义。礼，就是懂礼仪，守规矩，使社会和谐有序。智，就是智慧。尊重知识，崇尚科学。‘信’即信仰，要有追求，有理想。再一层含义，就是诚信。无论对整个社会，对企业，还是对每一个普通公民，都要讲诚信。这是最基本、最核心的价值理念。”

“爸，过去我只知道你的事业很成功，并不知道其中的奥秘。今天我了解了你成功的秘诀。你的事业是伟大的，你的人格更伟大。我要学习你的为人。”

“好小子，只要有这样的志气，你就会一步步走向成功。”郭忠良说，“要做个顶天立地的人，首先要立在地上。地是什么？就是基层，是群众。群众是智慧之源，群众是真正的英雄。在基层多向群众学习，学习他们的品德，学会为他们服务。士兵就会成为将军的。”

“爸，谢谢你的鼓励。”

子轩工作认真负责，受到了顾客和员工们的好评。

一天，公司副总冷雪把他叫去，提拔他接替车间主任职务。他觉得纳闷儿，问：“赵主任怎么了？”冷雪说：“你们车间的魏红因家中有事迟到了，赵主任却在考勤簿上替她画了正常出勤。所以，被免职了。”

子轩着急地说：“赵主任平时一贯认真负责。就为这点小事免职，太严重了吧。”

冷雪说：“迟到各种原因都有，只要如实考勤，并不追究。但是，如果迟到了，不如实反映，这就是品格问题了，必须从严处罚。”

子轩认真想了想说：“冷总，我不想当车间主任。”

冷雪不禁眉头一皱，这是她没预料到的。一般人认为，提拔上一个台阶，更能发挥自己的才能，同时能加薪。这是求之不得的事儿。郭子轩为什么拒绝呢？她不解地问：“难道你就想当一辈子统计员吗？”

“我想到设计室去参与服装设计。”郭子轩早就有这想法，又怕人们说他瞧不起统计员的工作，一直压在心里没敢提。如今要提拔他当车间主任，他就把自己的心愿说了出来。

冷雪说：“如今的服装设计都是通过电脑软件完成的。这你熟悉吗？”

子轩笑笑说：“我在大学就喜欢研究软件，很想在实践中尝试一下。经过一段时间，说不定我能研究开发出适合咱们公司服装设计的软件呢。”

“太好了，我支持你。那你就去设计室当副主任吧。”

4

郭子轩来到设计室如鱼得水，自己学的电脑知识派上了用场。现在的服装设计多是在电脑上完成的，衣片设计、打板、放码、排板以及服装款式设计等系列，都在服装 CAD 系统上，几乎覆盖了服装设计的全过程。

子轩在大学就喜欢研究软件。毕业后，他本来想到一个软件开发公司从事研究和开发工作。现在的工作终于与软件有关系了，因而特别认真。他不仅很快掌握了设计和裁剪技术，还发现了 CAD 系统的不少问题，觉得 CAD 系统制作的作品不够丰富，缺少传统设计工具的神韵；其次，公式输入法也不符合样板师的打板习惯，用起来比较死板，修改起来也不方便；第三，CAD 系统缺乏个性和兼容性，使用起来还不尽如人意。

这些问题，子轩向设计室主任反映过。设计室主任说："我早就发现了这些问题，但我们不是搞软件开发的，明知有问题，也没办法改进。"

于是，子轩想利用业余时间尝试解决这些问题。如果能把自己公司剪裁和打样的数字存入数据库，按照这些尺寸，在几秒钟内自动完成样板的修改，制作出优良的板型，那就理想了。他觉得自己没有把握搞好，也就没敢张扬。只是晚上回家后偷偷地钻研。

晚上加班，柳慕青并没在意。然而，她发现一连几个晚上，子轩都加班到深夜，就觉着不对劲了。她疑惑地问："子轩，是设计室工作太忙，还是你不熟悉业务，怎么每天都要加班到这么晚呀？"

子轩说："不是我的设计能力有问题，而是我发现设计软件有些问题，想试着改进一下。可不是一两个晚上能搞成的，看来要加班一阵子。"

"这是领导给你的任务吗？"

子轩摇摇头说："不是。是自我加压，也算是向自己挑战吧。想试试自己在软件研究上的能力。"

"如果容易的话人家早就改进了，怎么会轮到你！"柳慕青笑着说，

"天天熬夜会把身体搞垮的，快睡觉吧。"

"你先睡吧，我再琢磨琢磨。"

就这样，他晚上在家里研究软件，上班后将自己研究的成果付诸实践。一次不行两次、三次……他不知道熬了多少夜，也不知道试验了多少次。三个月之后，终于按照公司的数据设计了一款软件，试验成功。不仅省去了许多修改环节，还大大提高了设计效率，进一步提高了服装生产的准确率。因此，公司对他的发明予以重奖。

郭忠良听说子轩发明了一款适用于自己公司的服装设计软件，大喜过望。他深深感到自己在子轩的使用上失误了。让这么优秀的人才去车间当统计员，确实是大材小用了。怪不得提拔他当车间主任他不干呢，原来他另有所好！

子轩确实没有辜负爸爸的希望，在两年多的时间里，就从车间统计员提拔为服装设计师，继而提拔为设计室主任。

5

现在郭忠良要把兼任的公司总经理辞掉，由谁接任呢？他还没想好呢，老婆彭丽华就替他发起愁来。子骞压根就不想留在公司，根本指不上；子轩虽然留在了公司，但因起步太低，到现在才是个设计室主任，充其量是个中层领导，就是郭忠良不干了，子轩也没资格当总经理。再说，他对做行政工作根本不感兴趣，车间主任都不想干。彭丽华又抱怨老头子："你艰苦创业，拼死拼活干了二十多年，干出这么大事业，竟没有孩子接你的班。你不觉得遗憾吗？"

郭忠良摇头否认。他骄傲地说："我这辈子不仅事业成功，还给国家培养了两个优秀大学生，没有一点遗憾。"

"咱家出了两个大学生不假，可是谁能接你当总经理呢？"

"孩子们有没有出息，难道只有当官这一个标准吗？"郭忠良不同意老伴的说法，意犹未尽地阐述着自己的观点，"孩子是我们生的，我们有责任和义务把他们养大成人。但是，不能把他们当成自己的私有财产。他们接班是接革命事业的班。如果把我们创办的公司看成自己的，心里只想着子承父业，那就太狭隘了。最重要的不是子承父业，而是子承父德，子承父志。让他们发扬老一辈艰苦创业的革命精神，把我们开创的事业传承下去！”

“你别唱高调了！”彭丽华不屑地把嘴一撇，“我没有你那么宽广的胸怀，也没有你那么高尚的品德。心里只装着咱这个家，想着咱们的儿子。过去我说过，既然子骞不喜欢经商，你就应该让子轩接班，在公司起码安排个副总，看个一年半载，再提拔他当总经理。等你退下来，他就可以顺理成章地接你的董事长了。你却不听我的，硬是让他下车间当个统计员，后来又搞什么设计，至今不懂得企业管理。现在后悔了吧？”

“我一点也不后悔。”郭忠良说，“从最基层做起，一步一个脚印，多扎实啊！”

“你若把他放在更高的平台上，更能展示他的才能。”

“也不见得。”郭忠良说，“对公司的传承我考虑过。也想过子承父业，把公司交给两个儿子打理。但是，我总觉得这种家族世袭的办法，难以保证继任者素质的优化。英国著名生物学家达尔文的进化论，强调‘选择的个体越多越好’。如果继任者不称职，不仅会毁掉整个企业，还会坑害了全体职工。古人就警示过我们：‘道德传家，十代以上；耕读传家，次之；诗书传家，又次之；富贵传家，不过三代’。所以，我主张让孩子们吃点苦，经历一些磨难。这是好事。一个人的知识可以通过看书学到，一个人的成长则必须通过艰苦的磨炼，意志才会坚强。拿破仑说过，‘不想当将军的士兵不是好士兵。’这是激励年轻人要有理想。把拿破仑的话套用过来，就是‘不想当老板的员工不是好员工’。翻过来说，则是‘好的将军必须从士兵做起’。我让子轩从低位进入企业，就是让他一步一个脚印地积累知识和经验，这也是在积累成功的资本啊。”

一席话打开了彭丽华的心结。她沉思一下说：“忠良，看来你是有远见，对培养儿子也动了脑筋的。”

“你不抱怨我就好。”郭忠良笑着说，“那些日子，你总跟我唱对台戏，好像儿子不是我亲生的。幸亏咱儿子懂事，否则，在背后还不定多么恨我呢。”

“忠良，那么公司总经理的事儿，你到底是怎么考虑的？”

“跟董事们商量商量再说吧。”

6

对公司总经理的人选，郭忠良虽然想过，但总觉着自己身体不错，还能兼任几年，也就没有深想，更没有紧迫感。哥突然一病，他觉得自己也快到退休年龄了。他是公司董事长，让谁当总经理，按说自己拍板就可以了，根本用不着跟谁商量。但他认为，公司虽是自己创办的，工作却是职工们干的，自己只是起到了领头羊的作用。公司的财富也是全体职工创造积累的。既然公司是全体职工赖以生存的物质基础，经营的好坏就直接关系到每个职工的生活。基于这样的考虑，选好公司的总经理就不仅是个人的事了，这关系到公司能不能传承下去，继往开来的问题。于是，他决定开一次董事会讨论一下，听听大家的意见。

郭忠良一说要辞掉总经理，董事们都感觉惊讶。大家说：董事长的身体结实着呢，再继续兼任没问题。现在考虑这个问题为时太早了！

董事们的态度郭忠良是预料到的。但他已经下决心逐步退下来，于是对大家说："董事们拥护我，信任我，我感谢大家。我也珍惜同事们的友情和支持，但不能接受你们的意见。我想趁着现在身体还好出去走走，看看祖国的大好河山和世界的异土风情，好好享受一下晚年的安逸生活，所以，我决定逐步退下来。第一步，先辞掉总经理，减轻身上的担子；第二步，再辞去董事长，彻底退休。大家想想，公司总经理让谁干合适？"

"子轩干得不错，让子轩接你的班呗！"

不知谁抢先说了这么一句，不少人随声附和地接腔说："子轩年轻有为，学历又高，而且在基层锻炼得不错。让他接班顺理成章，天经地义！"

郭忠良笑着摇摇头说："大家的心意我领了。不少公司也是子承父业的。但我不想这样。第一，我不想以家族的观念来考虑这个问题，尽管我的股份在公司占绝对优势；第二，子轩太年轻，肩膀太嫩，职位也太低，挑不起这个重担。希望大家在考虑这个问题的时候，一定要抛开个人感情，从公司的前途和命运出发，抱着对公司几千名职工负责的态度，推举出合适的人选。"

尽管董事长这么说，大家都认为这是客套话，在打官腔，就异口同声地说：“董事长，咱们信誉制衣集团公司从成立那天起，就是民营企业，谁接班你拍板就行了，我们听你的。”

郭忠良说：“面对很多民营企业普遍短寿的问题，我一直在探索企业长盛不衰的路子，并把自己的股份拿出70%，作为骨干职工的岗位股，为的是用股权激励骨干员工的积极性。我们之所以规定‘岗位股既不允许继承，也不允许自行转让’，就是为了避免企业因一个人控股，导致不称职的人操纵企业。总经理是公司的日常经营管理和行政事务的总负责人，它关系到公司的前途和命运，大家一定要认真对待。”

董事们知道，董事长拿出自己的大部分股份在公司设立岗位股，是为了加强骨干们的责任心，提高工作效率。但是，这并没否定公司是家族企业的性质。总经理就应该由董事长来决定，怎么能由大家推选呢。可是，他们见董事长严肃起来，才觉得他对这个问题是认真的，不是心血来潮。

一位副总说：“董事长想把总经理的位子让出来，我赞成。董事长确实年龄大了，身兼二职担子太重。这样可以有更多的时间考虑公司的大事，也有利于董事长身体健康。在总经理人选上，我同意董事长一贯主张的‘能者上、庸者下’的原则，可以采取个人报名、广泛征求职工意见、最后由董事会民主投票决定。”

这位副总刚说完，立即响起一片掌声。看来大家都支持这个意见。

郭忠良满意地说：“我赞成这个意见。我再强调两点：一是关于个人报名问题，一定要广泛发动职工，要做到人人皆知，不能走形式，走过场。我们处在一个竞争的年代，只有充分竞争，优胜劣汰，人才才能涌现。只要有能力，不管在什么岗位都可以报名。也就是说，凡是在我们公司工作的人，都有资格报名。公司以外的任何人，都没有资格参与公司总经理的竞选。二是要广泛征求职工意见。我说的广泛，不是象征性地征求少数代表的意见，要求全员参加，层层发动，逐级上报。”

董事们知道，董事长讲的这两条，特别是第一条，就把他的小儿子子骞排除在外了。大家对董事长大公无私的精神表示了无限敬佩，用鼓掌的方式表示赞同。

郭忠良回家把这事对老伴一说，彭丽华立即表示反对。她讥讽地说：“忠良，你太高尚太伟大了，心里只装着别人，唯独没有咱们的儿子!”

“我心里怎么没有咱儿子呀! 子轩是公司职工，完全有资格参加竞选，让他报名参加竞争就是了。”

“按你的规定，子骞就永远跟咱的公司无缘了?”

“除非我把股份转让给他。”郭忠良说，“子骞根本不喜欢经商，怎么会稀罕总经理这个位子!”

“忠良，咱们老了，还要指望这两个儿子呢。你要为他们着想。”

“儿孙自有儿孙福，不用为他们操心。”

彭丽华抱怨说:“你用自己的股份设岗位股，是为了调动骨干的积极性，我支持。现在你要把总经理的位子让出去，这可是掌实权的。起码你应该为子轩想想呀!”

“他可以报名。只要职工拥护他，就能选上嘛。”

“可他现在只是个设计室主任，是搞技术的。在整个公司根本没多大影响，人们怎么会选他呢?”

“现在就是让他当总经理，他恐怕也没勇气挑起这个担子。”

“孩子嘴上不说，心里不定怎么抱怨你呢。”

郭忠良不以为然地笑笑:“抱怨就抱怨吧，谁让他们修下我这么个爸爸呢。”

“你甭不听我的，有你后悔的时候!”彭丽华半开玩笑地说，“你不为儿子们着想，看你老了谁伺候你!”

郭忠良并没把这事放在心里，笑笑说:“我有你这么好的老伴儿，靠孩子们干什么呀，你不会不管我吧?”

7

郭忠良把公司海选总经理的事告诉了两个儿子，目的是想看看他俩对家产和名利的态度。

子轩、子骞平时各忙各的，除了周末，很少聚在一起。这天，妈打电话叫他们带上自己的对象，回家吃晚饭。子轩、子骞不知道家里有什么事情，下班后就带着自己的女朋友乖乖地回家了。

子骞和对象安茹雪先到家，一进门就问:“妈，把我们叫来，有什么大事呀?"

"你爸要开会。"彭丽华说,"我不知道他有什么事,这么兴师动众的!"

子骞一惊:"有什么大事呀,值得开会?爸爸呢?"说着,就要往爸的书房里走:"我哥还没来吗?"

正说着,子轩和柳慕青一块儿进来了。

这时,郭忠良正端着茶杯从书房出来,让孩子们都在客厅的沙发上坐好。然后问:"去看你大伯了吗?"

"去过不止一次了。"孩子们异口同声地说。

子骞说:"大伯的身体恢复得不错。"

子轩说:"大伯病这一场,真的显老了。该退休啦!"

子骞说:"爸,你也快到耳顺之年了吧?悠着点干吧。"

彭丽华趁机说:"你爸的身体也不如以前了。最近,我发现他说话的声音有些沙哑,一忙就说累。以前可不这样。"

子轩问:"爸,去医院检查了吗?"

郭忠良笑笑说:"你妈总好小题大做,别听风就是雨了。我的身体没事,可能有点儿感冒。"

"叔,感冒也不能大意呀!"子轩的未婚妻柳慕青说,"感冒往往会掩盖一些病呢,去医院查查吧。"

安茹雪对彭丽华说:"阿姨,给伯伯查病你要没空儿,我陪着伯伯去吧。"

郭忠良见两个未来的儿媳妇催他去医院检查,看到了她们的孝心,高兴地说:"谢谢你们的关心,我的身体棒着呢。"

彭丽华把脸一沉,抱怨说:"我早就催你去医院看看,你总说工作忙,今儿推明儿,明儿推后儿,至今也没去成。"

子骞说:"爸,明天上午我陪你去医院检查。"

"闲言少叙,书归正传吧。"郭忠良轻咳了两声说,"你大伯病了这么一场,把你妈也吓坏了,成天催我去医院检查身体。平时一忙起来,就忘记自己多大岁数了。静下来一想,我也快六十了,是该考虑退休了……"

"你爸想先把公司总经理辞掉。"妈接腔说,"今天把你们叫过来,是想听听你们的意见。"

孩子们顿时都愣住了，他们没想过这事，没有马上表态，随后又表示同意。子骞说："爸妈的健康就是我们的福。老爸奋斗了二十多年，也该好好享享清福了。我举双手赞成，最好把公司董事长也辞掉！"

子轩说："爸爸退休是早晚的事，但不能一下子把工作全辞掉。老了没点儿事干会感到空虚无聊。先辞掉总经理，从繁杂琐碎的具体事务中解脱出来，就会清闲很多。"

"我同意子轩的意见。"柳慕青说，"叔叔一身兼二职太累，终究五十大几了。但我希望叔叔还当着公司的董事长，一来避免失落；二来可以把新总经理扶上马，送一程。等新经理能把公司的担子挑起来，再辞掉董事长也不迟。"

大家意见一致，鼓掌通过。彭丽华插嘴说："你爸辞掉总经理，我没意见。只是他想……"

郭忠良见老伴要抢嘴表示她的看法，不满地瞪了她一眼。

这时子骞趴在哥的耳朵上，悄声说："哥，你的机会来了，快接这总经理吧。"

子轩本来就腼腆。子骞这么一说，他的脸忽地红了，不好意思地小声说："我现在才是个中层干部，离总经理还差十万八千里呢。"

郭忠良刚要说话，就见子骞和哥悄声说起话来。他瞅了他俩一眼说："大声点，让大家听听。"

子骞提高声音说："我哥是学经济的，这应该是他的奋斗目标。爸不是常说，不想当将军的士兵不是好士兵吗？"

子轩打断子骞的话说："但是，好士兵并非就能当元帅。这是个现实与理想的问题。做个好士兵不难，当元帅所要具备的条件并不是每个士兵都有的。"

子骞说："哥，你正在一步步地向这个目标前进嘛！两年多时间，你就从统计员升到了设计室主任，说明你是个潜力股。"

"不行不行，"子骞这么一夸，子轩更不好意思起来，把脑袋摇得像拨浪鼓，红着脸说，"我的差距太大了，根本不懂管理。还是老老实实地干我熟悉的工作吧。"

"哥，你就别谦虚了。我看你完全能够挑起总经理的担子！"子骞身边的安茹雪，早就认定哥是信誉集团公司的接班人了。

郭忠良瞅了一眼这位未来的儿媳妇，说："子轩确实表现很好，进步很快，继续发展下去，很有前途。”

老爸这么一说，安茹雪就鼓起掌来：“哥很有希望啊，祝贺祝贺！”

郭忠良接着说：“拿破仑说过，‘不想当将军的士兵不是好士兵’。这是要人们立志做大事。然而，好士兵不一定具备当元帅的素质。这就要坚持不懈地努力。子轩，你理解爸让你从最基层做起的意思了吗？”

子轩使劲点了点头：“开始不理解，后来就懂了。”

子骞真诚地说：“哥，咱爸让你从最基层做起，就是让你脚踏实地地向着将军这个目标前进。我相信在不久的将来，你就会坐到老爸的位子上。”

柳慕青玩笑地说：“子骞，我看你别当记者了，回公司当总经理吧。”

子骞指着自己的鼻子说：“你看我这个长相像总经理吗？”

柳慕青说：“你长得这么帅气，点子又多，我看当总理都行。”

“可惜我不喜欢这一行。”

众人大笑。

郭忠良说：“公司刚开了一次董事会，决定采用海选的办法推选总经理，公司所有人员都可以报名。不是公司职员的，一律没有资格参加！”

郭忠良这么一说，子骞那提吊的心一下子放了下来。他说：“老爸真英明。把我排除在外，我就谢天谢地了。刚才嫂子这么说，吓得我出了一身冷汗。”

彭丽华笑着瞥了子骞一眼说：“你想得美，你爸根本就没有打你的牌！”

郭忠良接过老伴儿的话说：“你们可能抱怨我没有为你们着想。其实不是这样的。俗话说，可怜天下父母心。有哪个父母不为子女着想呢？我是凡人，也不能脱俗。从小我就为你们操心费力。但我认为，为子女着想，并不是给子女留下多少物质财富。我看重的是精神富有。平时我严格要求你们，注重锻炼你们，就是想把你们培养成对国家对人民有用的人才。当然，我也希望你们富有。但是，这种富有，不是从父母手里继承来的，而是靠自己奋斗得来的！”

爸的话说到子轩心里去了，他情不自禁地鼓起掌来：“爸，你真伟大！怪不得人们那么敬重你。我们一定要好好向你学习。”

彭丽华说："开始，我不赞成你爸这样做。现在我也同意你爸海选公司总经理了。"她说着，瞅了子轩一眼说："子轩，你有条件参加竞争，就不要放弃这个权利，不妨报名试试。"

子轩红着脸直摆手："不行不行，我知道自己几斤几两。如果报名参加，人们会笑我自不量力。"

"哥，你太谦虚了。你本来就很优秀嘛！"

彭丽华说："贵在参与。要像你爸那样自信。"

柳慕青说："妈，这次子轩不想参加竞争，就不要勉强他了。"

这个家庭会开到这儿，意见基本一致了。郭忠良对子女的表现很满意。他对老伴说："你订的外卖该差不多了吧？给他们打电话，我们要开饭喽！"

话音刚落，门铃响了。子骞说："是送外卖的吧？"说着，忙去开门。柳慕青和安茹雪也跟了出去。

这顿晚饭相当丰盛，菜要了十二个，有荤有素有海鲜，有白酒、啤酒和红酒，想喝啥喝啥。大家纷纷给爸妈敬酒，祝二位老人健康长寿。四个年轻人也互相敬酒，祝工作顺利，事业有成，气氛温馨和谐。

8

一家人统一了思想，郭忠良就着手组织海选公司总经理了。他觉得家族企业搞世袭有许多弊端，只有走职业经理人的路子，才能做到长盛不衰。为了真正做到选贤任能，他决定用群众推荐、董事会选举的办法，选举出公司总经理。为了群众发动充分，他不仅召开了专门会议，还在公司告示栏里发了通知，要不拘一格选用人才。经过层层发动，最后董事会选举公司常务副总经理冷雪接替了总经理这个职务。

冷雪是位年近40岁的女人，省经贸大学经济管理学院毕业后，就一直在公司工作。开始，她主动要求从车间统计员做起。她工作勤奋，大胆泼辣，富有开拓精神。而且对自己要求十分严格，从上班那天起，就把公司当成了自己的家，从来没有迟到早退过，就是女儿生病住院，也很少耽误工作。丈夫埋怨她是个不称职的妻子和妈妈。她觉得自己愧对家人，只有努力工作来报答他们。冷雪聪明好学，勤于动脑，给公司提出过许多好的建议。她认为，公司的产品既要对自己负责，又要对企业负责。对顾客负责就是对社会负责。既然这样，我们就要追求社会价值的最大化，而不是利润的最大化。她的经营理念跟郭忠良是一致的，不仅董事长、董事会欣赏她，在公司员工中有很高的威信，在客户和社会上也有很高的威望。在这次推选公司总经理的活动中，她以全票当选。这完全在郭忠良的预料之中。

冷雪却没有想过自己会被选上。当热烈的掌声响起，主持人宣布她当选信誉集团公司总经理，让她上台讲话的时候，她才一下子愣住了，如梦方醒。旁边的人告诉她当选了，她才回过神来。惊喜之余，有些不知所措。

郭忠良向她招手，投来鼓励的目光，她鼓起勇气走上主席台。由于激动她那白皙的脸有些发红。她感动地说："谢谢董事会和职工们对我的信任，我一定不辜负大家对我的期望，决心拿出百分之百的精力，投入新的工作，带领大家继续改革创新，把我们信誉集团公司的工作做得更好！"

第九章 子承父业

1

郭忠厚的脑溢血尽管治疗及时，用的又是好药，加上按摩、针灸和锻炼，也没能彻底治好，走路依然腿脚不利索。儿子们又把老爸拉到北京301医院，请专家进行了一次会诊。专家们一致认为，滏水市医院的治疗是正确的，用的药物也是最好的。言外之意，他们也没有更好的办法。专家们说，这种病需要慢慢恢复，回去继续坚持按摩、针灸和康复训练吧。于是就出院回家了。姜玉芳怕老头子有压力，调侃地说："治成这样就不赖了。大难不死，必有后福。你就在家安心养着吧，我陪着你。"

出院后，他就闹着去公司上班。一家人当然不让他去。姜玉芳劝阻说："你就退了吧，公司让孩子们去打理，你就别再操这份心了。"

兴盛也说："爹，你这次病把我吓坏了，也给你敲了警钟。终究是六十岁的人了，不能再像过去那样拼了。公司的事你就交给我们哥仨吧。辛苦了大半辈子，也该享清福了。"

郭忠良听说哥出院了，就跟彭丽华一块儿来看他。他听嫂子说哥要去上班，语重心长地说："哥，我知道你不服老，想再折腾几年。但毕竟这把年纪了，身体已经敲响了警钟，这一病腿脚也不利索了，就趁机歇了吧。"

彭丽华也说："哥，你这辈子值了。一个农民靠借的五块钱卖破烂起家，如今干出了这么大的事业，也算没枉来世上一回。现在孩子们都大了，兴盛兴旺都能扛起大梁了，兴家也大学毕业了。你就安心在家享几年清福吧。"

郭忠厚听着心里舒贴，高兴地点点头说："按说是该歇了，可我的心还不老，还想……"

姜玉芳知道老头子不死心。打断他的话说："年龄不饶人啊！再说，孩子们都大了，你就把公司交给他们吧。"

"我还想看他们一段时间。"郭忠厚觉得把整个公司交给儿子们打理，他还放心不下，想观察观察，再考虑考虑。

一个即将退休的老人，总舍不得离开自己开创的事业。这是人之常情。人终究会老的，退休是必然的。自己开创的事业要谁接班，怎么交班，这是必须考虑的。所不同的是，有的人对这个问题想得比较早，考虑得比较从容；有的人则是因为突然闹病，身体不支，是被迫考虑的。郭忠厚就属于后者。在这之前，他认为自己身体还很棒，再干十年没问题。所以，从来没想过退休的事。这次突然病倒，他不得不考虑这个问题了。就眼下自己的身体情况，甭说再干十年，就是在公司顶一天也够戗。尽管自己不情愿退出这个舞台，尽管是那样的恋恋不舍，身体却由不得他了。好在三个儿子都大了，把公司交给他们这是顺理成章的事。但他不放心，想继续挂着董事长和总经理的头衔，只管公司的大事，不再具体抓经营管理。这样观察一段时间，如果觉着他们可以，就彻底退休。

姜玉芳坚决反对他继续干。公司可以不要，老头子必须健康。老两口健健康康地活着，这就是一家人的福气。她对郭忠厚说："你还想抓着权力不放啊！我就要你结结实实地活着，陪我过几年清闲日子。既然说退，就来个一撸到底，一步到位，别那么恋恋不舍了。"

按说是应该这样了。然而，他的公司是家族企业，不能像国企的老总那样，说退立马走人，办个手续，一宣布就退了。他要考虑由谁接班，三个儿子怎么安排？兴国不想在公司上班，自己办起了特教学校，有了理想的事业。在办校过程中自己支持了她，并答应她今后有什么要求，将继续支持帮助她。公司接班的事就不考虑她了。兴家刚毕业，虽然在公司上班了，还贪玩，安排他干什么也不会有意见。只是兴盛和兴旺让他为难。兴盛是老大，从十五岁就跟着他干，对公司的内部管理和外边的客户都很熟悉。他为人忠厚，又肯吃苦，手脚也勤快，在兄弟三个中对公司贡献最大。按说应该让他接手公司董事长。可是，姜玉芳却想让兴旺接班。兴旺从小就机灵透亮，又是大学本科毕业，但他过于精明算计，而且有些自私，好出风头，又好争功，办事不那么稳妥，让人不太放心。再说，他只分管了两年业务处的工作，没有掌握过公司的全盘工作，当董事长还欠缺一些条件。再说，兴旺是跟姜玉芳结婚五个多月生的，不少人怀疑不是他的种，他却没放在心上，一直把他当成亲生，并没有外待过他。他却以学历比哥高为由要接公司的班，肯定是姜玉芳和姜玉山在背后撺掇的。在六十大寿那天他就提出了这个问题，想抢班夺权，把自己气得脑溢血了。怎么能让他当董事长，掌握公司的大权呢？如果让兴盛当董事长、兴旺当总经理、兴家挂个副总，这是绝好的安排。就怕姜玉芳不会同意。如果按着姜玉芳的意思安排，兴盛不会跟兴旺计较什么，他媳妇秋灵干吗？这些年秋灵为企业也付出很多。她要让兴盛拼命地争怎么办？即便不争，一山也难容二虎。如果兄弟俩尿不到一个壶里，那就没办法合作经营，矛盾和冲突就会给企业造成严重内耗。不要说企业稳定发展，说不定很快就会垮台。这是他最担心，也是最不愿看到的。他心里百味杂陈，翻来覆去地想了又想，掂量了再掂量，这事真的为难了。所以，一直下不了这个决心。

姜玉芳见他成天唉声叹气，就问他：“是不是为公司接班的事发愁啊？”

“我退好说，让谁接班确实为难。”

“事情这不是明摆着吗？”姜玉芳胸有成竹地说，“现在强调领导干部四化，按这条件衡量，当然应该让兴旺接班了。兴旺是大学本科毕业，兴盛初中都没毕业。为了公司的发展，也得让有知识的掌舵吧。”

“兴盛现在也大专毕业了，再说，管理企业的经验也比兴旺丰富多了。”郭忠厚说，“如果让兴旺接班，甭说兴盛想不通，秋灵也不干，对外人也说不过去啊。”

“那你说怎么办？”

姜玉芳想了想说：“你也别发愁为难了。既然你想退下来，咱们就来个彻底的，把公司来个三一三十一。正好咱们有三个服装加工厂，一个儿子一摊儿。孩子们谁也不会有什么意见。”

郭忠厚摇了摇头说：“这个办法我也想过，痛快是痛快，孩子们也不会说什么。可是，这么一分，咱这公司可就七零八落了。”

“孩子们大了，咱们总不能拢他们一辈子。分家是早晚的事，你就下狠心分了吧。”

“这可不是闹着玩的，还是慎重些好。”郭忠厚说，“要不咱再民主一次，跟孩子们商量商量，看他们有什么想法。”

姜玉芳说："儿子大了，而且都有媳妇和对象了，不再那么单纯，都在打自己的小算盘，商量也不会一致的。你就做主这么分了吧。"

"还是商量一下好。"郭忠厚坚持自己的意见，"起码能了解他们的真实想法。再说，还有他们的媳妇们呢，也听听她们的意见。"

"他们的意见要一致还好说，如果有分歧，甚至争吵起来怎么办?"这是姜玉芳最担心的。

"有我在，他们打不起来。"

既然郭忠厚坚持要征求孩子们的意见，姜玉芳就通知他们晚上都到家来吃饭。

兴家听说家里要开会，不耐烦地问："妈，又开什么会呀?"

"你爸想退下来，商量一下公司的事。"

"爸不干了，就让大哥二哥干呗，这有什么商量的!"兴家把嘴一撅，"这事跟我无关，我就不参加了。"

"不行。"姜玉芳把眼一瞪，生气地说，"你爸说，这个关系着公司今后的经营管理，每个人都要动脑筋想想办法。"

"那我就去吧。"

四个子女，不管结婚没结婚的，都有了自己的家，平时不在一起吃住。所以，开会的这天晚上，妈要大家都到家来吃饭。于是，要了一桌外卖，鸡鸭鱼肉应有尽有，荤素搭配各具特色，白酒红酒啤酒和饮料样样俱全。儿女们频频举杯祝老爸康复出院，祝老妈身体永远健康。兄妹姐弟互祝事业兴隆，不断进步。一家人喜气洋洋，乐乐呵呵，其乐融融。

饭后，舒曼和丛蕾跟兴国、秋灵抢着收拾桌子，刷洗了锅碗，就都来到了客厅。

郭忠厚首先说了这次会的目的。他说："我的病基本好了，虽不太彻底，留下一点毛病，也无大碍。这次病给我敲了警钟，说明老了，身体不顶个儿了。你妈和你叔都不同意我再干了。面临当前的金融危机，我也力不从心了。可是，咱们的公司还要办下去。不仅要克服眼前的困难，还要越办越好。究竟应该怎么管理呢？今天就想听听你们的想法。都是一家人，也甭藏着掖着，怎么想就怎么说吧。"

对这个问题，在郭忠厚患病住院后，兴盛、兴旺和秋灵都想过，每个人心里都有个小九九。可是，要把心里话当着全家人说出来，却没有一个挑头儿的，会议一开局就陷入了沉闷。

姜玉芳见冷场了，知道他们在顾虑什么，就来了个开门见山，爽快地说："现在你爸当着公司的董事长兼总经理，兴盛是副总，兴旺负责业务，兴家刚毕业还在熟悉公司的情况，没有具体安排。你爸说退下来，就是要辞掉董事长和总经理。今天就讨论一下这两个职务由谁来接。"

兴家一听是为这事，觉得与己无关，就率先发言。他说："这事是秃头上的虱子——明摆着嘛。掌舵的如果还跟爸爸一样，董事长和总经理一肩挑，当然就是大哥了。大哥是长子，在公司工作时间最长，对公司贡献最大。这是理所当然的，也是当之无愧的。如果爸爸想把董事长和总经理分开，由两个人当，那就大哥当董事长，二哥当总经理。我刚上班，给我挂个什么职务无所谓，我绝对不争不抢，不挑不拣。"

兴家的直率让大家有些发笑，却没人接腔。兴盛听了，心里很舒服；兴旺却皱起了眉头，不满地瞥了兴家一眼。秋灵觉着兴家说出了自己心里的话，笑着冲兴家点点头，表示感谢。舒曼冷着脸看着兴旺和妈。丛蕾却像局外人那样矜持地坐着。谁也没有接腔，会议有些冷场。

郭忠厚瞅瞅大家，启发说："兴家谈了自己的看法。你们也不要受他的影响，个人都说说自己的意见。"

姜玉芳觉着老头子没有把事情说明白，补充说："我说明一点：你爸是咱们公司的开国元勋，当时你们年岁还小，有的还在上学，所以，就董事长和总经理一肩挑了。现在你们都长大成人了，今后公司的董事长和总经理要两个人当，共同分担责任嘛！"

兴国觉着这事与自己无关，但这事直接关系到大哥和二哥的权和利，于是，接着妈的话说："要这两个职务分开的话，应该让大哥当董事长，二哥当总经理。大哥的资历和经验在那儿摆着呢。两个人如果团结合作，肯定会干好。"

兴旺说："我认为，要想决定公司接班人问题，首先要明确接班人的条件。现在对领导干部有要求，特别强调四化，即革命化、年轻化、知识化、专业化。如果这个问题定下来，谁当董事长谁当总经理就好办了。"

兴旺强调四化问题，很明确地表明了他想当董事长的意图。秋灵抢先发言："革命化、年轻化这都明摆着。兴盛三十正年富力强，革命化他最能吃苦、忍辱负重。强调知识化、专业化这两条，兴盛也完全具备。他通过自学也拿到了大专文凭。再说，知识不光指书本知识，实践经验也是知识啊。要说咱们从事的服装专业，兴盛比兴旺懂得多多了吧？"

"嫂子说得有理在行，我支持。"兴国和兴家异口同声地说。

舒曼反驳说："知识化、专业化是指进行过专业训练，没有学历怎么能算知识化！"

李大博张嘴想说什么，兴国给他使了个眼色，就把到嘴边的话咽了回去。

兴盛觉着秋灵不该为自己争理，不满地白了她一眼说："兴国和舒曼说得对。论吃苦，谁也没有爹和我吃的多，我在公司干的时间也最长，所以经验也多；论学历，兴国上的是大学，学得扎实。在当前金融危机的情况下，谁干也不好干。"

虽然兴盛没有明确表态，但秋灵和兴旺的意见十分明确，互不相让。

兴家觉着自己已经发表了意见，再讨论也与己无关。于是，伸展一下胳膊，打个呵欠说："今晚喝得有些多，我想回去睡觉了。散会吧。"

姜玉芳不满地说："兴家，你也老大不小了，怎么光知道吃喝玩睡呀！舒曼和丛蕾还没表态呢，怎么能散会呢。"

郭忠厚对李大博说："你也说说自己的意见。"

来之前，兴国就叮嘱过李大博："今天是讨论郭家的事，你不要瞎掺和。"如今岳父叫他发言，他壮了壮胆子就开口了。但他没有说谁当董事长、谁当总经理合适，而是在表白自己。他先把岳父吹捧了一气。他说："爸是全市乃至全省的著名企业家，是制衣业难得的人才。爸要退下来，不仅对咱们公司是个损失，对全市乃至全省的服装业也是一大损失。然而，为了爸爸的身体健康，我不得不举手拥护。健康对老年人来说是最重要的嘛！"

兴国不满他的发言，忙打断说："跑题了跑题了，讨论让谁接爸爸的董事长和总经理呢，你怎么这么肉麻地吹捧起爸爸来了！"

李大博的脸红了一下，发言开始转入正题："至于董事长和总经理的接班人嘛，这不是我考虑的问题。今天我要说的是关于我自己。爸退下来以后，咱们公司的领导力量就明显削弱了。所以，我想在公司分担一些任务。首先声明，我不是想当董事长和总经理。如果能在公司担任个副职，帮大哥二哥做些具体工作，能为公司尽点微薄之力，就很不错了。请爸妈考虑一下我的意见。”

兴国有些恼怒地站起来，指责李大博说：“我对你说过多少次了，不要打郭家公司的主意，你怎么就没记性！再说，你在学校干得好好的，来公司瞎掺和什么呀！”

李大博嘟囔了一句，谁也没听清他说的什么。从表情上看，好像对兴国极为不满。

舒曼和丛蕾笑起来，笑得有些意味深长。究竟笑什么，只有她们自己知道。

秋灵不满地批评兴国：“你怎能这样说大博！大博对爸妈是孝顺的，儿子不愿干的事他都干了，说明他的孝心。一个女婿还是半个儿，我看可以给大博在公司安排个副职。”

兴家慷慨地对李大博说：“姐夫，如果你想来公司，我甘愿把给我的头衔让给你……”

姜玉芳插嘴反问他：“那你干什么去呀?”

“妈，我还没玩够呢，再玩两年不行吗?”

姜玉芳生气地说：“瞧你这点出息!”

郭忠厚严肃地说：“兴家，你也大学毕业了，不能再玩了。赶紧把心收回来，也该干正事了!”

兴家把嘴一撇，不高兴地嘟囔一句：“咱家又不缺钱，何必扼杀我的青春呢。”

姜玉芳恶狠狠地瞪了他一眼，没再说什么。郭忠厚却把目标转向丛蕾：“咱们家是个民主家庭，你也说说自己的意见。”

丛蕾笑笑说：“我没资格发言，弃权!”

兴国见丛蕾这么说，疑惑地问兴家：“你跟丛蕾的关系还没定下来呀?”

“姐，你这是皇上不急太监急。我可不想这么早就让人管着。”

秋灵说：“兴家，丛蕾这闺女不错，你别犹豫了。也别再挑三拣四了，再挑就挑花眼了。”

兴家说：“这是我的事，你们就别为我操心了！我困了，还不散会呀!”说着，把脑袋靠在了沙发上。

郭忠厚的眼光巡视了一圈儿，该发言的都说了；不想说的，再动员也不会说什么了。于是说："今天只是听听大家的意见，究竟怎么安排，我再考虑考虑。眼下公司还维持现状。大家各司其职，不要因此分心，该干什么还干什么。"然后转脸问老伴儿："你还有什么说的？"

姜玉芳对这个会并不满意，只是说："既然没人发言了，就散吧。"

哗啦啦，孩子们起身走了。

2

秋灵回到家里，一进门就气愤地对兴盛说："你看兴旺两口子那样，好像公司必须给他似的，凭什么呀！在公司才干了两年就想当董事长，野心也太大了吧？事情总得有个先后，水大漫不过船来。只要你在公司，他休想当这个董事长！"

"事情在那里明摆着，兴国兴家不是都说得很明白吗？你跟他两口子急赤白脸地吵什么呀，最后还不是爹说了算！"

"爹说了算？爹耳朵根子软。他要听妈的怎么办？"

"爹不糊涂。"

"你没看见爹的模样吗？他气得脸红一阵白一阵的，也不说个公道话。"

"今天爹只是想听听大家的意见，摸摸底。这么大的事怎么能轻易表态呢。"

"如果不叫你当董事长，就是欺负人！"秋灵越说越来气。

"你别嚷嚷了，你看爹多为难呀！"

"爹为难什么？他拍板不就得了！"

兴盛知道媳妇的脾气，也就不再跟她争执了。

舒曼跟兴旺回到他们的家，一进门就说："我知道老大两口子就不会放手。明明是初中毕业还硬充什么大专！"

兴旺说："哥确实跟爹干的时间长，也自学取得了大专文凭。"

"他干的时间长，充其量是给爸打工。这也是争董事长的资本吗？"

"反正咱俩说的符合国家政策，我想爸是明白的。"

"明白什么呀！他明白为什么不表态让你接班？"舒曼说，"我看今天这形势对你不利，兴国向着老大可以理解，他俩是一个娘的，兴家怎么也分不清远近啊？他叫老大当董事长，这不是胳膊肘往外扭吗？”

兴旺说：“兴家刚毕业，心还在玩上，根本不关心这事。”

“妈在背后一直鼓动你当董事长，今天当着大家的面儿怎么不明确表态？”

兴旺见她愤愤不平，安慰说：“爸会听妈的话的，你就把心放在肚里吧。我困了，快睡觉吧。”两口子说着，上床睡觉了。

兴家回去往床上一躺就要睡。丛蕾把他拽起来说：“爸妈对你抱着多大希望啊，你咋不理解他们的心呢。爸妈让你当副总，是盼着你早点成才。别成天胡吃闷睡了！”

兴家甩开丛蕾的胳膊，不高兴地说：“你这是干吗呀！我真的困了。”说着，四脚八叉地往床上一躺，拉条被子往身上一盖就睡了。

“起来，我还没搭铺呢。”

兴家却不动弹。丛蕾生气地把他往一边推了推，自己脸朝外躺下了。

兴国从爸妈家里一出来，就跟李大博闹了起来。她指责李大博说：“我说你多少回了，安心在学校教书吧，别胡思乱想了。你却总想在我们家的公司捞个一官半职，到底图啥呢？”

“图啥？图过好日子呗。”李大博毫不隐瞒地说，“你办那个特教学校根本不挣钱。咱俩单凭我那么点死工资现在都紧巴。将来有个孩子怎么办？我们养活得起吗？”

“我看你就知道钱钱钱！脑袋钻进钱眼里出不来啦！”

“如今是商品社会，没钱寸步难行。”

“你看今天这架势，兴旺两口子跟大嫂争得快打起来了，还会允许你去公司？做梦去吧！”

3

会散了，孩子们都走了，姜玉芳想搭铺睡觉。郭忠厚说：“你先睡吧。”

“你干什么？”

“我想出去走走。”

“我陪你一块儿去。”

“不用。”郭忠厚摇摇头说，“我一个人清静清静。”

“黑灯瞎火的，你上哪儿去呀？”姜玉芳不放心地说，“你刚好，腿脚又不利索，千万别摔着。”

“你放心，我没事。再说今天是十五，又是晴天，外边月亮明着呢。”说着，就走出家门。

郭忠厚出了村，踏着月光向村西走去。他见兴盛兴旺为接班争得不可开交，肚里有苦无处诉，就来到前妻石秀的坟前。坟上长满了青草，在月光下随风摇曳，好像在向他诉说着什么，不由得想起他跟石秀创业的艰难……

那是三十年前。自己怀揣着借的老丈人的五块钱，骑着一辆破自行车去天津，走街串巷收破烂，受尽了当地人的讥讽和凌辱。多亏碰到了废品收购站的孙大爷，见他想买一袋人造革下脚料，因为缺两块钱就要脱下自己穿的褂子，孙大爷同情他，就给了他两块钱，他感激涕零地要给孙大爷跪下磕头。他把这一麻袋人造革下脚料驮回家去，就跟媳妇石秀做起了做包卖包的生意。石秀会蹬缝纫机，在家做包和车座套儿，他就走街串巷去卖。那时做买卖是投机倒把，只能偷偷地卖，总算捞到了第一桶金。后来国家政策放宽了，他的买卖越做越大，他和石秀没日没夜地干，媳妇石秀就是因为积劳成疾，在大年三十晚上突发心肌梗死撒手人寰了，留下了兴盛、兴国两个可怜的孩子。那年兴盛两岁多，兴国才三个月……

往事像演电影一幕一幕地闪现在眼前。想想今天在家庭会上，兴盛和兴旺两家为公司接班争得不可开交，痛心地说：“石秀，你要不走，我怎么会这样为难呢？”说着，心酸得潸然泪下……

他正哭着，忽然听到有咔嚓咔嚓的脚步声向这边走过来。他转过头一看，是兴盛，忙擦干眼泪问：“你怎么来这里了？”

兴盛说：“妈说你出来溜达，不放心你，叫我出来找你。我看你在会上为难的样子，就觉得你可能来看娘了。”

郭忠厚心里一阵热乎。他说：“孩子，你跟我吃了不少苦，我不会对不起你。”

兴盛说：“爸，我什么也不计较，你别为难，咱回家吧。”

4

姜玉芳也知道老头子为公司接班的事为难，怕他又犯病，就没敢再提这事，只是说：“昨晚为公司接班的事光说老大和老二了，兴家怎么办？”

郭忠厚说：“兴家刚毕业，一点也不成熟。再说，他也没有这方面的要求。我想让他跟两个哥干几年，锻炼锻炼再说。”

“兴家是不成熟，至今还贪玩。但是，他总不能给两个哥打一辈子工吧？”

“那你说怎么好？”

姜玉芳用商量的口气说：“既然你要退下来，我还是主张给他仨把家分了，免得兄弟之间伤了和气，咱俩也松心了。”

“分家？我没考虑过这事。”

“过去你没考虑，现在可以考虑呀！”

“我们只是讨论公司接班的事，怎么想起分家来了？”

“兄弟分家是早晚的事，晚分不如早分。”姜玉芳进一步强调自己的意见。

郭忠厚不再言语了。他倚在沙发上，眯上眼睛想起来。

姜玉芳说：“只有给他们把家分了，你才能真的歇心……”

“现在分家不是不可以。”郭忠厚打断她的话说，“我是怕兴家独挑一摊有困难。弄不好，分给他的那份家业，很快就会折腾光的。这是我最担心的。”

“俗话说，树大分杈，子大分家。这是顺乎情理的事，只是时间早晚的问题。”姜玉芳又用劝说的口吻开导他，“你也别隔着门缝看人，把兴家看扁了。好歹他也是大学毕业。再说，本事都是逼出来的。当初你做买卖，不也是什么也不懂吗？兴家赶上了好时代，比你文化高，让他边干边学不好吗？趁着咱俩还不老，还能动弹，帮帮他，很快就会成熟起来的。”

郭忠厚觉得老伴说得有一定道理。不往肩上压担子，肩膀什么时候能硬起来？把家分成三份，既可以避免兄弟仨伤和气，又不会让人说自己有偏向。何乐而不为呢?

道理是这个道理。然而，真要分家，郭忠厚又犹豫起来。分家，就意味着这个大家庭和自己这个公司的解体，也预示着三个小家庭和三个新企业的诞生。这对一个家庭来说是件大事。郭忠良反复琢磨了两天，依然拿不准这样做好不好。他想找个高人商量商量。找谁呢?这是家务事，找外人商量不合适。按农村的习惯，兄弟分家一般是让舅来主持。可他们兄弟仨不是一母所生，这个问题就复杂了。兴盛、兴国的舅是石磊，兴旺的亲舅是姜玉山。让他俩来主持给孩子们分家，意见肯定不一致，这样就更多一层麻烦。他想了想，还是找自己的弟弟郭忠良吧。他是几个孩子的亲叔，不会偏向哪一个，应该听听他的意见。于是，打电话让弟弟过来。

郭忠良见哥说有事商量，放下手里的事，就开车过来了。一进门就着急地问："哥，有什么事跟我商量呀?"

"别急，先坐下喝杯茶，这是我刚沏的龙井。"郭忠厚说着，就把沏好的茶放在了忠良面前。

郭忠良也不客气，端起茶杯就喝起来，品了一口说："这是明前茶，特级的。真香!"

"你还真是内行。我可没这本事。"

郭忠良说："哥，你忘了?这茶是我给你的，铁筒包装，最好的。"

"对对对!"郭忠厚一下子想起来了，"你看我这记性!"

郭忠良边喝茶边说："哥，我一直就喝这茶，能品不出来吗?"他随后把话题一转问："哥，你是不是该退下来呀?"

"对!我出院以后就一直考虑这事儿。年龄不饶人啊!病虽然好了，但腿脚不利索，走路不那么方便了。"

"哥，能落这么个结果就不错了。很多人得了这病就没醒过来。幸亏咱治得及时，手术是请北京专家做的，药用的也是最好的。虽然好了，今后也得注意。到了这个年纪，健康是最重要的。所以，我劝你一定要退下来，公司让孩子们去干。"

"忠良，我听你的。你嫂子和孩子们也不让我干了。"

"哥，这些年你真的不容易。如今也功成名就了，就歇了吧。"

"歇是已经定了。不过对公司的事我还是放不下。"

"有什么放不下的?孩子们都大了，你就放手让他们干去吧。"

"话是这么说。我也想让孩子们接班儿。可是，这也不是三两句话的事。眼下让我最发愁的是，让谁主公司的事呢？"

郭忠良不假思索地说："兴盛从小就跟着你干，对公司里里外外的事又都熟悉。他又是老大，你就交给他吧。"

"按说应该让兴盛接班，可他是自学大专。兴旺是大学本科，他想接班。"

"你的病不就是兴旺要接你的班气的吗？"郭忠良说，"学历不等于能力，老大的能力比老二强多了！"

郭忠厚点点头说："兴国和兴家都说让大哥当董事长，老二当总经理。但你嫂子和姜玉山也想让兴旺接班，要不就分家。这叫我挺为难的。"

郭忠良笑笑说："平时看嫂子不错，对四个孩子不显这不显那的。到了关键的时候，就看出亲娘后娘来了。看来嫂子还是向着兴旺。"

"她还惦记兴家，总怕他过不了，就想给儿子们分家。"

"分家！"郭忠良颇感意外地提高了嗓门，但他没有表态，反问哥，"你同意吗？"

郭忠厚默默地笑了："天下老的向小的。这是人之常情吧。"

郭忠良端起茶杯喝茶。其实他是在认真考虑。

"俗话说，当局者迷，旁观者清。所以，我把你请来，想听听你的意见。对我这个家来说，这终究是大事啊！"

"可怜天下父母心啊！"郭忠良感慨了一句，"中国的长辈们就是这样，总不放心孩子，老了还要为他们操心，总想管他们一辈子。"

"谁家不是这样呢。我们创业为什么？还不是为了他们吗？"

"子承父业是中国的传统，这并没什么错。但是，我认为，子女应该继承的不在于事业和家产，主要是精神和品德的传承。我的意思是，子承父德、子承父志比子承父业更重要。只有这样，才能解决'富不过三代'的问题。"郭忠良说着又觉得离题远了，就把话题拉回来，"鉴于你和嫂子对兴盛、兴旺谁当董事长有分歧，你俩又特别关心兴家的未来，分家不是不行。但我不主张现在就分。一是还没有闹到非分家不可的地步，二是分家对老三并不利，三是在金融危机时期分家对企业更不利。在当前的形势下，服装业竞争这么激烈，大企业还扛不住呢。如果分得零散了，应对困难的能力就更弱了。这就跟打仗一样，集合几十万人对敌就能战胜，如果分零散了就会让人家吃掉！不行，万万不能分！”

郭忠良把哥说得脊梁沟子发冷。郭忠厚倒吸了一口冷气，着急地说：“那你说该怎么办？”

“就目前的情况，公司不能分。董事长和总经理你还挂着，他们兄弟仨的职务不动。可以先把三个加工厂分给他们三个经管，先观察一段时间，然后再做决定。这三个加工厂的规模和设备差别很大，第一分厂是最好的，设备新，技术力量强，合同饱满；第二分厂规模小，但都是生产高档服装，利润丰厚；只有第三分厂设备老化，生产低档服装，利润寥寥。为了避免有人说你有偏差，做到公开公平公正，可以让他们用抓阄的办法。这样谁也没得抱怨。”

把三个加工厂分给三个儿子经营，这是郭忠厚没有想到的。他想了想说：“既然我还挂着董事长和总经理，就还脱不了套儿，还得为他们操心。”

郭忠良说：“哥，如果你怕操心，三个加工厂可以实行承包制。这样你不就省心了吗？”

“承包？”弟弟的建议把郭忠厚的想法打乱了，一时不知怎么办好。

郭忠良接着说：“就目前的情况，我觉着这个办法比较好，既可以把你从繁杂的事务中解脱出来，又能考验他们的能力。等你看准了让谁接班再说吧。”

郭忠厚在认真思索着，不住地点头。他的脑子渐渐开窍了。

5

郭忠厚对弟弟的建议反复想过，也跟老伴儿商量过。觉得可行，准备付诸实施。他想再征求一下三个儿子的意见，但没有把他们仨聚在一起开会，是一个一个分头谈的。

兴盛和兴旺听了老爸谈的新设想，第一个感觉是爸爸不信任自己。上次家庭会上，他明明是要辞去公司董事长和总经理，怎么又要自己挂着，不想放手了？也可能是怕得罪另一个。于是，就想采取这种和稀泥的办法，把三个厂子承包给三个儿子。这样做，明眼人一看，就是照顾兴家。三个加工厂这样一分，老爸虽然还挂着公司董事长和总经理的职务，实际上公司是名存实亡了。他俩心里虽然有些不痛快，但这主意是叔叔出的，爸妈也接受了，也就没说什么。兴盛只怕秋灵不接受，去跟老爹争执。兴旺虽不满意但说不出什么。

兴盛回家把这事跟秋灵一说，她立马就翻脸了，气鼓鼓地说："这显然是不想让你当董事长！我去找爹理论去！"

兴盛一把拽住她："爹刚好，你去闹啥？爹再犯了病怎么办！你要一争，好像我多么想当这个董事长似的。"

"我看你是白跟爹干这么多年了！"

"我还学到本事了呢。"

"我咽不下这口气！"秋灵气得喘粗气。

"秋灵，咱俩是有名的孝顺，你争这个，名声可就坏了。再说，这样咱也不吃亏，就算了吧。"

秋灵生气地说："这肯定是妈的主意，她想叫兴旺当董事长，爹又不放心他，所以就和稀泥了。"

"管一个厂子多省心啊！"

秋灵见兴盛这样，只好作罢。

别看这个方案是为兴家着想的，郭忠厚却担心他不同意。他虽然大学毕业了，也在公司上班。说是工作了，其实一直没有进入工作状态，那颗心依然在享受青春上。不是找朋友喝酒聊天，就是去舞厅跳舞蹦迪，要么就去飙车。如今要给他一个厂子管，就是想把他拴住。他怕兴家跟他拧脖子崩套，就和老伴儿一起跟他谈。

不出所料，跟兴家一说，他就蹦起来，愤然地说："上次会上我说得很明白，让大哥二哥当董事长和总经理，我挂个副的，怎么突然变了？你们明明知道我干不了，为什么还要给我压这担子？"

姜玉芳心平气和地说："这简直是狗咬吕洞宾——不识好人心。傻儿子，这是为你好啊。"

"什么为我好哇，我没有一点思想准备，也不想这么年轻就拴在工作上！"

郭忠厚说："兴家，你也不小了。我像你这个岁数已经扛起家里生活的重担了。你怎么还想玩呢？"

姜玉芳也说："兴家你想想，如果让你大哥二哥当了董事长和总经理，你这一辈子就永远在他俩手下工作了，什么时候是出头之日呢？这样，你就跟他俩平起平坐了，一样地当老板……”

兴家打断妈的话说：“我干不了，我不干！”

这态度老两口是预料到的，不急也不躁。姜玉芳耐着性子说：“兴家，你们兄弟仨就数你小，这是为你好啊，怎么分不清大小头呢。”

兴家听妈这么说，气不再那么冲了，低声嘟囔说：“妈，我真的干不了。分给我个厂子会赔光的。”

“我和你爸会帮你的。再说，还有丛蕾帮你呀！这是个好女孩，你要珍惜她，不要欺负她。”当妈的说得柔情蜜意，“只要你把心收回来，踏踏实实地工作，我们会把着手地教你。你又不笨，我相信你不比两个哥哥差！”

老两口就这样软硬兼施地把兴家说服了。他勉强地说：“那我试试吧。”

三个儿子都说通了，郭忠厚就委托一家会计师事务所，派人来对三个分厂清产核资，并到公证处作了公证。

因三个分厂的设备和业务量相差很多，郭忠厚和姜玉芳怕孩子们抱怨，就主张抓阄。兴盛说：“亲兄热弟的抓什么阄啊，你们分得了。要么先叫兴家挑，然后叫兴旺挑，剩下的是我的。”

既然说好抓阄，兴家、兴旺谁也不接受这样的优待。兴家说：“大哥在公司干了这么多年，对公司贡献最大。理应给哥分最好的……”

姜玉芳打断他的话说：“这又不是分家。再说，事情已经定了，就这样吧。你大哥也不会接受照顾的。”

兴家说：“要么叫大哥先挑，剩下的我跟二哥抓阄。”

兴旺说：“爸妈说叫咱仨抓阄，咱仨就抓呗，为什么让大哥搞特殊。”

兴盛赶紧说：“咱仨一起抓。”

姜玉芳说：“那我喊一二三，你们仨一齐抓！”她的话音一落，兴家与兴旺就下手抓了一个，兴盛虽然伸手做了做样子，却没有抓。剩下的那个就是兴盛的了。

把阄展开，兴家抓到了一分厂，即公司所在地那个加工厂。兴旺抓到了第二分厂，兴盛抓到了那个最差的第三分厂。

抓完阄，兴家笑了，高兴地说：“我有傻福，抓了个最好的。”兴旺觉着也不错。只有秋灵把嘴一撅，说了一句：“怎么这么倒霉呀!”兴盛却说：“就是我抓到这个分厂合适。”

然后，三个儿子分别签了承包合同，期限先订了一年。郭忠厚和三个儿子分别在合同上签了字，并摁了手印儿，还到公证处作了公证。从此合同生效。

郭忠厚对三个儿子说：“厂子虽然分别承包了，但你们不能分心。今后要互相学习，互相帮助。特别是兴家这边，他年岁小，没经验，你俩当哥的要多关心他。”

兴盛、兴旺异口同声地说：“没问题。”

兴盛对爹说：“尽管你还挂着公司的董事长和总经理，也别操那么多心了。大事你拿主意，具体工作我们做。我和兴旺这边不用你操心，你和妈多管管兴家就行了。”

这天晚上，全家人在饭店吃了一顿饭，庆祝顺利地把三个分厂承包给了三个儿子。全家人频频举杯，一片欢乐。只有李大博像霜打了似的没有精神。

郭忠良回家把哥家的事一说，彭丽华说：“你想的承包这个办法好。嫂子鼓动分家是为兴家着想。真要分了家，兴家不一定比他俩哥过得好。”

郭忠良感叹地说：“子承父业困扰着多少老人啊，又毁了多少企业啊!”

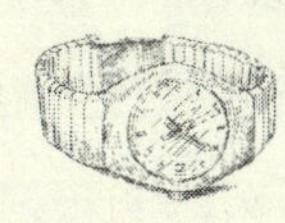

第十章　异想天开

1

兴旺没有当上董事长，有些心不甘，就找到妈诉苦，抱怨妈在关键时刻不给他拉劲。姜玉芳叹口气说："不是我不给你拉劲，那阵势对你十分不利。我要硬叫你接公司的班，不仅会遭到大家的反对，而且你爸会生气。如果把你爸再气病了怎么办？在不得已的情况下，我才想给你们仨分家。可你爸不想分，你叔也不让分，最后才采取了分别承包的做法。尽管你没分到最好的那个厂子，也不是最差的，应该知足了。"

姜玉山说："承包不才一年吗？你好好干，让大家看看你的本事。如果真的比老大干得好，一年后，董事长还是你的嘛！"

这次没有满足兴旺的野心，他跟舒曼又在打兴家的主意。他对妈说："你不是担心兴家干不了吗？干脆把他分的那个厂子合并给我吧，让他当个副手，跟我锻炼一年再自己干，这样不是两全其美吗？"

姜玉山听了频频点头："这个主意好。姐，如果兴家同意合并给兴旺，兴旺就占了公司的三分之二，再让兴旺当董事长，老大两口子就不会有什么话说了！"

姜玉芳觉着兴旺野心太大，心也太狠了。兴家把厂子合并给你，他就什么也没有了？只能给你打工。这不是欺负兴家吗？即便兴家同意，她也不能赞成。但她不想得罪兴旺两口子，笑着说："把兴家的合并给你，他倒省心了，就怕兴家不会同意。"

"兴家早就不想包这厂子，我看他会同意的。"姜玉山对姜玉芳说，"姐，你要不好意思跟兴家说，我去找他。"

姜玉芳想，兴家虽然贪玩，但他不傻，肯定不会同意，于是说："那你就去跟他说吧。"

晚上，姜玉山就去找兴家了，说有事商量。他怕丛蕾一掺和把事搅黄了，就想把他支出去。兴家说："丛蕾是我的参谋，让她也听听吧。"

姜玉山就从关心兴家出发，把厂子合并给兴旺的打算说了。丛蕾说："兴家承包个厂子，正是锻炼他的好机会。把这厂子合并给二哥，兴家连锻炼的场地和机会都没了。那样他是没有压力了，会一直玩下去，这不是害他吗?"

丛蕾这么一说，兴家觉得这是二哥想吃掉他，明确表态说："舅，你们也别瞧不起我，我学历不比哥低，保证能干好。是骡子是马拉出来遛遛看看!"

姜玉山真的错看兴家了，碰了一鼻子灰。他憎恨丛蕾多嘴，可也说不出，灰溜溜地走了。

兴旺的阴谋没有得逞，抱怨舅不会办事，万万不应该让丛蕾在场。然而，抱怨归抱怨，合并的希望是没有了。

2

郭兴旺尽管没有吞并到兴家的厂子，但也没有心灰意冷，依然踌躇满志。他认真分析了自己的优势，自己是大学本科毕业，而且学的是经贸专业，管理好这个厂子绝对没问题。上次去山东跑订单他尝到了甜头，觉着有一帮大学的同学确实是一种人力资源。他们遍布全国，干着不同的行业，如果把这些同学发动起来，是一种不在编的业务员，一定要充分利用这些资源，让他们为自己的厂子服务。于是，他特意搞了一次大学同学聚会。开饭前，他对大家说：自己承包了爸的一个厂子。这个厂子干得好坏，直接关系到一年之后能不能接任爸的公司的董事长，希望同学们一定要伸出友谊之手，助他一臂之力，帮他揽活跑订单，也可以帮他推销产品。当然不会让同学们白帮忙，利益共享嘛！他向大家声言，不论谁给跑来订单，或是帮助推销了产品，均按利润的百分之二十提成作为奖励。这些同学觉着有利可图，回去就发动他们的亲戚朋友，也投入到这个队伍中来了。俗话说，众人拾柴火焰高，不长时间，不少同学就给他跑来了一些订单，也帮他推销了一些产品，厂里的生意立即红火起来。

生意是红火了，但百分之二十的利润让这些同学拿走了，厂子利润所剩无几。仔细算过之后，觉着不合算了，后悔当初没有认真核算，一拍脑袋就说给他们提成百分之二十，大大失策了。这真是聪明反被聪明误。

姜玉山听说这事后，教训他说："服装行业是微利企业，你给他们提成这么多，咱们还能挣到钱吗？"兴旺正在为这个事懊悔，姜玉山安慰说："为了增加我们的利润，我们一定要在成本上精打细算，能省则省，能替代的找替代品。一个目标，降低成本，获得最大的效益。"

兴旺理解了舅的意思，虽然没有明说，但他知道是要他偷工减料。

舒曼提醒他说："偷工减料还能保证质量吗？"

"为了生存，为了赢利，现在只有这样了。只是尽量不让人看出破绽就行了。"

姜玉山给他提出了许多省钱的办法，一是衣服的尺码，误差可以在一厘米之内，省一厘米的布就节省七角钱；二是面料支纱数，支数少了布显得稀，为了弥补这个缺陷，采取浆洗的办法；三是染色的温度，高温染布换成中温染布就可以省一半的价钱。

他听了这些，满意地笑了。心想姜还是老的辣，就接受了姜玉山的意见。

然而好景不长，客户们发现了这些问题，纷纷找来退货。兴旺一下子傻眼了，他想抵赖，人家拿出合同一项一项地跟他检验，他无话可说，只好硬着头皮给人家退货赔偿。

这时，那些帮他跑订单和帮他推销的同学也陆续来找他要提成。他哪里拿得出钱来呀，只好到外面去躲避。

俗话说，躲得了初一躲不了十五。再说，厂子里有一摊子事要他管，就偷偷地回来了，来要提成的同学把他堵了个正着。他没钱，只好向妈借钱打发这些要钱的。后来再来的，他不好意思再向妈要钱了，就拿出了死猪不怕开水烫的劲头耍赖了。这些同学再也不顾四年同窗的情面了，就从厂里搬走他的东西，有拿衣服的，有拿布的，还有的抬走了他办公室的电视和笔记本电脑，搞得厂里一片狼藉。

3

事实教育了郭兴旺，使他进一步认识了姜玉山，别看他口口声声说在帮他，实际上是在害他。其实兴旺也了解这个亲舅的人品，分厂时并不想要他，是妈一再替他说好话，才勉强接受了他。

姜玉山没有文化，从小游手好闲，不务正业，老婆早就跟人跑了。农村实行大包干之后，他包了二亩三分地，他不想种地，就转包给了别人，到县城做个小买卖。但他总是这山看着那山高，干什么也没长性，结果赔了个精光。他走投无路之后，就来找姐姐姜玉芳，要来姐夫郭忠厚的公司上班。郭忠厚虽然知道他是个眼高手低、什么也干不来的人，但他是兴旺、兴家的亲舅，也不好意思驳他的面子，就答应他来公司上班。郭忠厚没想到的是，他虽没有本事，却摆谱不小，对工作挑肥拣瘦。让他去车间干活，他说没技术干不了，就让他去管库房。他竟从库房里偷布料和衣服，到外面去卖。郭忠厚发现这问题后，没好意思当面批评他，就不让他再管库了，让他去看大门。他心里知道这是为啥，没说什么就去当门卫了。这工作虽说不累，但拴得死，不能随便离开，没有自由，也没有什么油水。干了一段时间，又不干了，让兴旺给他调换工作。兴旺对爸说："他什么也干不了，干脆叫他回家吧。"郭忠厚摇摇头说："他是你亲舅啊，就是看在你妈的面子上，也得给他碗饭吃。"于是，让他去食堂给职工做饭。他安分了半年多，又去找郭忠厚："姐夫，你看咱家的亲戚朋友，大小都有个一官半职，就我是个白板。好歹我也是兴旺的亲舅，我这样他的脸上也不光彩，给我安排个管事的差事吧。"郭忠厚想，就他这水平，能把饭做好就不错了，怎么能管事呢。就用"研究一下"搪塞他。姜玉山见搪塞他，就找他姐姐姜玉芳求情，姜玉芳说："他好赖是我的兄弟，咱就当养着他。"郭忠厚这才让他在食堂当了事务长。从此，他管起了职工食堂粮油菜的采购。一当事务长，职工食堂属他管了，便为所欲为起来。他爱喝酒，闻见酒味就流哈喇子。过去挣钱少，只能打散酒，喝三五块钱一斤的滏水烧酒。现在当了事务长，有了采购大权，竟喝起二百多元一瓶的滏水特曲，成天喝得醉醺醺的，一睡就是半天。这还不算，还经常往家里拿米面油。好在职工食堂吃饭的人多，少个十斤八斤的也不显。有人向兴盛反映，说

“食堂有啥，他家有啥”。兴盛觉着他是兴旺的亲舅，也不好说啥，就让爹管他。郭忠厚不愿再跟他斗气，就让姜玉芳管他。姜玉芳却说：“他不就是爱喝个酒嘛，再说米面也不值钱，就原谅他吧。”姜玉山见没人管他，更加有恃无恐，竟发展到下假账贪污。兴盛对爸说：“你再不管他，说不定他敢偷着卖设备呢。”因为他是自己的小舅子，郭忠厚也没好意思当面批评他，只是不再让他当食堂事务长了。调他去了基建处。本来不想再安排他什么职务，他却厚颜无耻地说：“我当事务长又没犯什么错误，起码得平调吧。”硬是磨着郭忠厚给他挂了个基建处副处长的头衔才不闹了。既然挂了头衔，就得分管某方面的工作。大的建筑项目不敢靠他，就让他管起公司的维修。他不但没有从工作调换中接受教训，反而变本加厉了。竟用公司的物料，把家里装饰得焕然一新。分厂子时，他主动提出到兴旺的厂子里，兴旺不想要，姜玉山把脑袋一别楞，骂道：“你个忘恩负义的家伙，为你接公司的董事长，我给你出了多少主意啊，太没良心了。你要不要我，我打断你的腿！”兴旺拿他没办法，只好接受了。这还不算，还要当副厂长。姜玉芳说：“反正他什么也干不了，你就给他挂个名吧。”

刚给姜玉山挂副厂长职务的时候，并没有给他分配具体管的工作，只说给兴旺当个参谋。他本来就游手好闲，平时这里溜溜，那里看看，要么就找人下棋打扑克。人们说：“上班下棋违反纪律。”他拍着胸脯说：“兴旺是我外甥，他不敢管我。”

兴旺听科室的人员反映，姜玉山经常在上班时间找他们下棋，就找他谈了一次，让他带头遵守厂里的纪律，上班时间绝对不准下棋打扑克。当时他哼着哈着应了，一转身就忘到脑后了。第二天，他又到办公室找人下棋，人们又不敢不跟他下。正下得兴起，兴旺来了，吓得那职工赶紧溜了。姜玉山却不以为然地喊住那个人：“别走啊，横是下完这一盘儿呀！”

兴旺见他明知故犯，就严肃地批评他：“不知道这是上班时间吗？”

姜玉山见兴旺当着职工的面儿训斥他，觉着面子上过不去，把脑袋一别楞，不服气地说：“上班时间怎么了？没事还不兴玩玩吗？”

“不允许！这是厂里的制度。”他见兴旺生气了，这才悻悻地走了。

事后，兴旺找他认真谈了一次，警告他说：“你不干事也就算了，如果你再带头违反厂里的纪律，我就解雇你。”

姜玉山立马就火戗了。他猛地从椅子上站起来，冷笑道："你小子长能耐了，敢解雇你舅了！我是你爸妈请来的，即便让我走，也轮不到你说话！"

兴旺没办法，只好找妈诉苦。姜玉芳狠狠教育了姜玉山一顿，他这才老实了些日子。

兴旺想借着退货事件把姜玉山免掉。他怕妈出来干涉，先跟妈商量，说："我舅满肚子坏心眼，他帮不了什么，反而净给我添乱，别让他再挂着这个副厂长招摇过市了。"

姜玉芳说："偷工减料的事也不能全怪他。你是厂长，决策权在你手里。如果你不同意，他再怎么说你也不会采纳。看来你真的不成熟，好好锻炼自己吧。"

"妈，我会接受教训的，我再也不想让我舅在厂里晃悠了。我可以把他养起来，也不要他了。"

姜玉芳觉着自己的弟弟确实给兴旺找了许多麻烦，也不想让他毁了儿子的前程，就答应下来。

让姜玉芳没想到的是，跟姜玉山一说，他就跳了，恼羞成怒地说："他这叫卸磨杀驴！用不着我了，想踢开我。没门儿！"

"还真是请神容易送神难了！"姜玉芳见他蛮横无理，生气地说，"就这么定了，从今天起，你不要来厂里上班了，让他每月给你发三百元的生活费。"说完，扭头走了。

第十一章　不可一世

1

在签承包合同时，郭兴家还有些犹豫，怕厂子拴住他。当他坐在厂长办公室的老板椅上，欣赏着刚印好的、油墨飘香的名片上醒目地印着“兴家制衣厂厂长郭兴家”的时候，那种洋洋自得的笑意溢满脸上。刚毕业就有了自己的工厂、当了厂长，这真是天上掉下个大馅饼，砸在了自己的脑袋上。他把老板椅转了三圈儿，享受着飘飘然的滋味。心想，从此这一亩三分地儿就是我郭兴家的了。在厂里我是老大，这一千多名职工全是我的喽啰，都要听我的指挥，再也没人能管我了。他像去掉头上紧箍咒的孙悟空，感到浑身轻松。他伸出两只胳膊上下抖动着，要展翅高飞，腾空万里。他打电话把丛蕾叫过来，眉飞色舞地说起了自己的感受。

丛蕾听了，并没有像他那样高兴，反而觉得这个厂子像块大石头压在他俩身上，又像手里的一块烤山药那样烫手。她替兴家发愁，一脸的愁眉不展。

兴家见她这个样子，疑惑地问：“如今我当了厂长，你要嫁给我就成老板娘了。怎么哭丧着脸不高兴呢？”

丛蕾说：“兴家，如果你有志气，下决心把这厂子搞好，我当然高兴。但是，你的心还在贪玩，有心思、有能力管好这个厂子吗？咱们刚步入社会，对社会还不了解，对企业管理更是一窍不通。就凭咱们在学校学的那点书本知识，能管好这个厂子吗？你不觉得这担子太重了吗？能挑得起来吗？”

“丛蕾，你小看我呀！”郭兴家自不量力地说，“我大哥没有上过大学，还能干好呢。好歹我上了四年大学，难道还不如大哥吗？”

“兴家，学历不等于能力。大哥跟你爸干了十多年了，耳濡目染，口传手教，可以说精通了经营之道，干起来驾轻就熟。你呢？对企业一窍不通，既不懂企业管理，也不懂生产的工艺流程。怎么能把厂子干好？这要实打实的本事，可不是吹牛能吹出来的！"

"你怎么不鼓励我，反倒给我泼冷水呢。"兴家说，"再说，爸妈和两个哥都说要帮我的。"

丛蕾真心劝道："爸妈和哥是要帮你，这是好事，但你不能依赖他们，主要还要靠自己。现在你必须塌下心来干才行。你确实挺聪明，什么都是一学就会，只要彻底改掉贪玩的毛病，咱们的厂子一定能够搞好。"

兴家把脸一耷拉，不耐烦地说："你还没嫁给我呢，就想管我呀？没门儿！你这个丧门星走吧，我不想听你咒我！"

丛蕾抹着眼泪委屈地刚走，韩月美就推门进来了。兴家不由得一愣："你怎么回来了？"

"莫斯科的办事处撤了，你不知道吗？"韩月美反问了一句，接着说，"你妈把我分到你大哥厂里了。"

"这不很好吗？"

"不好。我想来你的厂子里，天天守着你。你就接受我吧。"韩月美近乎在恳求他。

兴家打着官腔说："服从分配吧。现在我是一厂之长了，没有时间陪你玩了。"

韩月美是鼓足勇气、抱着很大希望来的，没想到热脸贴在了冷屁股上。但她没有恼，给兴家递个媚眼，撇着鲜红的嘴唇说："哟，郭大厂长，当了老板就翻脸不认人啦！一日夫妻还百日恩呢，何况咱俩在一起有半年多了。你就这么绝情吗？"

郭兴家瞥了韩月美一眼，不满地说："谁跟你是夫妻呀，别胡说八道了！"

"咱俩虽然没有扯结婚证，不跟夫妻一样吗？"

"我正烦着呢，你离我远点儿。"

兴家下了逐客令，韩月美并没有走，换副笑脸说："兴家，我是来向你祝贺的，祝贺你荣升厂长。"说着，坐在了对面的沙发上。

"不稀罕！"

"咋不高兴呢？"

“我高兴不上来。”

“为什么呀?”韩月美说,“咱们同学中有谁能像你这样幸运啊,刚毕业就有了自己的企业,当了厂长。”

“丛蕾说我干不了。”

韩月美不怀好意地冷笑着说:“我当是老人们说你呢,原来是她呀!她算老几?她懂什么呀,我看她是妒忌你!”

“你别给我戴高帽了!”

“兴家,我相信你有能力把厂子办好。我也会帮你的。”

兴家瞅了她一眼,蔑视地冷笑笑:“你是不是还想管着我呀?我明确告诉你,不——需——要!”

“兴家,过去都是我不好,太任性了,可我是爱你的。我不跟你撒娇跟谁撒娇呀!如果你认为这是缺点,我坚决改正。事事听你的行吗?”韩月美说着,便走过来,趴在兴家的脸上亲了一下。

正在这时,姜玉芳来了。见两人这个样子,扭了扭脸,故意咳嗽了两声。韩月美见董事长夫人来了,热情地说:“阿姨,我不想在大哥的厂子里,还想跟兴家在一起。”

兴家说:“我这里有丛蕾了,你去大哥那边吧。”

“兴家,我离不开你。”

“我不喜欢你了,快走吧。”

韩月美见姜玉芳不言声,就红着脸走了。

姜玉芳把脸一沉,严肃地数落起兴家来:“你咋这么没出息呢。如今当厂长了,不是小孩子了。全厂一千多人的生活全要靠你,怎么还沉浸在男欢女爱中呢?刚才这事如果让丛蕾看见,这叫什么事呀!”

兴家说:“我根本不想见她,是她要来黏着我。”

姜玉芳说:“厂子刚分开,本来人心就不稳,生产、销售也有些乱。你怎么就不考虑这些问题呢。心思不能光用在女人身上。”

“妈,你误会了,刚才这事不怪我,是她来找我的。”

“女人不是越多越好。你别在她俩之间晃悠了,赶快定一个。你到底喜欢谁呀?”

“月美特轻浮,特虚荣,我烦她。”

“我看丛蕾还不错……”

兴家打断妈的话说:“她好什么呀!刚才还惹我生了一肚子气呢,

我把她赶走了。”

“你俩不是很好吗？她怎么惹你生气了？”

“她不鼓励我，反而给我泄气。刚才又教训了我一顿。”

姜玉芳听了一愣，反问一句：“她说你什么了？”

“她瞧不起我，说学历不等于能力，说我不如大哥二哥，嫌我不踏实、贪玩，怕我挑不起这副担子。她不是给我打气助威，反而贬低我，给我撒气。”

“傻儿子，你真分不清好歹！”姜玉芳笑着责备了一句，然后说，“我看丛蕾说得对，你要正视自己的缺点。一个人的水平和能力，不是因为加个头衔就提高了。对企业管理你确实一窍不通，对工艺流程你也不懂。尽管我和你爸、你哥都说帮你，但主要还得靠自己。把贪玩的心收起来，边学习边工作吧。”

“妈，乍一接这公司，我的脑袋好大，觉得什么也乱哄哄的，应该先抓什么呀？”

“首先稳定人心。”姜玉芳开门见山地说，“三个厂子分开后，你大哥二哥那边都比较稳定。你承包的是最好的一个厂子，如今却乱了阵脚，不少人嚷着要走。”

兴家懵懂地问：“妈，怎么会这样呢？”

“职工们信不过你呗，怕你把厂子办砸了，丢掉了饭碗子。”

“这怎么办呀！”兴家有些慌神了，着急地问妈。

“要想稳住职工的心，首先要稳住领导干部的心。”姜玉芳说，“原来公司主管生产的副总丁越山是把好手，我想让他好好帮帮你，就分到你的厂子了。可他说什么也不过来，硬是去了你大哥的厂子。”

兴家着急地说：“为什么呀？他嫌工资低，我给他加薪！”

姜玉芳摇摇头说：“有些问题不是钱能解决的，主要是信誉问题。这要在实践中慢慢树立。”

“妈，眼前我应该怎么办？”兴家真的感到束手无策。

“丁总之所以不愿到你这边来，主要是怕你的厂子办砸了失业。我已经让你大哥给他做工作了，丁总算你大哥厂子里的人，在那边发工资，要在你这边帮你一段时间。等你这边理顺了，人心稳定了，一切正常了，也许他就愿过来了。”

“大哥真照顾我。”兴家这话是发自内心的。

“兴家，你爸的病刚好，我不让他多操心。我想在你这边帮你一段时间。”姜玉芳说，“你让丛蕾通知中层以上干部，下班后在会议室开会。”

这是兴家制衣厂开的第一次中层以上干部会议，由姜玉芳主持。别看她在公司没挂什么头衔，大家都尊称她董事长夫人。在兴家的厂子里，她自封顾问。在这次会上，她告诉大家，之所以把三个加工厂承包给他们哥儿仨，一是因为董事长身体不好，二是遇上了金融危机，也是被逼无奈。兴家刚大学毕业，有热情，有干劲，但缺乏经验。自己和董事长会把他扶上马，送一程，帮他尽快成长起来。希望大家在这困难时刻，和衷共济，共同渡过这个难关。

在这个会上，郭兴家宣布了和妈一起定的人事安排，除个别人的工作调整之外，其他干部的职务和工资待遇都不变。最后姜玉芳情绪激昂地说：“希望大家跟兴家同心同德，携手把兴家制衣厂办好！”

姜玉芳的讲话赢得了热烈的掌声，大家也表示了鼎力相助，会议开得很成功。从此，职工们不再背后议论什么，情绪逐渐稳定下来。大家都抱着拭目以待的态度，投入了工作。

2

郭兴家当了厂长之后，一下子头脑发热了，觉得自己非常了不起，不可一世。高高在上，发号施令，到处指手画脚，动不动就训人骂人。稍不顺心，就大发雷霆。若是有人敢顶撞他，立马叫卷铺盖走人。丛蕾多次劝他要尊重职工，他不仅不听，反而对其大骂。丛蕾实在忍不下去了，就告诉了姜玉芳，还叮嘱不要让他知道是自己告的状。姜玉芳也听到过这种反映。一次她去厂里，正赶上兴家在训斥一个劳模。她立即制止了他，把那工人哄走后，就把兴家叫到办公室，认真谈了一次。他却不以为然地说：“当厂长就要有厂长的气魄，不然谁听我的？”

“厂长的威信不是让人怕，而是让人敬。大家佩服你、崇敬你，才会信服你。”姜玉芳说，“你爸爱民如子，把职工看成兄弟姐妹，解决问题以理服人，从来没有大声训斥过人。你大哥处处关心职工，事事为他们着想，经常帮他们排忧解难。所以，职工们都特别赞成你大哥……”

郭兴家不耐烦地打断妈的话说：“妈，我大哥没上过大学都能把厂子管好，我是正规大学毕业，你就别为我担忧了。”

姜玉芳见兴家这个态度，大失所望，严肃地说：“你这厂子是我给你争来的。你爸原来想让你跟着俩哥干，我怕你在他俩手下受委屈，才把这三个加工厂承包了。你这厂子也有一千多职工啊！他们全指望你吃饭、养家糊口呢，千万不能当儿戏。当领导是一门学问，你该学的东西很多，一定要谦虚再谦虚，不能趾高气扬。你没有资格翘尾巴！”

“妈，这我知道。”兴家说，“老爸告诉我，自信是成功的前提和基础。我相信自己能干好。”

“自信不是盲目地自满自大，更不是吹牛。自信是有条件的，要有真本事。”姜玉芳说，“你有学历，思想活跃，敢想敢干，这是长处。但学历不等于能力，敢干不等于会干。你大哥跟你爸摔打了十几年，懂生产，会管理；你二哥从小就特别精明，你懂什么呀！”

兴家说：“妈，办厂子有什么呀！无非是生产和销售呗。产品好，能卖出去，赚钱就行。这并不难！”

姜玉芳见兴家如此无知，为他捏着一把汗。她有些后悔，真不该给他争这厂子。如果听老头子的话，让他跟两个哥摔打几年，学点真本事，兴许会好些。俗话说，三十而立。嘴上没毛，办事不牢。看来让他主事太早了。然而，生米已经做成了熟饭，后悔也晚了。看来不具体帮他是不行了。不然，这个厂子非毁在他手里不可。

姜玉芳从此就蹲在了兴家的厂子里。也不怕他嫌自己碎嘴子，一有机会就对他嘟囔几句：“子承父业，更要继承你爸的品德和志气。”“一定要把公司的人团结在自己的身边，跟大伙一条心，一股劲，形成拳头，才有战无不胜的力量。” “人是平等的，不要认为职工是花钱雇的。”“人没有高低贵贱之分，要学会尊重人，关心人，体谅职工，帮助他们，像对待兄弟姐妹那样。只有待他们好，他们才会跟你一条心。”

为了尽快帮他进入角色，姜玉芳又跟兴家一起召开了一次中层以上干部会。兴家也按着妈的意思，向大家表了决心，发誓要跟大家一起打拼。大家虽然怀疑他的能力和为人，还是异口同声地表示支持他。

姜玉芳怕他乱花钱，自任财务科长，要管住他乱花钱，这就捆住了他的手脚。他特别不满，火冒三丈地跟他妈吵：“你这是干什么呀！如今我是厂长了，你凭什么管我呀！”

他妈毫不隐讳地说：“你不知钱是怎么来的，花钱大手大脚。我就要把住财务关！”

“妈，这是我的厂子，用不着你多管闲事！”

“这是怎么跟妈说话呢！”姜玉芳生气地说，“你不听话，我就把你这厂子收回来！”

“凭什么呀，这是我应该得到的。”

“我看你是狗咬吕洞宾，不识好人心。我怕你把这厂子折腾垮了，才管你呢。你当我愿为你操心吗？”

“你不愿待在厂里更好，快回家陪爸去吧。我这里用不着你指手画脚！”兴家说着，就要推妈走。

“我要不管你，用不了几个月就得把厂子赔个底朝天！”

“妈，你咋信不过我呢，我懂得理财。”

“你说下大天来我也不信你，就是要管！”

“妈，你太霸道了。这不是当我的太上皇，垂帘听政吗？”

姜玉芳见他说话这么难听，生气地说：“我就是当你的太上皇，要垂帘听政！这是为你好，为厂子好，将来你就明白了！”

兴家把嘴一撅：“我一辈子也不明白！”

“不明白我也得管，坚决不撒手！”

兴家见妈态度坚决，就把态度软下来，央求说：“妈，我长大了，当厂长了，你就放心吧。我绝对不辜负你和爸的希望。”

尽管兴家能说会道，在这问题上姜玉芳却要一把死拿。于是说：“我要在厂里看你一段时间。”

兴家转念一想，跟妈这样僵持着也不是办法，于是改变态度，嘻嘻笑着说：“妈，你这么大年纪了，说啥也不能让你再为我操心了。你不是信任丛蕾吗？就让她替你把关吧。她管我可严呢。”

姜玉芳想想也成。说实在的，她也不想再管事了。把老头子一个人关在家里，她也不放心。他的腿脚不利索，如果摔个跤或出点什么事，后悔就晚了。自己的任务就是伺候老头子，哄他开心，保他健康，安度晚年。丛蕾心气正，过日子，不胡来，可以信赖。她忽地想起了几句话：“三流企业人管人，二流企业制度管人，一流企业文化管人。”她对兴家说："光靠丛蕾管你也不是办法，厂子一定要建立严格的规章制度，民主理财，你不能自作主张！"

"妈，我听你的，你就把心放在肚里吧。"兴家为了让妈走，就这样痛快地答应了。他心里想，只要妈不死盯着自己，到时候还是自己说了算。

厂里的工作基本捋顺步入正轨了，姜玉芳又关心起他的对象来了。她知道兴家对感情太随便，爱得太乱。如果处理不好，将来会有许多麻烦。老头子打拼创造的家业不容易，容不得儿子随便找个媳妇来分家产，所以，她特别关心他的婚事。

一天，她把兴家叫到办公室里，认真讨论起这个问题。她问兴家："丛蕾和韩月美你不能都占着，到底喜欢谁呀？赶紧定一个。"

兴家说："我跟月美已经分手了，可她还不死心。本来把她分到大哥那边了，她还经常来找我。"

姜玉芳说："开始，我觉得韩月美人长得还算漂亮，只是轻浮一些，后来发现她心胸狭窄，还特别自私。我最不满意的是她的家庭。她爸妈是一对下岗职工，在家开个夫妻小店，说起来会让人笑话。但那时你痴迷她，成天形影不离，我也不好意思硬把你俩拆开。后来我还发现她不仅小家子气，而且脾气不匀实，说变就变。她不是真心喜欢你，而是看重咱的家产。这样的女孩不能要。丛蕾的家庭虽然不是多么富裕，但父母当老师，是文化人，这孩子也有教养，说起来是书香门第。丛蕾虽然不如月美漂亮，但她有气质，懂事，人品也好，朴实真诚，不娇气，能吃苦，工作认真负责，在管理方面是你的好帮手，比月美强多了。我也喜欢她。"

兴家说："我看不惯月美那娇滴滴的样子。前两天她又来找我，说还爱我，要来我这厂里上班，我没答应她。"

"你心里有数我就放心了。今后你要用心工作，把厂子办好。"姜玉芳说完就走了。

姜玉芳刚走，韩月美又气呼呼地来找兴家，哭着说："我不在你哥的厂子干了！"

兴家一惊："怎么了？"

"我爱你，却一天一天地见不着你。"月美说，"我要来你这边。"

兴家嘿嘿笑了，讥讽地说："韩小姐，我这庙儿太小了，盛不下你这么大的神!”

韩月美知道是讽刺挖苦她，检讨说：“对不起，我是有些任性，原谅我好吗？我会改的。”

兴家冷冷地说：“我没这么大的福气，受用不了你这位大小姐。”

韩月美觉着兴家依然在说气话，就抱住他拼命地检讨：“我错了，以后再也不耍小性子了。”

“对不起，咱俩已经没有以后了。”兴家绝情地说，“以前咱俩还有工作上的关系，现在连这层关系也没有了，以后你别来找我了。”

韩月美见兴家如此绝情，脸色立刻变了。恼怒地指着他的鼻子说：“郭兴家，我早就把一切都给你了，你却把我甩了，你太没良心了!”

韩月美气得脸色铁青，兴家却放声大笑起来：“月美，你跟我好，我也没亏待你。爱是两相情愿的，我又没许诺你什么。开始我就说，好就在一起；不好就分开。不存在什么亏不亏，更不存在什么良心问题。”

月美把嘴一撅，生气地说：“你赔我的青春损失费!”

“青春损失费？”兴家笑着说，“这话你也说得出口！你自己清楚，根本不是处女。你跟我好，是人家甩了你。充其量是为了填补当时的感情空白。要说损失，倒是我损失了不少，在你身上花了不少钱。我不跟你算账就便宜你了。”

“你太无情了!”月美咬牙切齿地说，“你抛弃我，也别想过好!”说着，扭头就走。

“你给我回来!”兴家叫住她，义正辞严地说，“你威胁我？我不吃这一套！想干，就老老实实在大哥那边干；不想干，立马卷铺盖走人!”

韩月美就这样赌气走了。兴盛念及她跟兴家好了一段时间，走时除发给她足月的工资外，还多给了她一千块钱。

兴家知道这事后，抱怨哥说：“她走就走吧，何必多此一举。”

兴盛说：“不管怎么说，你俩好了一阵子。这事你要接受教训。谈感情，一定要看准人，要对人家负责，不能那么轻率。”

姜玉芳也说：“你哥说得对。做人要大度，不能那么小肚鸡肠的。”

兴家不服气地说：“我这叫爱憎分明，断了她的念想!”

3

开始，郭兴家确实想把厂子办好，工作也比较认真。他经常去车间和科室了解情况，虚心向老师傅们学习，发现问题，跟职工们商量着解决，不摆老板的架子，对各级领导比较尊重，听取意见也虚心。过了不到两个月，他那夹着的尾巴就又翘起来了。

公司副总丁越山见他对厂里的情况基本熟悉了，就提议带他去拜访客户。兴家也是这么想的。眼下市场不景气，去拜访一下客户，熟悉一下情况，联络一下感情，对企业有好处，就答应了。他让丁总安排时间和路线。

他刚答应丁总去拜访客户，就接到一个大学同学的电话，问他毕业后在干什么。他拍着胸脯自豪地说："我能干什么？老爷子给了我个厂子，当厂长了。"

那同学羡慕地说："你修了个好爸爸，运气真好！你的厂子多大呀？"

"规模不是太大，职工七八百吧。"

"还不大！我看你是得了便宜卖乖。"

"我之所以得这便宜，是因为老爷子病了。脑溢血留下后遗症，再也干不了啦，才把三个分厂包给了我们哥儿仨，不偏不向，每人一个，我的最大。"

"祝贺祝贺！"

兴家问那同学："你找了个什么工作呀？"

"别提了，我还在水深火热之中呢。"

"还没找到工作呀！"

"找是找了一个，是个私人公司，其实就是个小作坊。"

兴家张嘴想说"不行就来我厂里"，忽地想起他妈的教导，改口说："欢迎来我厂里指导工作！"

"好啊！"那同学说，"兴家，你有了自己的厂子，这么大的好事，应该广而告之呀！让同学们也分享一下你的荣幸。"

"好哇！"兴家感谢这位同学的提醒，立马答应，"最近，我组织一次同学聚会，定了日子立马通知你。"

兴家放下电话，就喜颠颠地来找丛蕾。他觉得，在学校有些同学瞧不起他，就想让同学们来厂里看看，证明一下"学习好，不如机遇好；能力强不如有个好老子，起码少奋斗二十年"。让那些瞧不起他的同学眼气去吧。

丛蕾却把他的想法否定了。她说："这厂子又不是你凭自己的本事办起来的，张扬什么呀！我不同意。"

"同学是一种人力资源。俗话说，一个朋友一条路。咱们何不利用一下这些关系，说不定什么时候用得着呢。"兴家恳求说，"你就支持我搞一次聚会吧。"

丛蕾觉得搞一次同学聚会不是不可以，但现在不是时候。她说："眼下厂子刚步入正轨，生产销售还不太正常。再说，你已经答应丁总去拜访客户了。同学聚会着什么急呀？你怎么分不清哪轻哪重呀！"

丛蕾的批评尖锐一些，伤了他的尊严，一下子恼了，指鼻子戳脸地说："你怎么跟韩月美犯同样的毛病啊！"

丛蕾听不明白，皱着眉反问："怎么又扯上韩月美了呢？简直是乱弹琴！"

"究竟是我分不清轻重，还是你分不清大小？我是厂长，你是什么人？是你听我的，还是我听你的？你只有听话照办的份儿，没权力否定老板的决定！"

"兴家，你咋这样说话呢。你想想，同学们刚毕业，有的还没有找到工作，即便找到工作的，也是一般职工。哪能像你这么随便呢？他们能请下假来吗？再说，他们来能帮你什么呀？无非是来吃你一顿，吹你一通。你把他们聚来，无非是想显摆一下，吹嘘自己有了厂子，当了厂长！这有啥意思啊，我不同意现在搞同学聚会！"

尽管丛蕾说得有道理，兴家根本听不进去。他把脑袋一别楞，命令说："叫你通知，你就打电话，少给我上课！"

丛蕾觉得刚才的话说得有些生硬，缓和一下情绪说："兴家，同学聚会要花不少钱，我们账上没多少钱了。你跟丁总去拜访客户要花不少钱的，还是省省吧。"

兴家头脑发热，根本听不进丛蕾的话，直眉瞪眼地吼起来："请注意你的身份，免得落个韩月美的下场！"

丛蕾见他如此固执，就想把这事告诉他妈，又怕伤了他的自尊心，恼怒了自己。于是，违心地给同学们下了通知。

同学们毕业后，山南海北地散了，都十分想念在一起的日子。听说郭兴家要搞同学聚会，一个个高兴得不得了，一下子来了二十多人。

同学聚会，喝酒唱歌是必然的。他让丛蕾去订全市最高级的酒店。丛蕾说："同学们又不是什么贵客，能吃能住就行了，没必要订高级饭店，给他们摆谱儿没用。你让他们住高级了，还要骂你不会过日子，这是何苦！"

丛蕾的意见是中肯的，兴家却听不进去。他不高兴地命令说："你照办就是了，哪这么多废话！"

丛蕾看他不高兴了，心里有些害怕。抛开恋人的关系，自己只是个打工的，有什么资格干涉厂长的事呀。她也知道兴家的脾气，只要他认定的事情谁也劝不了，也就不再说什么，只是为他捏着一把汗。如果这么挥霍，这厂子支撑不了多久。

酒店的事定了，再就是准备礼品了。兴家想，自己把同学们请来，总不能让大家空着手回去吧，说啥也得送点纪念品，还不能忒小气。买什么好呢？想了半天，也没想出满意的礼品来。

这天夜里，他在网上忽地看到一条广告——"E人E本，领导者的全手写商务电脑"，而且是"专为中国政企精英量身定制"，每台4998元。这东西既现代又高雅，同学们都没有，肯定会喜欢，只是价格有些贵。他刚一犹豫，又想如今当了近千人的堂堂厂长，大方些人们才会瞧得起。于是，不再犹豫，把桌子猛地一拍说："就送它了！"

他打电话叫财务科去采购，按到会的人数每人一台。财务科的人来请示丛蕾，丛蕾找到兴家说："同学聚会只是图个热闹，吃喝一顿，热热闹闹就走人了。谁能帮你什么呀，何必送这么贵的礼品！再说，同学们都有电脑，送这个根本没有必要。我看你当个厂长就头脑发昏，不知道东西南北了！"

这次尽管丛蕾说得尖刻，兴家却没恼，支吾着说："我也觉着有点贵。可总不能让同学们空着手回去吧。"

"你是死要面子活受罪！"丛蕾数落他，"脑袋一热，就搞同学聚会。脑袋又一热，就要送平板电脑。你算过账吗？这次聚会要花多少钱？"

"没有。"兴家摇了摇头。

“这次答应参加聚会的总共二十八人。甭说住宿，光说吃饭，按每桌十人计算，加上咱俩，最少也要摆三桌。每桌按三千元算，一顿饭就是一万，还没算酒水和饮料。即便只待一天，三顿饭就是两万多。标间按三百元算，十四间只住一夜，就是四千多元。同学们多数是坐火车来的，也有坐飞机来的。还要给他们买返程车票或机票，这又是一笔不小的开支。这么算下来，光吃住行就得三万多。如果再送平板电脑，又要十四万！你脑袋一热，就花这么多钱，受得了吗？你还听不进别人的意见。这样下去，你这厂长当不了几天，厂子就要倒闭了！”

丛蕾这么一算，把兴家算得心惊肉跳。这次同学聚会，确实是他脑袋一热就拍板了。他只想同学们凑在一起热闹热闹，显示一下自己的地位、阔绰和大方，根本没想花多少钱。如今账算下来真的傻眼了。但通知已经下了，远处的同学可能已经动身，想取消是不可能了。想想财务的拮据，他也舍不得送平板电脑了。不送又觉得短理似的，送吧又不知道送什么好。

丛蕾见他为难，就说：“我提个建议好吗？”

“快说。”

“抓紧印一本咱们厂子的画册，再把这次同学聚会的联系方式汇集起来，印在上面，发给大家每人一本。这既是纪念品，又能宣传咱们公司，不是一举两得吗？这个花不了多少钱。”

丛蕾的话一落地，兴家就拍起巴掌，高兴地说：“这回我服你啦，真是我的好管家。”

“俗话说，忠言逆耳利于行。当领导不能光听奉承，还要从言纳谏，才能耳聪目明。”丛蕾说，“以后不要动不动就以势压人。这样谁还敢给你提意见呀！”

“夫人所言极是。”兴家虔诚地向她作了一个揖，“从今天起，我聘请你当顾问了。”

“谁是你的夫人啊，我还没嫁给你呢。”丛蕾说，“对我也甭来这一套，反正我不害你。你觉着我说得对，就听；不对，可以不采纳。”

同学们先后到了。别看只分别半年多，一见面就热烈地握手拥抱，好像多久不见似的，亲热异常。同学们聚在一起，互相诉说着毕业后的境遇，夸奖着兴家的幸运。大家最关心的是成家立业，互相问对方找到工作没有，对象换没换。问的结果是，在学校相恋的，百分之九十以上的已经分手了。大家见丛蕾鞍前马后地张罗着，好奇地问："你俩不是早就分手了吗？怎么又破镜重圆了？韩月美呢？韩月美不是跟兴家来他家公司上班了吗，怎么不见她的影子？"他俩估计到这个问题是同学们必问的，两人早就商量好，口径一致地说："无可奉告！"大家哪里肯饶！最终还是坦白了。人们说："我们早就觉着你跟韩月美不会长久，她不是爱你的人，而是看上了你家公司了！好好爱丛蕾吧，她绝对是你的贤内助！"

同学们聊了一会儿，就开始唱歌跳舞。有的还带来了乐器，展现着自己的才艺。中午聚餐十分丰盛，鸡鸭鱼肉海鲜和素菜齐全，白酒、啤酒、红酒样样俱全。大家互相敬酒，串着桌地碰杯，好像四年同窗的友情全在酒杯里，一碰杯就喝干了。直到有一半男生喝醉了才上饭。其实人们早已吃饱喝足，并没有吃多少饭，就被拖回房间睡觉了。

第二天吃过早饭，兴家跟丛蕾就把同学们一一送走了。

姜玉芳听说这事后，把兴家和丛蕾叫去，批评儿子不务正业，批评丛蕾太放纵他。然而，事情已经过去，说也于事无补，就催促他赶紧跟丁越山去拜访客户。她叮嘱说："丁总希望你赶紧把客户的关系接上。这是大事，不能再拖了，一定要抓紧啊！"

这又是花钱的事！兴家不由得嘬起牙花，后悔不该不听丛蕾劝。所幸的是没买平板电脑，省下了一大笔钱。不然，又要多糟进去十四五万。眼下没钱了，妈又催着去拜访客户，只好对妈实话实说。妈借给他十万元，他跟副总丁越山一起开车去了。

4

丁越山带郭兴家拜访客户，是开车去的。一路上，丁越山给他讲起了为什么说客户是企业的上帝，以及怎样对待客户，还给他讲了他爸开拓市场的故事。

那是在20世纪90年代初，郭忠厚带着兴盛主要跑东北市场。后来因为东北社会治安不好，就想把市场转向北京。那时，他的服装厂规模还不大，产品也没有什么名气，打进北京市场谈何容易！

开始，郭忠厚把自己做的服装送到北京的一些小商店，让人家代销。目的是让北京人认识自己的产品，然而销量不大，除了给代销人部分利润，自己收益寥寥。后来就在珠市口老城根租了两间房，挂起了驻京办事处的牌子，因为产品物美价廉，销售不错。所以，他又尝试在商店承包柜台。一年下来，在前门、王府井、西城区的街道上，打开了十几家商店，自己的服装在北京也占了一定的市场份额。对此，郭忠厚并不满足。他想打进西城商场，走厂商联营之路。

在北京人眼里，农村来的就是土包子。西城商场是全国十大商场之一，想在那里打开局面，占有一席之地，简直比登天还难。郭忠厚却决心要打进去。为此，他真的动了脑子，想尽了办法。他先后去了西城商场十五次，先找服装部的经理，人家根本不理他。但他不气馁，下定决心要拿下这个阵地。

他相信"有志者事竟成"这句名言。只要心诚，就能打动对方。他一而再再而三地去那个商场，从服装部经理、业务主管，一直找到商场的副总。没人理他，他就想直接去找商场的总经理。

他打听到总经理姓王，是全国劳模，为人朴实正直，思想前卫，有开拓精神。还了解到王总的上下班时间，就开始盘算怎么做了。一天下午，他特意租了一部皇冠轿车，自己坐在里面，让司机把车停在西城商场门前等着。他告诉司机，下午五点半王总下班，等他一出来，就紧紧跟上。他就这样尾随着王总的车，跟到了他家。

王总下车后，发现有人尾随他，一下子就恼火了，横眉立目地质问他："你是干什么的？为什么跟踪我？"郭忠厚毕恭毕敬地上前鞠了一躬，说："王总，对不起，让你受惊了。"然后自我介绍说："我叫郭忠厚，在滏水市开了个服装厂，想跟你们做生意。为这事，我连续去了你们商场十五次，找服装部经理，不是说没在，就是说没时间。我实在没办法了，才来找你。我是想跟你们一起开发市场，搞一个互惠互利的销售模式。"王总听说是这事，气就消了。但没想是这事，一时没有回答他。郭忠厚问王总："能不能让我去你家说话？"

王总客气地把他请进家，让他坐在客厅的沙发上，说具体想法。

他一看机会来了，单刀直入地说："我想租你们的柜台，让你们的人和我的人一块儿卖我的货。你们要租金也行，提成也行。你看这样合作行不行？"

因为这事太突然了，王总没有立即表态，但也没有拒绝他。于是，他就放开胆子，夸奖王总说："我听说你思想前卫，很有开拓精神，才敢来找你。邓小平同志刚从深圳回到北京，现在正是改革开放的大好时机。我想你会尝试这样做的，这也给我一个机会。"

王总问他："你有样品吗？"

"有。"郭忠厚说着，忙从包里把带来的样品拿出来，递给了王总。

王总接过他们的服装样品，认真看了看，说："你说的这个合作模式可以考虑。明天下午五点下班前，你到我们商场去。我跟服装部的经理研究一下。如果合适，就合作。"

王总终于点头了，郭忠厚心里的一块石头落了地。他高兴地从沙发上站起来，紧紧攥住王总的手，激动地说："谢谢。"

第二天下午，郭忠厚按时赶到西城商场。王总客气地接待了他，真诚地说："你说的事我们研究过了，请你拿出具体意见来。"他就把事先写好的方案拿出来，恭恭敬敬地递给王总。王总认真看了一遍，点头表示满意，立即把服装部的经理叫来商量。这事很快就定下来了……

兴家听得津津有味，插嘴问："这事就这么简单吗？"

丁总说："你爸是个懂得礼数的人，为了拉住这个大客户，晚上请商场的老总们吃了一顿饭。"

兴家问："既然是互惠互利的事，怎么还请他们吃饭？"

丁总说："不仅请他们吃饭，还是吃的大餐呢。"又接着讲起来。

事情说妥了，郭忠厚并没有走。为了不让他们小看自己，他说："为了庆祝我们合作成功，今天晚上我请诸位领导吃饭。"王总客气地说："你到我们商场来，应该我请你呀！"郭忠厚坚持请他们，提议说："西城区有个绒线胡同，那里有个四川饭庄，很有特色。诸位要想吃川味，咱们就到那里吃。如果想吃烤鸭，就去全聚德。如果想吃鲁菜，我有几个熟悉的饭店。不然，咱们就去北京饭店。"

兴家听着疑惑，又打断说："我爸是个农民，怎么对北京的大饭店这么熟悉？"

"你怎么忘了，你爷爷就在北京饭店当过副总啊。你爸是听你爷爷说的呗！"

兴家还是不理解："即便这样，我爸也不该冲着人家显摆这些呀！"

丁越山说："你爸之所以这样说，是想在他们面前证明一下，别看自己是个农民，并不是土包子。王总听你爸这么一说，对他更加刮目相看了，态度立马亲近了许多，笑着夸奖说：‘郭厂长在这方面还挺有研究啊！我们北京人就想吃烤鸭。’‘吃烤鸭好哇。’你爸反问，‘是吃全聚德的，还是吃和平门的？’王总说：‘和平门的吧，离我们近些。’他知道，和平门是个涉外饭店，外国人都去那里吃饭。从饭店北门进去，是外国人吃饭的地方；从西门进去，是中国人吃饭的地方。接着，他就绘声绘色地讲起来。

“那天下着小雪。你爸租了个大奔，把几位老总拉到了和平门烤鸭店。他让人们在车里稍等，自己先进去安排。不料被门童拦住了。问他：先生，提前订餐了吗？你爸听了一愣，顺嘴问道：怎么还要提前订餐？我们这里要提前七天订餐，这是规矩。你爸不禁皱起了眉头，自己好不容易能请人家吃顿饭，却要提前订餐。如果这顿饭吃不上，自己不就窝脖儿了吗？他灵机一动说，对不起，我有几位尊贵的客人，是西城商场的老总，也是我的朋友。能不能叫他们先到候餐厅贵客室稍坐一下，我去找你们老总。那门童听说是西城商场的老总们，就把他们领进候餐厅落座。自己赶紧去找饭店老总。”

“我爸的脑瓜转得真快！”兴家佩服爸爸的机敏。

丁越山说：“因为你爷爷在北京饭店当过副总，你爸从小跟着你爷爷，成天耳濡目染，对高级饭店的这一套并不陌生。”

兴家佩服地点点头说：“看来事事有学问，都要留心啊。”

“你爸从容地走进去，见各个房间分别挂着一级服务室、二级服务室、三级服务室、特级服务室的牌子。自己应该进哪个室呀？他也有点蒙。正在犹豫，对面走来一位西服革履的小伙子，胸前佩戴着一枚一级服务师证章。他立即迎上去，紧紧握住那小伙子的手，好像很熟悉地说，嘿，哥们儿，还认识吗？那小伙子瞅了你爸一眼，根本不认识。但他不能说不认识。天天来那么多客人，怎么会全记住呢。他只好哼哼哈哈地点头，表示认识。你爸说，哥们儿，好久不见了。说着，就掏出一盒大中华，递给他一支，并给他点上。那小伙子就坡骑驴地问，哥们儿，有什么事需要帮忙的？你爸说，我有几个朋友，是西城商场的老总，到咱们餐厅吃饭。因临时起意，没有提前订餐，请帮个忙吧。那小伙子听了，思谋了一下说，哥们儿，跟我走。说着，就领着他去找调度经理。他对调度经理说，这是我的一个哥们儿，他领着西城商场的几位老总来吃饭，没有提前订餐。请老兄帮忙安排一下。那调度经理为难地说，别的房间都满了，就剩下402了。他们晚上九点才来吃饭。现在五点多，你们要能在九点前结束，就去402餐室。你爸高兴地连连点头说，好，我们保证9点前结束。说好后，调度经理就去安排。小伙子还给你爸找了两个女服务师、两个男服务师，一男一女到餐室迎候，一男一女来迎接客人。”

兴家听得入神了，这才出了一口气。他赞叹地说：“好悬啊！我爸真不简单，竟能应付这样的场面！”

“你爸见多识广，机敏得很，你得学着点儿。”

兴家点点头。丁越山接着说：“好戏还在后头呢。”

迎接客人的男服务师，走到候餐室，双手一抱拳，谦恭地说：“几位老总，很抱歉，让你们久等了。我代表我们经理、代表郭厂长欢迎你们到楼上402餐室就餐，请！”说着，举手示意。紧接着，一女服务师就引领客人上楼，另一对男女服务师早在餐室门口迎候呢。

到了餐室，你爸已经提前在那里等候几位老总。老总们进去后，寒暄了几句，王总便坐在主宾座上，然后按着商场的职务依次就坐。这时，服务师进来斟茶、敬烟。茶是特级龙井，烟是国烟大中华。你爸站起来说：“老总们，非常抱歉，因没有提前订餐，让你们久等了，请谅解。想吃什么？请不要客气。”老总们客气地说：“你点什么，我们吃什么。”他说：“那我就不客气了。点不好，你们再点。”他也没有看菜单，就胸有成竹地点起来。先点了个猴头。老总们咧着嘴说：“杀生太惨忍了，不吃这个。”你爸问服务师：“有熊掌吗？”“有，要哪一种？”“要棕色的前熊掌一只，重量要在750克以内，做法酱烧；要后熊掌一只，红烧，700克左右。红油大虾要活的，200克一只的，每人两只。”他从海鲜点到烤鸭、鸭心、鸭肝、鸭肠、鸭舌，点了一大桌特色菜。最后还给每位客人要了一只外焦里嫩的烤鸭，作为礼物带回家去。

这些菜郭兴家都没听说过，不由得感到惊讶：“哇噻，我爸懂得真多！菜这么高级，酒肯定也不错吧？”

“那是当然了。”丁越山说，“那天晚上，喝的是十五年的国酒茅台。最后，还要了几盒二两装的，每人一盒，送给他们作纪念品。”

“我爸对这些人真够哥们儿！”

“这是重要客户嘛，必须拉住他们！这关系到能不能在西城商场站住脚。”丁越山说，“点完酒菜，老总们不由得鼓起掌来。王总夸奖说：

‘郭厂长，你真内行！’”

“这顿饭花钱不少吧？”

“这桌饭花了几百美金，但花得值！”丁越山佩服地说，“一下子就把几个老总征服了。他们对你爸更加佩服得五体投地。第二天，他们就腾出了五个柜台，王总亲自通知你爸上货，并给他定了任务——月销售额十万元！”

“当时这么大的营业额能完成吗？”

“你爸从此时来运转，财运亨通起来。第一个月的销售额就达到了三十万！因为你爸厂子做的裤子质量好，款式新，颜色也多，很受顾客欢迎。后来，全国几个大商场都来这里进货，月销售额迅猛增到六十万！西城商场的老总们不得不另眼看待你爸了。王总惊讶地对你爸说：郭厂长，真了不起啊！这种盛况在北京少见！后来，西城商场把这个模式向北京市商业局汇报了，在全市推广这种合作模式，《北京商业报》也刊登了西城商场承包柜台的经验。这么一宣传，你爸很快又打开了北京百货大楼、东单市场、新新服装店等大商场。从此，他的事业如日中天！”

“我爸的事业干成今天这样，真的不容易啊！”

丁越山真诚地说：“兴家，你要记住，抓住了客户就是抓住了市场，企业就能发展，就有钱赚。我们这次去拜访客户，就是让你熟悉这些客户，跟他们搞好关系。”

郭兴家点点头说：“丁叔，我明白了。”这是他第一次叫丁越山叔。

5

这次丁越山带郭兴家去拜访客户，第一站是天津，老板叫常洪玉。常洪玉和一个叫李兴的朋友合伙在匈牙利做生意，是郭忠厚的老客户。这次主要是介绍郭兴家跟常洪玉认识，以便接上业务的茬口儿。

刚到天津，丁越山就给常洪玉打了电话，把这次来的目的告诉他。常洪玉对老董事长突然患病感到惊讶，说了些惋惜和祝福的话，同时表示欢迎丁总来公司指导工作。一见面，丁越山就向常洪玉介绍：“这位是兴家制衣厂的厂长郭兴家，老董事长的三公子，刚大学毕业，年轻气盛，心高志远，但缺乏经验。希望你这老朋友多多帮助。”

郭兴家则代表爸和大哥二哥表示感谢，当然也说了几句“自己年轻稚嫩，缺乏经验，日后多多提携”的客套话。常洪玉要设宴招待二位，郭兴家说：“我们已在宾馆订餐，请常总和几位副总赏脸。”

既然饭局已经订好，常洪玉也就不再客气了。丁越山从车上搬出带来的两箱名酒。郭兴家说：“听老爸说，常总最喜欢喝我们滏水的滏阳特曲，特给你带来两箱。”

酒足饭饱之后，中午休息了一下，下午就开始商谈业务。正巧跟常洪玉合作的那个李兴从匈牙利回来了，他也参加了。他俩好像早已商量好了似的，张嘴就要做三十个集装箱衬衣。丁越山说：“太多了吧？我最多给你们做十个。”

郭兴家听了，不禁皱起了眉头。人家要做三十个集装箱，我们为什么只给他做十个？他不知道丁越山居心何在，当着客户的面又不好意思问。对方也感到蹊跷。李兴不解地说：“别人做买卖都是多多益善，你怎么要我们少订你的货呢？”郭兴家忙把丁越山叫出屋外，责备说：“你怎么胳膊肘往外扭呢，眼下我们的活儿吃不饱，他们订得多是好事，你怎么只给他们十个集装箱？”

丁越山说：“老董事长一再告诫我们，处处要为客户着想。我们不能看着有危险，还让他们这样做。这样不仅坑了他们，也害了咱。你就听我没错。”说了这么一句，就又进屋了。

常洪玉趁他俩出去的时候，又跟李兴商量了一下，依然坚持做三十个集装箱。丁越山解释说：“眼下正闹金融危机，对市场一定要正确分析。正因为你们前几个集装箱卖得好，所以，其他商人就都知道这个信息了，也开始做你们这样的单子。我曾经打电话问过省外贸、天津和河南外贸，他们说都在做这样的货。在这样的形势下，你们如果再订三十个集装箱，还能畅销吗？”

常洪玉听着丁越山说，不住地点头。忽然觉着刚才的决策好悬，感激地说：“丁总，国内信息你掌握得这么准确啊！”

“做生意必须信息灵通。”丁越山说，“我问了十多个厂家，他们也生产这个品牌、这种布料和这种款式的衣服。任何一个市场，销售某一种产品的数量都是有限的。匈牙利又不是大国，如果卖不出去，积压起来损失就大了。我不想让你们冒这个险。钱要慢慢地挣，不能一口吃个胖子。”

郭兴家见丁越山一而再再而三地劝阻对方少订自己的产品，他再也沉不住气了。先扯了扯丁越山的衣角，意思是说，他们要三十个集装箱，就给他们嘛！丁越山理解他的意思，却没按他的意思办。依然对常洪玉说：“你们先卖这些，咱们走走看看。如果卖完这十个集装箱，还有市场份额，我们再给你做也不迟嘛！”话说到这个份儿上，常洪玉和李兴也就接受了他的意见。

这事搞得郭兴家很没面子。他感觉自己这个厂长是个傀儡，丁越山根本不听自己的。对此很不满意。然而，当着客户的面又不便争吵，只好把气憋在肚子里。签完合同，常洪玉和李兴交了五十万元定金，郭兴家就调转车头打道回府了。

丁越山觉得纳闷儿，这次拜访客户，本来说好从天津去济南，然后再去南京、上海和杭州，怎么半路变卦了，现在就要回去？他问郭兴家，兴家生气地说：“你这哪是带我拜访客户呀，纯粹是显摆自己。竟然当着客户的面驳我的面子。人家要多订，你却不干。这不是帮我，是来拆我的台，垮我的威信！”

丁越山觉得委屈，解释说：“厂家与商家的关系，是一种合作双赢的关系，一损俱损，一荣俱荣。因此，我们要对商家的利益负责，不是签约了就算搞定，还应该提供后续的全方位的支持与服务。今天如果老董事长在场，也会这样做的。”

对丁越山的解释，郭兴家根本听不进去。他认定丁越山不是在帮他，而是在毁他。回去后，也没跟妈和大哥商量，就打发丁越山回哥的厂里了。

妈和大哥知道了事情的原委，批评兴家错怪了丁总。兴家却转不过这个弯子来，说啥也不让丁越山帮他了。姜玉芳觉得兴家这样的经营理念太危险，让老头子跟他认真讲了一通经商之道。兴家不想听，笑嘻嘻地说：“爸，你的任务就是安心养病，千万不要为我操心。相信你这个大学毕业的儿子吧。”

郭忠厚苦笑着摇摇头，自语道：“真是儿大不由爷了。”

郭兴家拿了常洪玉交的五十万元定金，抓紧组织生产。然而，做出了九个集装箱的货，还不见常洪玉来提货，就打电话催他。对方一直说“快了快了”，却不见来人提货。

郭兴家觉得蹊跷，开上车就去天津找常洪玉。常洪玉却说一个集装箱也不要了。他一下子傻眼了，质问常洪玉："这是为什么?"常洪玉说："匈牙利市场上到处充满了这样的货，卖不动了。"

郭兴家这才觉得丁越山的预料是对的。他对常洪玉说："当时丁总就提醒你们，不要订那么多，你们还坚持订十个。现在已经做出了九个，你不要怎么办!"

常洪玉赖着脸皮说："定金我也不要了，那货我也不要了!"

"那五十万定金仅是全部货款的20%，那80%损失怎么办?"

"实在对不起了，你想怎么办就怎么办吧。"此时常洪玉要起赖来。

郭兴家刚接手这个厂子，第一次碰上这样的事，不知怎么办，就去请示老爸。郭忠厚说："既然他要赖，只有起诉他们了。不过，打官司太麻烦了。"

兴家着急地问："那怎么办?"

郭忠厚说："这货既然是常洪玉给匈牙利那个李兴订的，不如直接飞往匈牙利，去找李兴交涉。"

兴家想想也对，就准备去匈牙利。去前，兴家给李兴打了个国际长途，告诉他近期要去找他。不料兴家到了，李兴却躲起来了，怎么也找不到他。兴家觉得自己没经验，后悔不该先告诉李兴自己去，结果扑了个空。

这是郭兴家第一次去匈牙利，人地两生，两眼一抹黑。自己外语的口语水平又不过关，在那里很不方便，只好求助大哥。兴盛跟老爹商量过后，带着证件和资料就去了匈牙利。通过爸爸在匈牙利的朋友，找到那里的法律部门。他没想到匈牙利的不正之风比中国还严重，有关部门都吃贿赂。兴盛知道，如果花了钱，找不到李兴，岂不白花冤枉钱！他想起爸说的，原来省进出口公司的关建设，也跟这个李兴做过生意，就委托他打听李兴的下落。自己就回国了。

兴盛这次去匈牙利，虽然没有找到李兴，却把那里的市场摸清楚了。

过了二十多天，省进出口公司的关建设给兴盛打电话，说找到了李兴。兴盛又立即去了匈牙利，按着地址找到了李兴，一气之下就拽住了他的脖领子。李兴却装作不认识似的，问兴盛："你是谁？我怎么不认识你呀!"说着，就去掰兴盛的手。

兴盛拽着李兴的脖领子不肯撒手，恶狠狠地说：“姓李的，你装什么王八蛋！我跟你打过两次交道，难道不认识了？”

“我又没订你的货，你狗拿耗子，多管闲事！”

“你是没订我的货，可你订了我三弟郭兴家十个集装箱的衬衣，扔下就不管了。第一次兴家来找你，你就跑了。这一次你跑不了啦！”

李兴知道短理，不再言语。兴盛追问道：“你说这事该怎么办？你要说不出个办法来，我就去找这里的华人商会，让你在这里站不住脚！”

这一说，李兴怕了。原来李兴在匈牙利是华人商会的副会长。他怕人们说他坑蒙拐骗，影响自己的声誉，就答应再给兴家五万美金。然后说：“郭老板，货我没有拉过来，你三弟还可以卖嘛。”

兴盛说：“幸亏兴家没把货发给你。如果把货发给了你，这十个集装箱，就损失570万！”

李兴说：“不是我不想要，是卖不出去。我拉过来也是压着，库房租金一个月就是五万多美金，我压不起。”

兴盛说：“我们丁总早就意识到这个问题，当时就劝你们少做。你们硬是不听。结果给你做出来了，你又不要了。你这不是拿着我们的企业开玩笑吗？现在出了问题，你应该承担全部责任。”

李兴自知理亏，无言以对。光给兴盛说好话，赔礼道歉。

郭兴盛知道再指望他给钱也不可能了，打官司也没用。好在那十个集装箱的货没给他发过去。

后来，兴盛通过自己的一个朋友，把兴家的货介绍给在北京雅宝路的一个俄罗斯商人。因为都是名牌，卖得很好。这个俄罗斯商人先要了一箱，很快就卖完了。后来又要了五箱，也卖完了。到最后他怕别人抢去，就把剩下的四个集装箱货全要了。最后算总账，没有赔钱，还赚了十多万美元。

郭兴家特别感激大哥的帮助。他真切地认识到，是灰就比土热，还是弟兄亲啊。兴盛对他说：“市场是个万花筒，千变万化。知己知彼，才能百战不殆。如果不懂市场行情和市场规律，肯定要砸锅。以后做买卖，一定要帮客户分析市场，让他们尽量减少不必要的损失。”

郭兴家惭愧地说：“大哥，我把经商想得太简单了！”

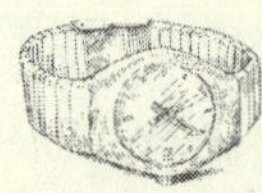

第十二章　改革风波

1

郭兴盛没有当上公司董事长，还承包了个最差的厂子，林秋灵心里不平衡，一直耿耿于怀。兴盛劝她说："你别这么大野心了。说实话，真要叫我当董事长，我还怵头呢。原来我总觉得老爹是棵不老松，精力旺盛，遮天蔽日。从来没想过爹会病倒，也没想过爹会从公司退下来。爹突然病了，搞得我手足无措，六神无主。爹是法人代表，主宰着公司的一切。自己虽然挂了个副职，在老爹的翅膀底下，大事有爹拿主意，有问题有爹出面解决，自己只是听喝干事的。虽然一天到晚脚手不闲，思想上却轻松自在。如今承包了这个烂摊子，咱俩能替爹把这个厂子搞好就不错了。"

秋灵觉得事情已经这样，说啥也没用了。这个分厂是最早的那个厂子，设备老化，效率低，利润寥寥无几。尽管定的指标不高，完成也不容易。她说："真够倒霉的，竟抓了这么个厂子。"兴盛不以为然地说："这厂子我抓着就对了。我看只有我能把这个厂子干好。设备好当然重要，但最重要的是管理。我相信半年时间效益就会上去。"

兴盛的话鼓舞了秋灵。她高兴地说："他们不是瞧不起你吗？说你学历低、没本事吗？我们就赌上一口气让他们看看。我帮你！"

郭忠厚觉着对不起老大，他竟抓到了这么个半死不活的破厂子。他也觉得只有老大能把这个厂子管好。毕竟他跟自己干了十多年，磨炼出来了，既不怕苦，也不怕难。他既懂管理，又熟悉市场，很快就会使这个厂子起死回生。

决心不是现实，接手这个厂子应该从何抓起？他一方面抓紧让后勤把机器设备检修一遍，设备虽老，但要处在良好状态。与此同时，他把领导班子成员聚到一起开会，研究经营策略。大家一致认为，要想经营好，首先要把队伍整顿好。现在突出的问题是职工精神涣散，纪律松弛，根子在人浮于事上。

之所以人浮于事，全是郭忠厚造成的。他是个义气人，凭着义气和厚道结交了不少朋友，而且对朋友有求必应，把一些亲戚朋友或他们的孩子拉进了公司，有的甚至安排在了重要岗位。这些人多数素质不高，技术不精，效率低下，有的经常出问题，有的占着茅坑不拉屎，更有的觉着跟董事长是铁哥们儿，竟不服从车间主任指挥，甚至动不动就摔耙子不干了，影响很坏。兴盛早就想把这些人辞退，老爸硬是不让。大家认为，应该先从这个问题开刀！

兴盛决心动手解决这些问题。正在找人制订裁减方案的时候，副厂长石磊找到他，连声说："使不得，使不得，万万使不得！"

兴盛不禁皱起眉头："人浮于事已经成了阻碍厂子前进的主要障碍，怎么使不得呢？"

"兴盛，当初你爹是怎么起家的？还不是靠这些亲戚朋友帮忙吗？你怎么能忘恩负义砸掉他们的饭碗子呢？再说，你爸也不会让他们走。他要为这事再气出个好歹，你担待得起吗？"

石磊不仅是跟爸一起创业的元老，还是兴盛的亲舅。他的话在兴盛心里是一言九鼎，字字千斤，他不得不认真考虑。

他跟秋灵商量。秋灵说："舅说的也是实情。我们刚接手厂子就要裁这些人，人们要说你六亲不认，无情无义怎么办？爹要出来拦阻，你还坚持吗？"

"我问你，是厂子重要，还是人情重要？"

"当然是厂子重要。厂子搞不好，效益上不去，人们就没饭吃。"秋灵说，"人们说三道四倒不可怕，我就怕爹出来干涉。爹的病刚好，如果你再把他气出个好歹，怎么向全家和亲戚朋友们交代呀！"

"如果像你这样前怕狼后怕虎，那咱就别承包这个厂子了！"兴盛故意激了她一句，"怪不得兴旺瞧不起我，就你这胆小怕事的态度，什么事也干不成！"

秋灵说："你也别把爹看扁了。这个问题我估计他也发现了，他可能是抹不下面子。你要精简，我看爹不一定出来干涉，也不会生气。我劝你别用'裁人'这个词，爹忌讳说裁人，太敏感……"

"我也想过这事。"兴盛说，"这厂子是我承包的，原来公司跟职工们签的合同自然就失效了。我的厂子应该重新跟职工签合同。在签合同前，我想对工人搞一次技术考核，对中层以上干部搞一次民主测评。合格的就签，不合格的或职工意见大的，就不签，不就把那些不合格的人卡在外面了吗？”

秋灵听了豁然开朗。她高兴地说：“重签合同这个办法好。”

然而，就在领导班子讨论这事的时候，石磊依然跳出来反对：“这还是变相裁人，我坚决反对！”

鉴于石磊是厂子的元老，其他领导成员瞅了兴盛一眼，也不敢说什么了。

兴盛说：“舅，你不能这样。要支持我的工作。现在我是这个厂的厂长。”

“你在我眼里就是个孩子！”石磊倚老卖老地说，“俗话说，不听老人言，吃亏在眼前。兴盛，我是你亲舅，还会害你吗？”

领导班子其他成员见石磊以家长的身份教训兴盛，一个个就偷偷地溜出来了，会议半途而废。

兴盛改革的决心已定，怎么会被石磊挡住呢。他严肃地说：“舅，你太过分了，这样搅和我还怎么干呀！如果承包指标完不成，我要负责任的！”

秋灵也批评石磊：“舅，这事是你的不对，你不应该把家长的身份带到厂里来。别管怎么说，兴盛是厂长，你是副职，你应该听他的。”

“你是厂长不假，但你不能独断专行。你这孩子怎么不听我的话呢？我坚决反对！”

“舅，你要这样，就对不起了，马上免掉你这副厂长，去车间管生产吧。”

石磊一下子火了：“你小子敢免我的副厂长？”

“你的思想跟不上了。我不能因为你是我的亲舅，就不改革了！”兴盛决然地说，“明天你就去车间吧。”

“我这副厂长是你爹提拔的，你凭什么免掉我！”

“因为现在我是厂长，就免你了！明天我就在厂里发公告。”

第二天，郭兴盛果然在厂里宣布免去石磊的副厂长职务，并在告示栏里广而告之。

石磊看了厂里的公告，气得浑身哆嗦，跺着脚地骂：“郭兴盛，你小子长本事了，竟敢在太岁头上动土，我找你爹告你个兔崽子！”

2

郭忠厚自从把三个厂子承包给了三个儿子，心里轻松了许多，安心在家静养，没事就浇浇花，喂喂鸟，看看电视，听听京剧，日子过得倒也清闲。

这天，他浇完院里的几盆花，回到屋里刚打开电视，坐在沙发上想听京剧，就听见有人把门子擂得山响，还伴着粗野的喊叫声：“开门，快开门！”

姜玉芳觉着这是个外人。为什么不摁门铃砸门子？简直不懂得礼貌，就赶紧过来开门。

开门见是石磊，刚要跟他说话，他却满脸怒气地往屋里闯，好像跟谁刚吵过架似的。

姜玉芳紧跟在后面，和颜悦色地说：“兄弟，你怎么有空来家串门了？”

“兴盛太无法无天了！”

石磊贸然吼了这么一句，姜玉芳丈二和尚摸不着头脑，劝他说：“兄弟别生气，有什么话屋里坐下说。”

“我跟你说不着。我姐夫呢？”石磊早就看不上这个填房，白了她一眼，闯进屋里。

郭忠厚坐在沙发上，一边品着茶，一边跟着电视里一板一眼地哼着京剧。他见石磊来了，就把电视消了音，问他：“上着班你来干什么？”

“兴盛把我的副厂长免了！”

郭忠厚听了一愣：“为什么呀？”

“他要裁人，我反对，他就把我拿下了。”

“裁人？”郭忠厚感到惊讶，生气地说，“我早就说过，一不裁人，二不降薪，三不拖欠工资。他才接手几天呀，就想破我的规矩，胆子也太大了！”转脸对老伴说：“你打电话，马上叫兴盛过来！”

姜玉芳说：“你先别生气，叫他来问问是怎么回事。”

石磊说：“别看他平时不言不语的，倒有个蔫主意，太自以为是了。"

"兴盛不是那种不靠谱的孩子。"郭忠厚说，"一会儿他来了，我先问问情况，你先回去吧。"

石磊想看着姐夫训斥兴盛，给他把面子捞回来。郭忠厚说："你在这儿我说话不方便，先回去吧。"

石磊这才不情愿地走了。

兴盛接到妈的电话，就知道舅在爸那里告了他的状，立马开车过来。

兴盛刚进屋，郭忠厚就迫不及待地问："你舅说你把他的副厂长免了。他犯什么错误了？"

兴盛就把事情的前因后果说了一遍。郭忠厚说："我向职工保证过不裁人，你怎么忘了？"

"爸，厂子的情况你知道。有些人是你因为义气、照顾情面安排进来的，好多不合格，在厂里滥竽充数。眼下厂子本来就不景气，我可养不起这么多闲人。"

"你就是想裁人也该跟我商量商量吧，我还是公司董事长兼总经理呢。"

"爸，我不裁人。因为厂子重新承包给我了，我想通过技术考核再重新跟职工们签订合同，不合格的就不再签了。合同上明文规定，承包人有权决定厂里经营管理上的一切问题。我舅却推横车，严重干扰了我的工作，我只好把他搬开。"

姜玉芳插嘴说："兴盛做得对，他是个副的，怎么能干涉厂长的工作呢。"

"这儿没你的事！"郭忠厚呵斥老伴一句，姜玉芳离开了。他接着对兴盛说："你舅也是为你好，怕你失去人心。你对他不能简单地免职，要给他讲清道理。"

"我给他反复讲了，可他不听。弄得我根本没法干，只好免了他。"兴盛说，"再说舅也老了，思想跟不上形势了，不适合在班子里了。"

"难道你叫他退休？"

"我想让他去车间当主任，这更能发挥他的作用。"

郭忠厚觉着兴盛这样安排可以，点头同意了，叮嘱说："免了他的副厂长，工资就不要降了吧？他终究是跟我一起创业的老人，对咱们公司有贡献。”

“爸，我也是这么想的。不管怎么说，他是我的亲舅啊！”

郭忠厚说：“你想通过考核和民主测评，重新跟职工签订合同，我不干涉。我就怕对不起职工们，他们对厂里还是作过贡献的。”

兴盛说：“爸，在金融危机下，我在努力保住企业。如果厂子垮了，最终倒霉的还是职工们。我这样做是为了增强企业的活力。”

姜玉芳听着爷儿俩的情绪缓和了，又从里屋走出来，对老头子说：“既然把厂子承包给他们了，就放手让他们干吧。再说，咱们老了，管得了一时，管不了一世，你就彻底放手吧。你的任务就是在家颐养天年。”

郭忠厚点点头同意，叮嘱兴盛说：“你一定要记住，咱们公司能有今天，靠的是职工们的支持。即便让一些人走，也要给他们把道理讲清楚，把该给他们的工资要一分不少给他们。以后形势好了，再把他们请回来。”

“爹，你放心，我会对得起职工们的。”

3

事后，郭忠厚给石磊做了工作，讲了兴盛的治厂策略。石磊也理解了兴盛的做法，气也消了。他向姐夫表态说：“我一定做好车间的工作，助兴盛一臂之力。”

没有阻力了，领导班子立即做出决定：对全厂工人统一进行技术考核，对中层以上干部进行民主测评，然后重新签订合同。为此召开了一次全厂职工大会，兴盛在会上做了详细说明。

这一举措，多数职工是欢迎的。他们一心扑在工作上，从不缺勤，不耍奸蹭滑，技术也过硬，重新签订合同也没问题。那些七大姑八大姨，或通过关系进来且没有技术的，一听要重签合同，就知道是要精简他们。会议一散，有些人就像炸了锅似的嚷嚷起来。有的甚至找到厂长的办公室理论起来：

“你重签合同，是不是要裁人？”

“不是裁人，是考核后重签合同。如果考核不过关，考评不合格，那就对不起了，不能再签合同了。”郭兴盛毫不隐瞒自己的观点。

“董事长一再强调，不裁员，不减薪，不拖延工资。你上任没几天怎么就变章程了?”

兴盛和颜悦色地解释说：“厂子重新承包了，原来的合同自动作废了，当然要重签合同。”

“我们是你爸叫来厂的，你想裁我们，没门儿!”有的人拿出了赖着不走的架势。

也有的人出言不逊：“你小子才当了几天厂长啊，就想把你爹招的人裁走，也太不孝顺了吧!”

有的人觉着这是大势所趋，自己无能为力，就仰天长叹：“一朝天子一朝臣，一个将军一个令。这是什么世道啊!”

人们议论归议论，考核和测评照常进行。有的人想以拒绝考核表示抗议。兴盛也不手软，立即贴出告示：“公司所有人员必须参加考核。凡不参加者，一律视为放弃签订合同的权利。”

有的人见厂长态度强硬，也就没辙了，乖乖地参加考核。议论暂时停息，也没有公开说怪话了。

重新签订合同顺利完成。没有签订合同的，见厂里时不时地没活干，收入不稳定，不如另谋高就，就痛快地走了；也有的还抱着一些幻想或侥幸，磨磨蹭蹭地不走。兴盛就规定了个期限：按时走的，可以多拿半个月的工资；超过了规定时间，这半个月的工资就免了。每晚走一天，还要多扣一天滞留金。这样，人们不再磨蹭，陆续全走了。

初战告捷，兴盛进一步坚定了改革的信心。为了提高职工的素质，他就在市报上登了一则广告，招进了一些技术工。

4

经过一系列的改革，兴盛的厂子逐渐理顺了。在继续为国外做贴牌加工服装的同时，恢复了自己公司的“吉祥鸟”品牌服装的生产。眼下的关键是开发市场，发展客户。郭兴盛和他的副手们兵分三路，去沿海几个省开发市场。兴盛带着开发部主任高大雄去了河北，第一站来到省会石家庄，他俩住在了春燕饭店。

早上，兴盛和大雄来餐厅吃自助餐，坐在他们对面餐桌的是两个印度人，男的个子很高，足有一米九，满脸络腮胡子，大约有四十多岁。他旁边有个二十多岁的女秘书，身着浅蓝色的莎丽服，从腰部围到脚跟，成筒裙状，与上身穿的素色短袖衫相协调，短衫与筒裙之间露出一截白皙的腰肢，有一种别样的美。旁边还有一位中国小伙子，大概是翻译。兴盛就过去跟他们搭讪，礼貌地用英语打了个招呼："Hello!"

那翻译问他："你是什么地方的？"

"我们是滏水市的，叫郭兴盛。我们专门做外国贴牌服装。"兴盛回答之后，接着问，"先生贵姓？"

"这位先生是老板，叫默罕。"翻译说着，就向默罕介绍了兴盛。

"太好了。我们这次来中国就是要去滏水市。"默罕说，"听说那里有不少做贴牌加工服装的厂子，我们就来到了石家庄。你做什么服装？"

"做衬衣。"兴盛说着，就从口袋里掏出名片，恭敬地给了默罕和那女秘书一张。默罕也给了兴盛一张名片。

兴盛看过名片之后，知道默罕是印度孟买人。聊过之后，知道他们主要为中东阿联酋做衬衣，来中国找合作厂家。兴盛想拉住这个客户，就把高大雄从另一张餐桌上叫过来。

默罕紧紧握着兴盛的手说："没想到你这么年轻就当厂长了，年轻有为啊!"

高大雄说："别看我们厂长年轻，特别懂得经营之道。"

"太好了!"默罕问道，"可以到你的厂里去看看吗？"

"欢迎光临指导。"

兴盛和高大雄是开车去石家庄的，车上正好还能盛三个人，就把默罕和女秘书及那翻译带回了自己的厂里。

兴盛和高大雄领着默罕一行在厂里参观之后，这个印度商人对他们的厂子很满意，要订做五个集装箱衬衣，共十万件，但价格压得很低。默罕咬定一件衬衣只给 6.8 美元，折合人民币 44.2 元，还要 TC 布料的。

兴盛内行地问他："辅料用什么？"

"领子用纸衬，贴边的电脑绣花五千针就行。"默罕说，"你们先给我做几件样品，我派人来看。如果合格，我们就签合同。"

高大雄瞅了兴盛一眼，意思是这价格太低了。兴盛知道，把布衬改成纸衬，每件衣服能赚五角钱。贴边的电脑绣花由七千针减成五千针，也能赚五角钱。两项加在一起，一件衬衣只赚一元人民币。价格虽然压得很低，但眼下公司活少，也就答应下来。

按着默罕的要求，很快做好了衬衣样品。默罕看过之后非常满意，就签了合同。之后便给兴盛制衣公司打来五十万元定金。

在批量生产之前，兴盛认真研究了这个单子的配料和做法。他看了熨烫过的衣服，一洗就皱了，觉着纸衬保不住质量，不由得皱起了眉头。

兴盛是内行。他知道领子是衬衣的脸面，顾客买衣服先看领子。领子的内在质量对这件衬衣起着提纲挈领的作用，如果用纸衬显得有些软；贴边的绣花由七千针减成五千针，明显地感到稀疏，绣出的花不好看，还不如不绣花呢。高大雄说："他们这么一改，一件衬衣我们只赚一块钱。这十万件，充其量赚十万。为赚这一块钱，把质量弄成这个样子，还不如不做呢。"

兴盛早就看出这个问题，不住地皱眉头。他说："眼下签单这么难，一块钱也要赚呀！我只是担心降低质量会影响我们厂的声誉。"

"管它呢。"高大雄说，"反正标准是他们提的，明明白白地写在合同里。质量好坏跟我们没关系。"

"董事长一再告诫我们，质量是企业的生命。如果按他提的标准，给他做这十万件衬衣，质量确实难以保证。这等于我们做了十万件的负面广告。顾客穿这起褶的衣服，挨骂的是我们厂子。今后谁还买我们的衣服呢。"

高大雄不假思索地说："那咱就不给他做了。"

"你这话也太不负责任了。"兴盛批评说，"合同已经签了，哪能随便毁约呢，我们要承担责任的。"

高大雄一听，不由得抓起了脑瓜皮，反问道："你说该怎么办?"

兴盛说："客户跟我们的目标是一致的，利益是共同的，都希望生意越做越好，越做越大。我们要拉住这个客户，就一定要保证质量。"

"就他提出的标准，怎么能保证质量啊!"

兴盛成竹在胸地说："我想把领子的纸衬换成布衬，贴边的绣花依然做七千针。"

高大雄着急地说：“这样咱们就连一块钱也赚不到了！”

“这一块钱的利润咱宁可不要，也不能降低衣服的质量，毁了咱们的声誉。”

“你真的把老董事长的经验学到手了。”高大雄不由得夸奖兴盛一句。

“我爹说得对，保证了质量，也就赢得了信誉。还是看长远些吧。”

衣服做好了，默罕带着那位女秘书过来验货。尽管衣服都码好装箱了，兴盛依然对默罕说：“你们随便检验，愿拆哪箱就拆哪箱，愿拆哪件就拆哪件。”

他们抽出了六箱。打开以后，兴盛把剪子递给那位女秘书。那小姐不明白什么意思，愣在那里，眼光里透着疑问。

兴盛说：“你把领子剪开看看。”

那女秘书反问：“领子有问题吗？”

“我们把你们订的纸衬换成了布衬。”

那女秘书把领子拆开一看，果然是布衬的。

“你再检测一下贴边的绣花。”

那秘书小姐一测贴边的绣花，不是五千针，而是七千针。

默罕不禁皱起了眉头，疑惑地问：“你们是想多要我的钱吗？我们可是有合同的。你们应该按我们确定的样品做，为什么这样改？”

兴盛意味深长地说：“默罕先生，我们都是做生意的。做生意是为了赚钱，但更要讲人格，讲良心。我们不能昧着良心做生意。如果那样，就会对不起客户，失去市场。你失去了市场，就等于我失去了市场。如果按你定的样品做，我们能赚十万元人民币。这十万元是有数的。但是，失去了信誉，失去了人心，是无价的。信誉和人心是花多少钱也买不到的。”

把郭兴盛的话翻译过去，默罕先是皱起了眉头，接着眼圈儿就红了，一下子把兴盛抱住，感动地说：“郭厂长，别看你年纪不大，质量意识蛮高的嘛。真的谢谢你。今天我学到了怎样做人，不枉此行。我交你这个年轻朋友是我一生的荣幸！我不会让你们吃亏的，给你们追加两万美金可以吗？”

“默罕先生，我是为你着想，为客户着想，也是为我们的长久合作着想，并不是想多赚你的钱。咱们依然按原来的合同办，一分钱也不多要你的。"

默罕很感动，马上拍板要加做十个集装箱衬衣。兴盛摇摇头说："十个太多。眼下全球在闹金融危机，市场不是很好。你做这么多，如果造成积压，对你没好处，对我也没好处。你不要多做，我只给你加做五个集装箱。"

默罕伸出大姆指，一个劲地说："OK，OK！"

5

默罕刚走，就有一位沈阳的客商来厂里找兴盛。此人叫孙克己，原来在沈阳商场工作，后来下海自己做服装生意。他是经人介绍来忠厚服装公司订货的。来了一问，这个公司下边的三个加工厂承包给三个儿子了。因他以前跟兴盛熟悉，就直接来兴盛的厂里了。

兴盛问他："订什么货?"

"订格绒衬衣，要两个集装箱。"

兴盛问他："你做过服装生意没有?"

孙克己说："做过，给我报个价吧。"

兴盛内行地问："你要中国国码，还是做欧码、亚码?"

"做中国国码，在国内销售。"

兴盛核算了一下，给他报的价格是：带款提货，每件 29.5 元人民币。

孙克己并没有马上订货。他说："我再到其他厂家看看。"原来他是来摸行情的。

兴盛爽快地说："可以。应该货比三家嘛！如果你觉得我们的价格合适，就再回来。"

孙克己在别处调查了一个月，又回来了。他对兴盛说："郭厂长，我们走了几个地方，有二十九块五的，也有二十九块三的，最低的二十八块五，跟你报的价相差一块钱。"

兴盛说："我给你报价二十九块五，每件只赚一块钱。老客户我都是报三十一元。因为你们是第一次跟我打交道，给你让利，把价码放低了。"

孙克已感到纳闷儿："都是一样的产品，为什么别人的便宜？你们的贵？"

兴盛见他这样问，就知道他是外行，于是问他："别人怎么跟你讲的？用什么布料？是多少克的？什么颜色？用布的尺码从多大到多大？你把他们的情况说一下。"

孙克已就把别人写的东西给兴盛看。兴盛看了一下说："按这标准，不用二十九元，也不用二十八元，二十七元一件我就给你做。"

孙克已觉得奇怪："这不都是一样的东西吗？"

兴盛问他："你到底做过服装生意没有？你对服装懂不懂？你要懂，咱们就在一起探讨；你要不懂，我就教给你。我教会你以后，你再来监督我。"

这时，孙克已才承认，他这是第一次做服装生意。兴盛笑笑说："我一看你就是外行。听我慢慢告诉你其中的奥妙。"

兴盛耐心地告诉他："衣服的尺码虽然一样大，但上差下差允许差一厘米。比方说，身长75厘米，可以做到74.5厘米，也可以做到75.5厘米。胸围肥瘦就差得更多了。"

"还有这规矩呀!"孙克已一头雾水。

兴盛接着问："你给我们提供板型和样品吗？"

孙克已根本不懂这些。他傻傻地瞪着大眼睛不知所云。兴盛说："如果你提供板型和样品还好。如果你不提供，随意给你做出来，这衣服会既瘦又短，根本穿不得，一下子就砸锅了。上差下差，一件衬衣能省出七厘米布来。一厘米布是一角钱，七厘米布是七角钱，这还是说的没染以前的坯布。说到染布，又分高温染色、中温染色和低温染色……"

孙克已皱着眉头插嘴问："这有区别吗？"

"不仅有区别，而且区别很大。这是关系到产品质量的重要因素。"兴盛像教小学生一样，耐心地给他具体解释，"高温染色的，色牢度就高。因气压高，温度高，染上的颜色就牢固，不掉色。这样染的价格是两块二一米。中温染色是一块六一米，低温是八角钱一米。当时看，染出的布是一样的，外行根本看不出来。但是，把衣服放进水里，区别就大了。有的第一次就严重落色。如果是高温染色，就永不掉色，色牢度就差这么大。如果是中温染色，一块六角一米，比高温染色差一半；如果是低温染色八角，高温染色是它的三倍。再就是布的密度。布的稀密关系到克重，关系到色牢度。纱支密度分21支×23支、96支×72支、110支×76支，你看差多少？如果用96×72的，一英寸布，横着是九十六支，竖着是七十二支。如果110×76的，这两种布一米要差八角。密度不同，用的纱线支数不同，价格也不一样。”

兴盛讲得头头是道。孙克己明白了许多。回想起其他公司讲的，他有些后怕，不由得倒吸了一口气。他醒悟地说：“这里边有这么多名堂啊，我幸亏没有订他们的货。”

兴盛接着又说：“布纱支少的就显得稀。有的为了迷惑人，就上浆。把布用浆水一泡，就把那些布眼给堵上了，布就显得密实了，克重也就上来了。这些外行人根本看不出来。但是，衣服一洗，那浆一退，这布就成筛网了，皱得不能穿。”

兴盛给他讲了一个小时服装生产的有关知识，讲得他心服口服，频频点头，称赞说：“郭厂长，你这一讲，我才懂了。我哪里也不去了，就要你的货。”

兴盛说：“我讲的这些都是生财的诀窍，一般人根本不会给你讲这些。即便你问这些问题，他们也会回避的。因为你懂了，就会挑毛病；一挑毛病，就赚不了钱啦。我现在把这些告诉你，就是让你用这些来检验我的货。这等于是我教给你，你学懂了再监督我，给我挑毛病。”

孙克己感叹地说：“哎呀，郭厂长，我在你这里算是学到真经了。不然我第一次就砸锅了。今后我只要你的货，再也不订别人的货了。你这样讲诚信，价钱由你定，我绝对不跟你讨价了！”

孙克己订货要三个花型，有条儿的，有格儿的，有实色的，订两个集装箱。

兴盛说：“这两个集装箱要四个花型显得太单调。如果卖不了，就把货压住了。压住了你的货，也就等于我失去了你这个客户。”

孙克己眨巴眨巴眼说：“你说怎么办？”

兴盛说：“据我所知，你说的这些花型已经淘汰了，一个也不能要。这都是去年以前做过的。凡是做过的，就不能再做了。再做就是重复，重复了就不流行了，就会积压。这是经营服装的基本常识。”

孙克己感激地说：“郭老板，你这人真实在。你这么教我，不等于你替我做生意呀！”

“既然你承认没有做过，我就给你提个建议。”兴盛说，“我给你做三十个品种，三十多个花型，几十个号型。每个号型、每个花型不超过五百件。我给你发过去，看哪个花型好卖，哪个颜色好卖。好卖的作为一号，比较好卖的作为二号。你把这些信息收集起来，排排队，用传真给我发过来。我先给你做一个集装箱试试。”

一个集装箱的货很快做好了，兴盛给他发了过去。那边销路很好，很快就卖完了。按他反馈的信息，再次给他做了策划，调剂了花色品种，又做了两个集装箱。货发过去后，又很快卖完了。

孙克已高兴地说：“郭厂长，这不是我做生意，是你替我做生意呀！我从你身上学的东西太多了。”

兴盛说：“我们培养客户，是为了培养市场。客户不是强拉硬拽来的。我的货在市场上卖了，你才是我的客户；卖不了，市场打不开，你就不是我的客户。我培养客户，也就等于培养了市场。这样咱们才有生意做，才能赚钱。”

通过这次打交道，孙克已彻底服气了，成了兴盛制衣厂的牢固客户。他还勾来了不少客户，兴盛厂子的产品在东北市场不仅站稳了脚跟，还占领了不少市场份额。

第十三章　婚姻危机

1

兴国的特教学校越办越好。特别是市报上刊登了她的事迹之后，很多家长都领着自己的残疾孩子来报名。一天，一个叫陈晶的女孩子来到学校，一进门就要找郑宏宇。这个女孩子二十挂零，长得很漂亮。鸭蛋脸儿，大眼睛，高鼻梁，薄嘴唇，一看就挺机灵。她天生下肢残疾，走路拄着双拐。

兴国问她："你认识郑老师？"

"他是我哥！"陈晶爽快地说。

兴国听了一愣，疑惑地问："没听说郑老师有个残疾妹妹呀！"

"校长，我们是一年前在网上认识的。他比我大几岁，我就叫他哥。"

噢，原来是这么回事。兴国马上派人去找郑宏宇。不一会儿，他气喘吁吁地跑来了。大老远陈晶就喊："哥，我来了！"

郑宏宇给她介绍郭兴国："这就是我给你说的郭校长。"然后，又告诉兴国，"她叫陈晶，是我叫她来学内画的。"

"欢迎你陈晶。"兴国热情地跟她握手，"去我的办公室吧。"

聊过之后，兴国才知道陈晶家在农村。父母早年离异，妈妈一个人把她拉扯大。她因为腿有毛病怕人笑话不敢上学，但她特别爱学习，在家自学完了高中课程。妈想给她找个可以托付终身的人。十九岁的时候，就给陈晶张罗着找婆家。她的模样虽然长得俊俏，也很聪明，就因为腿有残疾，至今没有找到对象。她从小喜欢画画，在网上认识了郑宏宇之后，就跟他学内画。虽然用视频能教，总不如面对面、手把手地教得直接。郑宏宇就把她介绍到这个学校来了。

因陈晶叫郑宏宇哥，兴国就把陈晶分到了郑老师的班里。

郑宏宇感到了身上肩负的责任，动情地说："郭校长，我既要照顾好她的生活，也教她学好内画！"

陈晶高兴地把双手一举，毫无顾忌地大声说："太好了！从今以后，我就能天天跟宏宇哥在一起了！"

从此，郑宏宇不仅教她内画，还帮她打水打饭，上课时仔细检查她的作业，并亲自给她示范，手把手地教她怎样拿画笔，怎样着色，非常用心。

课余时间，两个人在一起有说有笑，非常快乐。陈晶高兴地对同学们说："我的腿虽有残疾，但我有世界上最好的哥哥。我哥时刻在我身边，无微不至地照顾我，我是世界上最幸福的人！"

有一天在自习课上，郑宏宇正回答同学们提出的问题。陈晶突然站起来，向郑宏宇招招手说："哥，你过来，我有非常非常重要的话对你说。"郑宏宇知道她行动不方便，就说："你就在那儿说吧。"

陈晶鼓足勇气，大声说："哥，我喜欢你！咱俩做恋人吧，我爱你！"

这个很少出门、很少跟社会接触的女孩天真无邪，根本就不知道什么是含蓄，什么是害羞，就把自已想了多天的话，畅快淋漓、毫无遮掩地喊了出来。说得是那么大胆，那么仗义，那么理直气壮！

这突如其来的求爱把郑宏宇吓蒙了，而且是在教室，当着那么多人，他没有丝毫的思想准备，一下子脸红了，不知说什么好。前排的一个女孩说："郑老师，陈晶说爱你，要做你的恋人，你接受吗？"

同学们轰地笑了，郑宏宇羞得无地自容。

陈晶见郑宏宇不说话，质问他："哥，你为什么不言声，难道你不爱我吗？我就是爱你。这话我憋在心里好难受。"说着，那晶莹的泪珠就扑簌簌滚落下来。

同学们再也笑不出声音来了，惊异地瞅瞅陈晶，再瞅瞅郑宏宇。他们羡慕陈晶，有爱就大胆说出来。我们身残心不残，心灵是纯洁的，有爱就大胆说出来。没有任何掩饰，没有一点儿虚伪，郑老师为什么不敢大胆接受呢？

对郑宏宇来说，这爱来得太突然了，一下子蒙了。说心里话，他也爱陈晶。当他在网上用视频第一眼看到这个漂亮姑娘时，就怦然心动了。一年多的网上聊天，两个人从相识相知到相爱，已经心心相印了。

但这个神圣的“爱”字，他不敢轻易说出口。他知道爱是浪漫的，但婚姻却是一生的责任。他能担得起照顾这个女孩一辈子的责任吗？家里会同意吗？他心里没底儿。因此，他无法面对这个残疾女孩的大胆求爱，一时不知所措。为了逃避同学们的眼神，他竟然转身跑出了教室。

这件事很快传到了郭兴国那里。一般的学校是不准谈恋爱的，更不准师生恋。然而，自己办的是个特教学校，没有这样的校规。她知道残疾人的婚姻很艰难，陈晶敢于追求他非常可贵，学校应该支持。于是，她找陈晶谈了一次。陈晶坦诚地说：“我就爱郑宏宇，打心里爱。我不光要他当我的哥，还要他娶我做媳妇！”

兴国佩服陈晶的勇敢。残疾人应该和正常人一样，有属于自己的爱情和婚姻。然而，一些人的偏见，给残疾人的婚姻设置了重重障碍，把牛郎织女隔在了银河两岸。郑宏宇谈过两次恋爱，都是因为世俗观念而失败。经人介绍，他相过两次亲。第一个女孩听说他内画画得不错，迫切要求见面。然而，当她见郑宏宇走路一颠一颠的，撇着嘴说：“你拐得这么厉害，还想娶媳妇呀！”大大伤害了他的自尊心。第二个姑娘双腿也有残疾，两人见面后，姑娘倒是满意。她妈却说：“一个残疾就够我麻烦的了，两个人都残疾，在一起怎么生活呀！”坚决反对。从此，郑宏宇特别自卑，再也没有勇气谈恋爱了。如今陈晶主动给他抛来了红绣球，接不接呢？妈会同意吗？他不知底，犹豫着。

兴国觉着应该成全他俩，就找郑宏宇谈了一次。

郑宏宇说：“俺俩确实挺相爱的。自从我在网上看到她的时候，心里就怦然心动，觉得她就是我生命中的另一半。可我不知道她是怎么想的，只好把爱藏在心里，默默地为她做着该做的事，却不敢袒露一点儿心迹，生怕无端地伤害了她。”

兴国鼓励说：“既然这样，你就勇敢地接受她的爱吧。”

“我愿意。但不知道我妈同意不同意。”

“我给你两天假，回家商量商量。”兴国紧握着郑宏宇的手，“祝你成功！”

郑宏宇请假回家了。他怕陈晶心里不安，就没敢告诉她。

郑宏宇跟妈谈了陈晶向他求爱的事。开始，他只说陈晶的好：“这个女孩既漂亮又聪明，通情达理，高中毕业。我们认识快两年了。她喜欢我，我也喜欢她。”

妈妈高兴地说："太好了，只要人家不嫌你的腿有毛病，我没意见。"

郑宏宇心里很高兴，鼓了几次勇气说了陈晶的腿也有残疾。妈的脸刷地变了，而且把话说得很绝："不行，绝对不行！你有残疾，我就够操心的了。再娶个残疾媳妇来，日子怎么过呀！有了孩子怎么办？你就死了这个心吧，哪怕娶个丑的，也得要健康！"

他对妈解释说："妈，这个女孩漂亮、聪明，现在也来我们学校学习了。她学习刻苦，进步很快。我跟她在一起特别开心。妈，你就同意吧，俺俩肯定会幸福的。"

妈依然冷着脸不吐口。郑宏宇没辙了，扑通给妈跪下，苦苦恳求说："妈，她就是我的命。没有她，我饭吃不下，觉睡不着，觉着世界暗无天日，活着也没意思。妈，我就是要娶她，愿跟她过一辈子！"

妈铁青着脸不说话，郑宏宇再三恳求着。妈发狠地说："宏宇，我拉扯你长大不容易。妈老了，不能伺候你一辈子。我要把你交给个放心的人。只要我活着，就甭想娶残疾人！"

妈说了绝话，他感到天昏地暗，往炕上一躺，捂上被子哭了一夜。

陈晶突然不见了郑宏宇的身影，以为他不喜欢自己，故意躲了，她就去宿舍找他，没有找到。问老师们，都说不知道。最后她去找郭校长，才知道郑宏宇回家了。陈晶再也无心上课了。郑宏宇不在就像天上失去了阳光。她实在忍不住了，就给他打电话："你回家干什么去了？"

郑宏宇没有吱声。陈晶知道他在听，可他为什么不说话？究竟发生了什么事情？难道他不接受自己的爱吗？她想试探一下，撒谎说："哥，我不小心摔倒了，骨折了，疼得揪心。你快回来吧！"说完，就把手机关了。

郑宏宇听说陈晶摔跤骨折了，立马从床上蹿下来，推起自行车就往外走。妈追出大门喊了几声，他头也没回，毅然骑上车子走了。

郑宏宇回到学校的时候，见陈晶站学校门口张望着。见他回来了，立马迎上去扑在他的怀里，嘤嘤地哭起来："哥，你回家怎么不告诉我呢，想得我一宿没睡觉。"

郑宏宇生气地说："你说骨折了，把我吓坏了。在大街上闯红灯差点跟汽车撞了，你咋说谎呢？"

"哥，我不说谎你会回来吗？"陈晶撅起樱桃小嘴抱怨说，"我打电话你为什么不说话？我都快急死了！”说着，那泪水就流出来。

郑宏宇的心软了，用手擦她脸上的泪，安慰说：“不哭，我这不是回来了吗？”

一次小小的恶作剧，进一步加深了俩人的感情。事实证明，两个人谁也离不开谁了。

郑宏宇为难了。一边是自己最爱的人，一边是自己的妈。他想娶陈晶，可又不想伤妈的心。犹豫了半天，还是把实情告诉了陈晶。

陈晶感到绝望了，顿时哭了，扭头就走。她不再上课，也不学画画了，饭也不吃，水也不喝，在宿舍里盖上被子哭了一夜。

郭兴国知道这情况后，立即把郑宏宇叫来，问他是怎么回事。开始他闷着头不说。再三追问，才说了他妈的态度。

兴国感到了问题的严重。她跟文昊商量了一下，决定成全他俩。她让文昊注意陈晶的情绪，自己立马开车去了郑宏宇家。

文昊怕陈晶发生意外，一直在宿舍里守着她，不停地劝她。她却一句话不说。就在文昊去厕所的那一刻，陈晶割腕了！文昊回来，见鲜血流了一地，赶紧拨打120。

郑宏宇听说陈晶割腕了，发疯似的跑到女生宿舍，抱起她就上了救护车。在车上一直呼唤着她的名字：“陈晶坚持，马上就到医院了！”

到了医院，医生立即对她的伤口进行了处理。幸亏发觉得早，抢救及时，没有发生意外。

此时，兴国已来到了郑宏宇家，正跟他妈聊着。告诉她：“陈晶只是腿有残疾，她很聪明，学内画很快。现在她画的鼻烟壶已经能卖钱了。就靠这手艺，他俩也会生活得很好。俩孩子爱得这么深，你怎么舍得拆散他们呢？”

郑宏宇妈诉说着她带残疾孩子的艰难。就在这时，文昊打电话来说了陈晶割腕的事。兴国感到了问题的严重，抱怨宏宇妈：“大妈，陈晶觉着无望割腕了。你再阻拦他俩，就要出人命了！”

“都怪我老糊涂了，再也不拦他们了。”宏宇妈既慌张又着急地说，“走，快去医院看看陈晶！”

郭兴国拉上宏宇妈直奔医院。

由于抢救及时，陈晶流血并不多。她见郭校长和郑宏宇妈来了，哭着说：“大妈，我真的特别爱宏宇哥，没有他，我真的不想活了。”

宏宇妈说："我答应你，以后不准再干这种傻事了。"

"谢谢阿姨成全我们！"陈晶笑了，一下子扑在了宏宇妈的怀里。

2

这天，舒曼刚下班，就接到了好友容荣的电话。说她农村一个亲戚，有个十五六岁的男孩患小儿麻痹后遗症，想到兴国的学校学习，让她打听一下。

舒曼就把兴国学校和家的住址告诉了她，并说："兴国上班紧，白天恐怕没时间，你可以晚上去家里找她。"

这天晚上，容荣吃过晚饭就骑车来家找兴国了。

兴国已经有一周多没有回家了。李大博一个人在家感到孤寂难耐。好在他从网上下载了冯积岐的长篇小说《村子》，就在家看。当他看到田广荣跟薛翠芳十六岁的女儿马秀萍做爱的时候，再也矜持不住了，刚想自慰，门铃响了。

他以为是兴国回来了，赶紧提上裤子，把那本书藏在沙发底下，没好气地吼了一声："没带钥匙吗？"

门外传来一位陌生女人的声音："郭校长在家吗？"

李大博不由得眉头一皱，心里说，"这是谁呀？"赶紧过来开门。他见是个漂亮姑娘，手里还提着一兜香蕉。他上下打量了一下，并不认识，就问："你找谁？"

"我是舒曼的同学，叫容荣，有事找郭校长。"

李大博那张冷脸马上热情起来，连声说："快进来吧。"

容荣不见兴国，就问："郭校长呢？"

"还没下班呢，很快就回来了。"

容荣见郭校长不在家，有些失望，把带来的香蕉放下，犹豫着想走。李大博说："她马上就要回来了。"

容荣惶然地坐到对面的沙发上，眼睛不时地瞅瞅门外。李大博就有一搭没一搭地跟她搭讪起来，问她什么学校毕业，在哪儿上班，现在哪儿住……

容荣等了十来分钟，不见兴国回来，站起来说："我不等了，明天去学校找郭校长吧。”

李大博站起来拦住说：“她马上就回来了，再待一会儿吧。”

屋里就一男一女两个陌生人，也没什么话说，显得特别静，静得让容荣有些心慌。她说：“李老师，你给郭校长打个电话，看她什么时候回来?”

“快了快了，就在路上呢。”

容荣犹豫着又坐下来。

又过了十分钟，墙上石英钟的指针已经指向十点了，依然不见兴国的影子。容荣说：“我家里还有事，不等了。”说着，又站起来。

李大博说：“如果你着急回去，有什么事就告诉我吧。我替你转告。”

容荣犹豫了一下说：“不用了，我去学校找郭校长吧。”说着，欲走。

兴国一周没回家了，李大博觉着今晚也不定回来。他怎么肯放这个姑娘走呢，嘿嘿笑着对容荣说：“她今晚也许不回来了……”李大博说着，像饿狼似的扑过来，紧紧抱住容荣就要亲吻。

这突如其来的无礼，让容荣感到惊慌。她挣扎着：“李老师，这是干什么呀，别这样，别……”

“容荣，你太漂亮了，我喜欢你。有什么事，我一定帮你办。你得让我跟你好一回。”李大博说着，把她抱到卧室的床上，就撕扯她的衣服。

“李老师别这样，我还没结婚呢!”容荣极力挣扎着。

正在这时，郭兴国回来了。这几天，她白天在学校忙活，晚上还要去医院陪陈晶，熬得眼睛布满了血丝。文昊知道她在学校总有学生找她，睡不安生，就硬逼着她回家了。

兴国一进家，就听到卧室有动静，仔细一听是女人在挣扎，便感到有些不对劲。她急忙推开卧室的门，只见李大博骑在一个裸体女人身上，欲行不轨，气得她大喝一声：“李大博，你这个畜生!”

兴国的突然出现，把李大博吓得魂飞魄散，立马从床上滚下来。容荣赶紧穿上衣服，惶惶地溜走了。

“李大博，你太让我失望了!”兴国气得伸手就扇了他一巴掌。

“谁让你老不回家呢。”李大博摸着那火辣辣的脸，嘟囔了一句。

兴国不想跟他说什么，气得扭头走了。回到学校，她刚爬上二楼，眼前突然一晕，觉得天旋地转，咕咚一声摔倒了，顺着楼梯滚下来。她脑袋磕破了，血流不止。文昊立即叫来救护车，连夜把她送进了医院。

3

这些日子，郭兴国太忙了。学校工作上的事，学生学习和生活上的事，以及郑宏宇和陈晶的婚事，让她操尽了心，真的心力交瘁了。李大博的无耻行为，给了她致命的一击。她没想到，自己在没日没夜地工作，李大博竟然背叛了自己，做出这种令人不齿的龌龊事。她感到恶心，没脸见人，更没脸面对那些天真无邪的学生。她的心像被捅了一刀，在流血，在颤抖，再也支撑不住了，终于倒在了病床上。

学生们听说郭校长病了，纷纷来医院看望。文昊拦都拦不住。有的拄着拐杖，有的推着轮椅，有的叫同学背着。他们拿来了水果、奶粉和营养品。他们虽然不挣钱，但倾其所有。这是他们的心，对老师的爱。他们知道郭校长是为他们累病的，一定要去医院看看。来到医院，见校长已无大碍，提溜的心才放下来。他们安慰说："郭校长，好好休息吧。你放心，我们一定好好学习，决不辜负你的希望。我们再也不捣乱了，不让你淘神费力了。你快好起来吧！"他们争着要伺候郭校长，哪怕只守校长一会儿，只给校长打一壶水，擦一次脸，喂一勺饭，也算尽了自己的心。

最感到愧疚和过意不去的是陈晶和郑宏宇。郭校长是为他们的事操心累病的。为了成全他们，她亲自去郑家劝宏宇妈，他们的婚事才得到了老人祝福。他俩感谢郭校长，一定要在医院陪床，说啥也不走。他俩苦苦哀求文昊老师："你就让俺俩伺候郭校长一晚上吧。"

就在这时，兴国缓缓地睁开了眼睛。她打量一下四周，环境那么陌生。她忽然闻到一种来苏水的味道，惊诧地问："我这是在哪里？"

陈晶摁住她的手说："校长醒啦，你病了，在给你输液。"

"我怎么病了？"兴国挣扎着要坐起来。陈晶忙扶住她那只输液的手说："郭校长你别动，不然就跑针了。这组液体马上就输完了。"

文昊说："今天晚上，你在上楼时晕倒了，从楼梯上滚下来，把脑袋摔破了。"

"我没事。"兴国摸了一下打着绷带的脑袋，着急地问，"同学们没什么事吧?"

文昊接腔说："学生们没事。他们买了那么多东西来看你，还要在这里陪你。我刚把他们打发走了。宏宇和陈晶说啥也不走，说要伺候你，报答你的恩情。"

兴国说："不用不用，我没事了。"

这时液体输完了。护士起了针，郭兴国非要回学校不可。文昊拦不住，只好叫辆出租车，他们几个一起回到了学校。

此时已是深夜。

"郭校长回来了!"不知谁在楼道里喊了这么一声，尽管声音不大，还是把熟睡的学生们惊醒了。他们纷纷起床，直奔校长办公室，围坐在兴国身旁问这问那。

兴国说："我没事了。谢谢同学们。你们回去睡觉吧，明天还要上课呢。"

然而，谁也不走，非要留下来陪郭校长。文昊说："这里有我照顾郭校长就行了。你们回去睡觉吧。"

经再三劝说，同学们才恋恋不舍地回宿舍了。

4

那天晚上，李大博看小说勾起淫欲，突然对容荣无理，惊吓得她像只受伤的小鸟。她挣扎着后退，然而身体像抽去了筋骨，浑身瘫软，没有一点力气。她想跑，两条腿却僵在那里迈不开步子，结果没有逃脱李大博的魔掌，硬是被他抱到了床上。幸亏兴国突然出现，才没有遭到蹂躏。她趁机从李家跑出来，骑上自行车，一路猛蹬回到她的住处。如同做了一场噩梦，浑身战栗，不敢脱衣服，双手抱着肩，蜷缩在沙发上发抖。她真没想到，兴国的丈夫身为人民教师，竟是这样卑鄙无耻的人！她越想越后怕，怕得揪心。尽管门窗紧闭着，也觉得不安全，就给舒曼打电话。舒曼觉得她的情绪很不正常，但不知发生了什么事，立刻赶到她的住处。容荣把事情的经过说了一遍，又哭起来。舒曼没想到李大博是这样的人，痛骂了一阵，又安慰了她一会儿，还让她吃了一片安定，等她睡着了，才悄悄地回家。

舒曼把这事对兴旺说了，兴旺立马要去找李大博算账。舒曼说："天不早了，别去了，明天再去吧。"

"他干的这事太无耻了，伤风败俗，有辱家门。我去找他算账！"兴旺挣脱舒曼的手，一气之下就去了李大博的家，上去就揪住了他的脖领子，狠狠地揍了他一顿，直到把他打了个鼻青脸肿，连声道歉，才算作罢。

第二天，兴旺对舒曼说："咱去看看兴国吧。她还不知道气成啥样了呢。"

他俩驱车来到特教学校，见兴国头上打着绷带，一问才知道是因李大博气得她在楼梯上晕倒，滚下来受伤了。兴旺气愤地说："姐，昨晚我去教训了他一顿。这样的畜生你还要他干什么呀！"

兴国觉着丢人，更怕爸妈生气，叮嘱兴旺和舒曼："这事千万不能告诉爸妈，谁也不能说。"

兴旺、舒曼点头应允。然而，没有不透风的墙，爸妈还是听说了。郭忠厚气得脸色怫然。姜玉芳说："当初我就看不上这小子，兴国却觉得他有才。人生在世，无德不行啊！"

郭忠厚说："当时兴国并不同意，但她的心太软，经不住这小子死缠烂打。"

郭忠厚最担心女儿，第二天就跟姜玉芳来学校看望兴国。

郭忠厚劝兴国说："这样的男人不值得生气，好好保重自己。"

"爹，我没事了。你千万别生气，我要跟他离婚！"

姜玉芳规劝说："离婚可不是随便说的。"

"这样的人我坚决不要了！"兴国说得特别坚决。

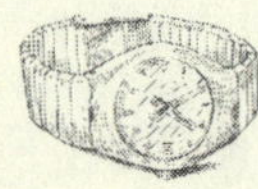

第十四章　酒后飙车

1

兴盛刚把孙克己打发走，就跟高大雄去了杭州。他们刚刚住下，兴旺就来电话了，着急地说："哥，兴家惹祸了，你快回来吧。"

兴盛吓了一跳，惊讶地问："兴家惹什么祸了？"

"出车祸了。"

"兴家受伤了吗？"

"他倒没受伤，可惹大祸了，爸叫你马上回来。"

兴盛听说兴家没事，就松了一口气。他本来跟一家客户约好，明天上午见面，怎么能说走就走呢。他跟兴旺商量："既然兴家没事，我晚回去两天行吗？"

兴旺说："爸叫你马上回来！"

既然是爸叫自己马上回来，他再不讨价还价了，把见客户的事撂给高大雄，坐上飞机就回来了。

兴盛没回厂里去，从机场直接来爸妈家了。爸和妈都在客厅里坐着，兴旺兴国也在，每个人脸上都飘着一层愁云。

兴盛抱怨说："既然兴家没事，干吗非叫我立马回来呢？"

妈说："兴家惹祸了，在交警队关着呢。"

爸叹口气说："他惹大祸了！"

"到底是怎么回事？"

兴旺说："兴家跟吴灿飙车，吴灿把车栽到河里，当场就死了。车上还拉着个小姐，也受伤住院了。"

原来出了人命！兴盛吓了一跳。他知道吴灿是吴副市长的独生子。早在初中时，兴家就跟吴灿关系不错，两个人却谁也不服谁。吴灿经常拍着胸脯对兴家吹嘘："我爸是大官儿，管着你爸。"兴家不服气地说：

“我爸的买卖做到外国去了，挣的是美金！”大学毕业后，吴灿找到兴家说：“我爸给我在市政府安排了工作，你爸有这能耐吗？”兴家有了自己的厂子后，向吴灿夸耀说：“我办了个厂子，八九百人听我指挥。你有这本事吗？”两个人经常在一起吃喝玩乐，今天你请我，明天我请你，比财大气粗……

兴盛对爸妈说：“我先去看看吴灿的父母，代表二老去安慰一下吴副市长两口子……”

话还没说完，兴旺打断他的话说：“吴家我去过了。你去交警队看看兴家吧。想办法把他弄出来。”

兴盛答应说：“我这就去。”

在交警队，兴盛见到了兴家，详细问了事情的经过。原来是这样的：

前几天，吴灿追到了一个女孩。这个女孩叫婉萍，在银行工作，人特别漂亮，号称全市一朵花。他觉着找了个绝代佳人，就想对兴家谝谝。于是打电话说：“兴家，我又发现一个女孩，漂亮得没法形容，闭月羞花、沉鱼落雁这些古词不足以形容她的美貌；国色天香、倾国倾城也不足以形容她的绝色。她身段令貂蝉黯然失色，白里透红的脸蛋令月亮失去光辉。那黑眸，那高挺的鼻子，那咕嘟的小嘴儿，那隆起的胸脯，简直是集天地之灵气、融日月之精华造就的。你想见识见识，开开眼吗？”

兴家听了，心里有些痒痒，嘴上却不服气地说：“你就吹吧，不会是仙女下凡了吧？”

“百闻不如一见。仙女不仙女你来看看就知道了。”吴灿说，“中午我请客，你带上你那新恋人，在海之恋食府见！”

兴家刚改装了一辆保时捷跑车，想跟吴灿比试一下，于是说：“吃了饭，咱俩去河滨路飙车，你敢吗？”

吴灿不服气地说：“就你那破车还敢跟我比？见鬼去吧！”

“吴灿，甭不服。今天咱俩打个赌，谁输了给对方一万元！”

吴灿笑着说：“那你就带上钱来吧，我就不信赢不了你！”他放下电话想了想，就去了精钢公司，打着老爸的旗号借了董事长那辆 BMW6 敞篷跑车。

不到中午，兴家就带着丛蕾去了海之恋食府。吴灿和婉萍早已坐在那里。二人分别介绍了自己带来的女人。兴家见到婉萍眼睛猛然一亮，她确实太漂亮了。他冲婉萍坏坏地一笑，趁握手之机，抠了一下她的手心。婉萍赶紧抽出手来，低声骂了一句："坏蛋！"这让丛蕾看见了，醋意地盯了兴家一眼，把嘴一撅，拉下了脸子。

这时服务员把吴灿点的菜摆在了餐桌上。吴灿说："兴家，今天我做东，你说这酒怎么个喝法？"

兴家说："老规矩，每人先喝一瓶滏水特曲垫底儿，然后再说。"

"今天你得听我的。"吴灿说，"每人先喝十瓶啤酒，然后再见高低。"

两人争执了半天，谁也没说服谁。丛蕾说："一个喝酒比什么呀！能多喝就多喝，不能喝也别逞强。"

婉萍好像事不关己似的，冷着脸对丛蕾说："管他们呢。"

丛蕾问婉萍："你想喝什么？"

婉萍摇了摇头："我不喝酒。"

"咱俩是第一次见面，哪能不喝点呢。喝点干红吧？"

"我喝饮料。"婉萍好像有什么心事，一副不入群儿的样子。

既然这样，丛蕾就不勉强她了。她见吴灿和兴家还在争执，就说："你俩别争了。喝酒是好事，千万别喝醉了。随便喝，别较劲了。"

兴家说："随便喝有啥意思，总得有个说道吧？"

"那咱就喝啤酒。"

"喝白酒。"兴家依然坚持。

丛蕾说："你俩别吵了，那就白酒啤酒都喝一点儿。这样没有偏向，可以吗？"

兴家不同意："白酒跟啤酒一掺和，非醉不行。"

吴灿说："醉了好啊！俗话说，人生难得几回醉。那咱就听丛蕾的，先喝半斤白酒，再喝五瓶啤酒，醉了活该！"

兴家实在不愿喝啤酒，退让一步说："要不我喝一瓶白酒，你喝十瓶啤酒吧。"

"不行不行。"吴灿在讨价还价，"我喝五瓶啤酒，你喝一瓶白酒。"

丛蕾说："一会儿你俩不是要去飙车吗？喝这么多酒太危险了！"

尽管丛蕾警告他俩，兴家和吴灿根本不听。

兴家对丛蕾说："你甭怕，我有量。"回头对吴灿说，"咱俩先喝半斤白酒，再喝五瓶啤酒，然后再见高低。吴灿，你甭逞能，非让你小子趴下不行！”说着，就打开一瓶滏水特曲，让服务小姐拿来两只大茶杯，给吴灿和自己分别倒了满满一大茶杯，一瓶白酒就倒干了。

丛蕾见兴家在逞能，赶紧摁住那个大酒杯，执意劝道：“喝酒是好事，干吗较劲？出点事后悔就晚了！”

吴灿觉着兴家草鸡了，让丛蕾出来挡驾。他蔑视地瞅着兴家说：“如果你听老婆的，想挂免战牌，就把那一万块钱摔给我，咱就不比了！”

“吴灿，我看是你草鸡了。”兴家把嘴一撇，“我怎么会输给你！”

“既然你不服输，咱就较量较量，出水才看两腿泥呢。”

“来，干杯！”兴家见他这样说，端起那满满的一大杯白酒，一饮而尽。

吴灿也不服气地把杯子端起来，喝了三次，才把那半斤白酒喝干了。

兴家笑着说：“吴灿，看你喝酒的熊样，一杯酒竟喝了三气儿，丢人不？”

吴灿不服气地说：“白酒喝完了，该喝啤酒了。”喝啤酒是他的强项，据说半天曾喝过十五瓶。他用自己的实力向兴家挑战了。说着，打开了两瓶啤酒，递给兴家一瓶，“咱也别用杯子了，对口吹吧，一回一瓶儿。”

兴家平时根本不喝啤酒，觉着啤酒没酒味儿。他瞅瞅那啤酒，发怵地说：“有人说，这东西是饮料，根本不是酒，一瓶一瓶地喝，这不跟灌大眼贼一样吗？”

“少啰唆，快喝吧。”吴灿拿起一瓶啤酒，就咕嘟咕嘟地灌了进去。

兴家尽管看着那瓶啤酒发怵，还是拿了起来。他没有一气儿喝一瓶的本事，分三气儿才把一瓶喝完了。

尽管兴家不喜欢喝啤酒，为了不输，还是硬着头皮把那五瓶啤酒喝完了。

这时，吴灿又挑战了，用再喝五瓶啤酒的要求将了兴家一军。

丛蕾制止说：“你俩已经喝得不少了，不能再喝了！吃点饭回家睡觉吧。”

吴灿冷笑着说：“回家？兴家，你要草鸡了就明说，放下一万块钱，走人！”

“谁草鸡谁是这个！”兴家说着，右手做了个王八在地上爬的样子。说着，拿起一瓶啤酒就喝。

丛蕾上去就夺了他的酒瓶子，问婉萍：“你怎么不管他们呀！”

婉萍恼怒地说：“喝死了活该！”

丛蕾见她说出这样的话，责备说：“你该劝劝吴灿，别再较劲了。”

“我管不着。”

吴灿不满地指着婉萍，问丛蕾：“她凭什么管我？我愿喝多少喝多少！”

丛蕾恼了，忽地站起来，抓住吴灿手里的酒瓶子，呵斥道：“你俩这么喝图什么呀？我看就别赛车了。”

这一下子提醒了兴家。他扑楞一下脑袋说：“吴灿，今天咱俩赌的不是喝酒，是赛车！”

“对，是赛车。赛车我更能赢你。走，我非赢你那一万块钱不行！”吴灿说着，站起来要走。

兴家也不服输，紧跟在吴灿后边。丛蕾拉住兴家说：“喝这么多酒，还赛什么车！快回家吧。”

吴灿激火说：“兴家，草鸡了吧？”

此时，兴家像个输钱的赌徒一样，瞪着充血的眼睛，冲着丛蕾恼怒地吼：“你休想管我，给我滚蛋！”

这粗话，丛蕾以为是兴家喝醉了，也没计较，依然好心地劝他：“兴家，酒后开车太危险了。你俩要赛车另改个时间吧。”

“兴家，你要草鸡了就回家。”

吴灿这么激了一句，兴家脑袋上的青筋就暴突出来了。他嘿嘿冷笑着说：“我草鸡？说不定谁输呢。走！”

吴灿见到婉萍在一边愣着，瞪着眼大声吼道：“你快给我上车，别像丧门神似的！”

婉萍犹豫着说：“我怕，不上了。我要回家了。”说着，就要走。

“当着人的面儿长脸了，竟敢不听老子的！”吴灿大吼一声，像抓着小鸡一样，把她塞进他的跑车里。

婉萍要往下跳。丛蕾劝婉萍：“你在上面吧，监督着他点儿，别叫他开太快了。”

婉萍没有吱声，就想从副驾驶的位子下来。

“你敢下来！”吴灿恶狠狠地瞪了她一眼。

“我眼晕，想坐后边。”吴灿见她这样说，才没有发作：“那就坐后排吧。”

丛蕾见兴家眼珠子发红，就觉得他喝了不少。本想替他在市里开一段，又怕在吴灿面前伤了他的面子，也就没说。她提心吊胆地上了兴家的跑车，也没坐在副驾驶的位置，坐在了后面。

两辆跑车一前一后地跑出市区，来到了滏水河畔的滨河大道。这里一早一晚的人很多，散步的、遛弯的、晨练的，一拨儿一拨儿一群一伙的。现在是午后一点多，正是人们吃午饭午休的时候，路上既没车也没有多少人。

兴家见路上没人，猛地一踩油门，那跑车就像箭头一样窜了出去。吴灿不甘落后，咬着紧随其后。耳旁的风嗖嗖响着，河边的树木一闪而过。他俩尽情地享受着生死时速的畅快。尽管丛蕾和婉萍不时地说“慢点儿”，两人却谁也不听。

滨河路沿河而建，其实是建在了河堤上。河是弯的，河堤随河而行，路当然也是曲里拐弯的。车就要不停地拐弯儿，不免影响一些速度。开始两人一会儿你超过我，一会儿我又超过你。吴灿的车是借的，不那么得心应手，渐渐落在了后面。但他不肯服输，加大油门猛追。兴家从后视镜看到吴灿快追了上来，故意往边上挤他，逼他不停地变换速度。两个人像玩龙灯似的在河边上追逐着。不料在一个拐弯处，吴灿判断失误，本来应该减速，他却加大了油门，那车子便像一匹脱缰野马，直冲下了河堤，跌跌撞撞地栽进了河里。

兴家见吴灿出事了，吓出了一身冷汗，赶紧刹车往回拐。丛蕾害怕，一直合着眼。见他往回拐，就问他：“怎么了？”他惊慌地说：“出事了！”

兴家把车停在出事的地方，赶紧跑到河底。他见吴灿的车半截栽进了河水里，不由得惊叫了一声，脸色立时变得蜡黄，愣在那里动弹不得。

丛蕾大声喝道：“你愣着干啥，快拨110、120啊！”

110、120接到电话，火速赶到现场。来人见车里流出了那么多血，把河水都染红了，车里的一男一女都不动弹，怎么喊叫也没有反应，便觉得大事不好，立马给交警支队打电话求援。大批人马来了，人们把人和车从水里拖上来，吴灿已经没了生命迹象。婉萍没死，面部严重擦伤，右腿骨折。立即把他俩送进了医院。

郭忠厚听说吴副市长的儿子，因跟兴家赛车栽进河里死了，觉着惹了塌天大祸，气得两腿不住地打哆嗦，嘴里一直嚷着："这可怎么办呀！咱办企业，吴市长没少帮咱的忙，怎么竟出这事了！"

最难过的是吴副市长两口子。他们就守着这么一棵独苗儿，后半辈子的希望全寄托在吴灿身上。从小就拿他当宝贝疙瘩，事事惯着，要星星不给月亮。上高一的时候，为跟同学比皮鞋亮不亮，硬是闯进市政府会议室，找到正在开会的爸爸，当着那么多人的面逼他把皮鞋脱下来，他穿上走了。在高中他就搞对象，只要看见漂亮的，就要追到手。一进大学就跟一个女同学同居了，光父母知道治过孩子的就有三个女同学。这个婉萍也不知是他搞的第几个了。婉萍本来有对象，硬是让吴灿软硬兼施逼跑了，至今下落不明。不料如今吴灿死了，婉萍也躺在了医院里。

2

尽管吴灿的死是他自己开进河里的，跟兴家没有直接关系。但他俩飙车是醉驾，兴家就有了责任。不仅要罚他两千元，吊销驾照，还要拘留半个月。因交警支队队长跟兴盛是朋友，好说歹说才答应把他放出来，但要多交五千元罚款。

出事之后，把兴家吓坏了。后悔不该喝酒，更不该酒后飙车。自己为追求刺激，在不知路况、不知车况的情况下，就跟吴灿飙车，实在是冒险，何况又喝了那么多酒！开起车来，头昏脑涨，飘飘乎乎，两只眼睛也像蒙上一层雾，模模糊糊，不出事才怪呢。事后他好害怕。

在交警支队，兴家最惦记的是婉萍。从车里把她救出来时已经昏迷，脑袋歪在后座上。漂亮的脸擦破了，满脸是血，十分可怕。他喊了两声没有反应，救护车就把她拉走了。现在她怎么样了？实在放心不下。从交警队一出来，就打的去了医院。

当他来到婉萍的病房前，那颗心咚咚地跳得厉害，隔着门上的玻璃，看到婉萍头上缠着绷带，右腿打着石膏，还吊着牵引。他不敢推门进去，提心吊胆地在门外踌躇着。他有一种犯罪感，是自己跟吴灿飙车害了她。他怕婉萍毁容，更怕婉萍恨他。在门外默默地平静了一下那狂跳的心，才鼓起勇气推门进去。

病房里，丛蕾和一位不认识的女人在陪床。这女人五十多岁，穿着朴素，看模样就知道是婉萍的妈。她是出事后从老家赶来的。当丛蕾给婉萍妈介绍兴家时，她并没有像泼妇那样跟他撕扯，只是叹了口气，抱怨说："你们年轻人办事太离谱了，喝那么多酒还去飙车，这不是玩命吗？"

兴家知道自己闯了祸，是抱着挨揍的态度来的。不料这位妈妈并没有对自己粗暴，他更感到愧疚，扑通就给婉萍妈跪下了。声音哽咽地说："大妈，实在对不起，是我害了吴灿和婉萍。婉萍的住院费我付，有啥要求你尽管提。让我在这里伺候婉萍吧，让我赎罪。"

丛蕾对婉萍妈说："大妈，你熬了两天两夜了，回去休息吧。我和兴家在这里陪床就行了。"

婉萍妈说："丛蕾，你也两天没合眼了。我上年纪了不困，你回去休息吧。"

兴家见两人谦让，就说："丛蕾，你跟大妈都回去休息，我自己在这里就行了。"

婉萍妈不放心地问兴家："你行吗？"

"没问题。你俩走吧。"

丛蕾陪着婉萍妈走了。兴家这才打量躺在病床上的婉萍。只见她头上的绷带包裹得严实，只露出两只肿胀的眼睛。他看了看那条打着石膏、被牵引着的右腿，问："疼吗？"

婉萍好像睡着了，没有理他。他抓住她的一只手，忏悔地说："婉萍，全是我的罪过。"

婉萍缓慢地睁开眼睛，看了兴家一眼，哆嗦着问："吴灿伤得重吗？他在哪个病房？"

"吴灿死了！"兴家不知道吴灿的死还瞒着婉萍，脱口就说了出来。

婉萍听到这噩耗，猛地坐起来。瞪着两只惊恐的眼睛问："他死了！真的死了吗？"

这时，兴家才发觉自己太唐突了。然而话已出口，无法挽回。他只好默默地点了点头。

因婉萍起得太猛，顿时感到天旋地转，兴家赶紧扶她躺下了。

兴家检讨说："都怪我们不该喝那么多酒，更不该酒后飙车。"

"造孽，报应！"婉萍这话说得咬牙切齿，话里充满了仇恨。

她这是咒谁呢？兴家一头雾水。只好连声道歉："婉萍，实在对不起了。"

"这是他罪有应得！"

这次兴家听明白了，是咒吴灿。到底为什么呢？吴灿怎么对不起她了？兴家再问，她什么也不说了，只是默默地流泪。

"婉萍，心里有话就对我说吧，千万别憋在心里。"

兴家这么一劝，婉萍哭得更厉害了。他忙扶着她那颤抖的肩膀，劝说着："事情已经过去了，就当是一场噩梦吧。"

婉萍依然在哭，兴家紧紧搂着她的肩膀，安慰着："别太伤心了。要来人看见，还以为我欺负你了呢。"

婉萍这才渐渐止住哭。在兴家的一再追问下，才道出了刚才恸哭的实情。

婉萍在大学就有对象，叫小袁，两人爱得死去活来。毕业后本打算安排好工作就结婚。前不久，吴灿在饭店吃饭，偶然碰上了她，见她长得漂亮，就恬不知耻地过去给她敬酒，要跟她做朋友。

婉萍躲闪着说："你是谁呀？我不认识你。"

他赶紧掏出一张名片送给她，自我介绍说："我叫吴灿，我爸是吴市长，有什么事，我可以帮你！"

"简直无耻至极！"她心里骂了一句，不想再理他。没想到吴灿竟跟她索要名片。

"我刚上班，是无名小卒，没有名片。"

"那就告诉我你的电话好吗？"

她不想说，不料桌上一起吃饭的同事把电话告诉他了。

"希望多联系！"吴灿诡秘地一笑，就洋洋得意地走了。

从此，吴灿就经常纠缠她，一天不知道给她打多少电话。她不接，就给她发信息，海誓山盟地说爱上她了，非她不娶。她依然不给他回。

一天中午，正在营业厅工作的婉萍刚要下班，行长来了，让她陪一个重要的客人吃饭。她觉着非常荣幸，就爽快地答应了。到饭店一看，要陪的竟然是吴灿！她正在那里发愣，吴灿嬉皮笑脸地说："看来不是行长叫你陪我吃饭，你是不会见我的。"她想扭头就走，又不好驳行长的面子，只好勉强坐下来。

吴灿如愿以偿，滔滔不绝地推销着自己。行长也在一旁敲边鼓儿，说吴灿怎么怎么好。两人一唱一和，让她感到恶心。

行长对婉萍说："小吴能看上你，是你的福气，也是我们银行的光荣。"

婉萍不满地瞥了行长一眼，对吴灿说："我有男朋友了。"

行长说："小袁哪比得上吴公子啊。你要跟吴公子好，有享不完的福。"

"我们快结婚了。"

吴灿恬不知耻地说："结婚了还能离呢，何况你们还没结婚呢。我要跟他竞争！"

婉萍说："俺俩是大学同学，我们恋爱快三年了。"

吴灿说："我一定要把你追到手。"

"我根本不认识你。"

"现在不是已经认识了吗？"

"我不会跟你交往的。"

"不信咱就走着瞧！"吴灿扔下这么一句，不高兴地走了。

事后，行长跟她谈了一次。批评她对吴公子态度冷淡："不管怎么说，人家吴公子是好意。你怎么一点面子也不给人家！"接着又吹捧起吴公子来。

尽管行长说了那么多，她一句也听不进去，一直抱着抵触情绪，一句话也没说。

行长没好气地说："你要放聪明些。不然，会后悔一辈子的！"

她觉着好害怕。从饭店回来，就给小袁打电话，想把这事告诉他。不料电话里传出的声音是："你要的电话是空号，请查证后再拨。"她一连打了三次都是这样。突然感到不妙。这是怎么回事？莫非小袁换电话了？不会吧。昨天还通话了呢，怎么换得这么快！即便换了电话，他也应该告诉我呀！晚上一下班，就匆忙地去单位找他。不料他的同事说："小袁已经辞职了！"她着急地问："他为什么辞职？发生了什么事情？"对方摇摇头，表示无可奉告。她又问："他去哪儿了？"回答是

"不知道"。

婉萍的男友小袁，就这样莫名其妙地失踪了。她感到纳闷儿，想了许多，都否定了。她忽地想到了吴灿，莫非……顿时心里恐惧起来，她不敢再想下去。

这天下班，吴灿又给她打电话，要请她吃饭。她想把小袁失踪的事弄明白，就壮着胆子去了。吴灿请她喝酒，她不喝。他说："今晚你要陪我喝高兴了，我就告诉你小袁的事。"为了找到小袁，她把心一横就豁出去了。一杯一杯地陪他喝起来。结果她喝醉了，醉得不省人事。吴灿在酒店开了房间，把她抱了进去，立刻把门反锁了。

一觉醒来，天已大亮。婉萍睁开惺忪的眼睛，发现自己赤身裸体地跟吴灿睡在一张床上。她惊叫了一声，猛地坐起来。见吴灿还呼呼地睡在床上，上去就给了他一拳，恶狠狠地骂道："你这个流氓、骗子，你还是人吗？"

吴灿被打醒了，懒洋洋地伸伸胳膊，又把她搂在怀里，得意地说："美人，你已经是我的了！"

婉萍猛地推开他，呵斥道："你这个禽兽，休想！"

吴灿指指她的屁股底下："你看看，那是什么？"

婉萍抬起屁股一看，床上有片血。她赶紧抱住自己赤裸的上身，呜呜地哭起来。

"宝贝，我太喜欢你了。别哭了，我会一辈子对你好。"

"你把小袁弄到哪里去了？"

吴灿两手一摊："我根本不认识他。"

"他失踪了，肯定跟你有关。"

"亲爱的，你别抬举我了，我哪有这么大的本事啊！"

"你太卑鄙，太阴险了！"婉萍骂道，"咱们走着瞧，早晚我会弄个水落石出的！"

"他走了，可能是怕竞争不过我。你别那么痴情了，这年代还有一棵树上吊死的吗？我对你会比他好一百倍！"

至今，小袁的失踪是个谜……

兴家听了，感到心惊胆战。他没想到吴灿这么卑鄙无耻，竟用这样的手段占有了婉萍。他可怜这个受伤的女孩子，并一再表示说："婉萍，不要伤心了，身体要紧！"

3

婉萍出院了，脸上没有留下明显的伤疤，依然那么漂亮。吴灿的死好像把她解脱出来，情绪比以前好了许多。

婉萍住院期间，兴家主动担起晚上陪床的任务。他从婉萍的悲剧中认识到，爱情是绝对不能勉强的。所以，他在婉萍面前表现得规规矩矩。两人尽管同处一室，也没敢有任何越礼行动。他睡在两只对起来的椅子上，她看了有些过意不去，叫他回家休息，他不回去。在婉萍心目中，兴家是个有责任心的好男人。

尽管兴家对婉萍处处加着小心，丛蕾还是从他俩交往的蛛丝马迹中看出了问题。出院后，兴家还是天天去找婉萍，不是一起吃饭、喝茶、喝咖啡，就是逛街、蹦迪。有时两人走在大街上，有说有笑。丛蕾看了心里很不舒服。一天，她帮兴家收拾办公室，发现他的抽屉里有一条新买的项链，发票也在抽屉里，标价五千八百元。她以为是兴家给她买的，就高兴地对着镜子戴起来。正巧兴家进来了，恼怒地呵斥她："谁让你随便动我的东西！"

丛蕾说："这不是给我买的吗？"

"我不是给你买过了吗？"

"这条比我那条漂亮多了，也贵多了。"

"快放下，这不是给你买的！"

一句话让丛蕾心寒了。她瞅了兴家一眼："那你这是给谁买的？"

"这你管不着。"

丛蕾不甘心，依然刨根问底："是给婉萍买的吧？"

"给她买的又怎么样？"

"你是不是喜欢上她了？"

兴家直言不讳地说："爱美之心人皆有之。这么漂亮的女人，谁能不喜欢？"

丛蕾把嘴一撅，生气地说："厂里的事你不管，却成天跟她在一起，还给她买这么贵重的项链。你跟她到底是什么关系？"

兴家笑着问："你吃醋了？"

"女人是最敏感的。"

兴家坐下来，语气缓和地说："丛蕾，不瞒你说，吴公子的死跟我有关系。如果那天俺俩不赛车，吴灿能栽到河里去吗？我心里特别愧疚，也觉得对不起婉萍，想给她一点儿补偿。平时看她那孤苦伶仃、悲悲戚戚的样子，就想多陪陪她。你是通情达理的人，别小心眼儿了。"

"再大度的女人，也容不下自己的男友成天陪着别的女人！"

"反正我跟你解释清楚了，谅解不谅解由你吧。"兴家说了这么一句，扔下丛蕾走了。

这天晚上，兴家把丛蕾吃醋的事告诉了婉萍。婉萍说："以后你别来找我了，单位的人也在说闲话了。"

"嘴在人家身上，说啥我管不着，任他们说去吧。"

婉萍说："这样对丛蕾不好。"

"你老实告诉我，你爱我吗？"

婉萍瞅了他一眼，低下头，没有言语。

"我哪儿比不上吴公子呢？凭良心说，我对你怎么样？"

"兴家，丛蕾帮你打理厂子不容易。我看她是真心爱你，不能伤害她。"

"从古至今，世界上有让江山的，但没有让美人的。"兴家哈哈大笑起来，"你是真的不爱我，还是故作崇高？今天我明确告诉你，我爱你！再也不爱任何人了。"说着，就紧紧把她抱在怀里。

婉萍有些害怕，想挣脱他。但他抱得很紧，根本动弹不得。她说："兴家，我知道你对我好。可是，我还爱着小袁。他肯定是被吴灿逼走了，我在到处打听他的下落呢。"

"你傻不傻呀！这么大个中国，你到哪里去找他呀！再说，他要真的爱你，不会不给你打电话吧？既然他不找你，说明他不再爱你。何必这么痴情！"

"不知吴灿怎么威胁他了。如果小袁知道吴灿死了，肯定会回来找我的。"

兴家见她还爱着小袁，就把抱着她的双手撒开了，扫兴地说："那好吧。给你一个月的时间，如果你能找到小袁，我就成全你们。如果找不到他，咱俩就确定关系。这样可以吗？"

婉萍没有吭声。因为她没有把握在一个月内能找到小袁，那样也对不起丛蕾。

兴家见她这态度，说了一句“沉默就是默认”，便失意地走了。

从此，婉萍发疯似的找小袁，几乎把所有的同事、同学和朋友都问遍了，也给他家里打过电话，问他回没回家。家里说他没回来过，问她发生了什么事。她也不敢如实说。后来还到派出所报了案，也没找到小袁的下落。她想去外地找，这么大个中国，她连该去哪个方向找都不知道，怎么能找到！只能守株待兔，焦急地等待着。

一天晚上，她正在熟睡，放在枕头底下的手机突然响起来。她惊喜地从床上爬起来，赶紧打开手机。看那号码不熟悉，她不敢接。刚想关机，突发奇想，万一是小袁打来的呢，就哆嗦着手按下了接听键。她不敢先说话，屏住呼吸等待对方开口。此时，她的心几乎要从胸膛里蹦出来。

对方沉默了片刻，才传来了轻轻的问候：“婉萍，你好吗？”

好熟悉的声音！猛然间她辨清了，是小袁。她激动地问：“你在哪里？”

“你别管我，你怎么样？安全吗？”

婉萍觉着小袁依然有顾虑，赶紧说：“我很好，很安全。你快回来吧。我想你都想疯了！”

“我不敢回去。回去后，吴公子会要我的命的。”

婉萍赶紧告诉他：“不要怕了，吴灿死了。你快回来吧。”

小袁惊喜地问：“真的吗？怎么死的？”

婉萍说：“车祸撞死的。”

“你可别骗我，这是关系到我的性命的事儿。”小袁依然担心。

婉萍着急地说：“我怎么会骗你呢。他真的出车祸死了。”

“这是他罪有应得！”

婉萍带着哭腔恳求说：“你快回来吧。”

“你还在银行吗？”

“是。”

“如果安全，我就回去找你。”

“绝对安全。不要再有什么顾虑，马上回来吧。”

对方“嗯”了一声，就把手机关了。

就这轻轻的一声应允，婉萍激动得一夜没睡。她一直睁着眼，盯着屋里的门，听着外面的动静。好像小袁马上就会出现在眼前。

然而，她失望了。直到天亮，也没见到小袁的影子。她再打小袁的手机，对方又关机了。是他说话不算数，还是仍有顾虑？小袁从来没有说过谎，也没失过言。噢，他可能在很远的地方。自己根本不知道他在哪里，怎么能断定他马上就能到呢？可能自己太急于见到他了。她这么宽慰着自己，心情便平静下来。

第二天晚上，兴家又约她吃饭，婉萍没有答应。她要在自己的住处等着小袁，但没有告诉他小袁来电话的事，只说晚上有事。

不一会儿，兴家就开着车找来了。见屋里没开灯，他的心凉了半截。想走，又不甘心。走过去一看，门没锁，是里面插着。她在屋里干什么呢？为什么不开灯？他敲了半天门，喊了好几声，确定是兴家后，她才过来开门。

他问她："黑着灯，你在屋里干什么呢？"

"我想躺一会儿。"

"病了吗？"

"没有。"

"我是约你吃饭，为什么推说有事？"兴家生气地责备她，"我对你是真心的，你为什么骗我！"

"不是不是，你别乱想。"婉萍极力否定，又不敢把实情告诉他，生怕发生不测。

"你明明没事，在这里躺着，就跟我去吃饭吧。"

"兴家，对不起。我真的不能跟你去吃饭。"

"究竟为什么？"

"不要再问我了，我不会告诉你的。"

"我并没有强迫你跟我好，只是想跟你一起吃个饭，并没有恶意。"

"是因为、因为……"婉萍想告诉他，最后还是没说出来。

"到底因为什么呀？"

婉萍低着头沉默起来。

其实，就在兴家来找她的时候，小袁就来到了婉萍的住处。他没敢直接去找她，藏在房子后面想听听动静再说。他听到屋里有个男人说话，不知是谁，就赶紧躲到房后的树后头了。好在是晚上，没人看见他。他屏住呼吸，听着屋里两个人说话。他以为屋里的男人是吴灿，恨婉萍骗他，后悔不该回来。他害怕极了，吓得大气不敢出，生怕招来杀身之祸。

就在这时，丛蕾风风火火地来了。下班后，她去办公室找兴家，却不见他的影子。一猜就知道他来找婉萍了，开上车就赶来了。

丛蕾敲响了婉萍住处的门。婉萍一惊，以为是小袁来了，赶紧站起来开门。一看是丛蕾，失望地说："怎么是你啊！"

"那你在等谁啊？"兴家疑惑地问了这么一句，接着问丛蕾，"你来这里干什么？"

丛蕾见兴家确实在这里，心里不由得醋浪翻滚。在婉萍面前，她没有跟兴家吵，只是对他说："我正找你呢，你怎么跑到这里来了？婉萍，走，咱们一块儿去吃饭吧。"

"你俩吃去吧，我确实有事。"

这时，躲在房后偷听的小袁，从声音上辨清了屋里的男人不是吴灿。从谈话内容看，婉萍确实是在等他，就壮了壮胆子，想从房后走出来。刚想迈步，又觉得屋里的两个人都不认识，怕再发生什么不测，就没敢动。

"婉萍，你要不去，我们去吃饭了。"丛蕾说着，就把兴家从屋里拽出来，开车走了。

躲在暗处的小袁，见一男一女上车走了，这才松了一口气。他摸了摸怦怦乱跳的胸口，稍微平静了一下，瞧瞧四周确实没人，才悄悄地推开了婉萍的门。

"小袁！"婉萍用手擦了擦自己模糊的眼睛，在灯下看清了进来的确实是小袁，猛地扑上去，紧紧搂着他，激动地说，"你跑哪儿去了？让我找得好苦！"

小袁生怕婉萍跑掉似的，也紧紧抱着她，一句话不说。

两个人抱了半天，婉萍才把手松开，认真打量起小袁来了。他瘦了，头发老长，脸上沾满了污垢。她心疼地说："你瘦了，没闹病吧？"

小袁说："这些日子，我像惊弓之鸟，东跑西颠。生怕有人把我害了。"

"你怎么把手机换了呢？"

"我不换不行啊。吴灿说，我要不离开你，就把我弄死。我怕他找到我的行踪，就换了手机号。"

“那你怎么又敢给我打电话呢?”

“我身上分文没有了。在外地一天也待不下去了，这才不得已找你。”

原来是这样。婉萍舒了一口气说：“吴灿真的死了，是他自己把车开进河里撞死的。”

“刚才那一男一女是谁?”

“我的朋友。”婉萍说，“你饿了吧？走，咱出去吃饭。”

“我不出去。”小袁仍心有余悸，“你出去买吧，拿回来吃。”

婉萍理解小袁的心情，就出去买饭了。

小袁趁机洗了脸，刮了胡子。这些日子流浪在外，像个野人一样。

等婉萍把饭买回来，两个人在屋里边吃边聊起来，互相介绍了分别之后发生的一切。小袁说：“吴灿虽然死了，他爸还在。人家是副市长，权大势大。我们惹不起，赶紧离开这里吧。”

婉萍想想，吴灿虽然死了，兴家又缠上她了。为了摆脱这是非之地，两人吃完饭，收拾好自己的东西，连夜上了火车，离开了这个城市。

第二天一早，兴家给婉萍打电话，始终没人接听。来单位找她，同事说她今天没来上班。到住处找她，锁着门子。

兴家每天都来找她，一直找了一周，也没有见到婉萍的影子。婉萍就这么神秘地在滏水市消失了。究竟为什么，她去了什么地方？在兴家心里永远是个谜。

4

婉萍失踪了，兴家像丢了魂似的，成天无精打采。丛蕾挖苦他：“人家婉萍的意中人是小袁，吴灿却硬把小袁逼走，结果落了个人死车毁的下场。你看有机会了，又往人家身上贴，说什么给她补偿，多么冠冕堂皇啊！你肚里的花花肠子我还不知道吗？不就是看她有几分姿色，想占有人家吗？你们这些官二代、富二代，仗着有权有钱就胡作非为，算什么东西！你想想，婉萍的失踪能跟你没关系吗？不要作孽了，快悬崖勒马吧。”

吴灿的死虽然没有追究兴家的刑事责任，但赔偿了吴家二十万元。郭忠厚虽然心疼，但觉得吴市长的儿子死了，给些补偿是应该的。再说，吴市长对自己的企业帮助不少，有恩于自己。这也算还了一笔良心债吧。

事件平息了，兴家的厂子却乱套了。兴家被交警支队叫去审问的几天，厂里人心惶惶，有的趁机回家了，有的无故旷工。上班的也无心干活，到处议论纷纷。厂子几乎停摆了。兴家出来后，又迷恋上了婉萍，没有心思打理厂子，生产急速滑坡。

混乱的日子，姜玉芳一直在兴家的厂里，她也无能为力。她想让兴盛兴旺帮他管理，可他俩也有一摊子，离不开。她不得已才把情况告诉老头子。郭忠厚见兴家把厂子糟蹋成这个样子，非常痛心，立即把他叫到家来，狠狠地数落说："看你惹的这祸！你都二十三四了，按说也不小了。我像你这么大的时候，已经挑起了全家的重担，你却还是个小玩闹！成天喝酒、蹦迪、飙车、搞女人，有多少心思放在公司上？你成天瞎混，连起码的责任心都没有。我简直是瞎眼了，竟把好端端的厂子给了你，万没想到你是个败家子！"

妈在也一旁数落他："兴家，你那花心也该收敛了吧？娶媳妇图什么？不就是在一起过日子吗？漂亮不能当饭吃，谁也不能漂亮一辈子。丛蕾对你多好啊，你还不满足，又扔下厂子去追人家婉萍。这哪儿像个男人呢！什么是男子汉？男子汉就得有责任感，还要抵挡住诱惑，言出必行，做到恒心恒德，百折不挠。我们把这厂子交给你，是想让你锻炼锻炼，提高你的能力。我一再教育你，不仅要子承父业，更要子承父德，子承父志！你怎么就听不进去呢？"

兴家任凭爸妈数落，低着头一言不发。

这次车祸，兴家的厂子遭受严重创伤，从此一蹶不振。

第十五章　柳暗花明

1

兴盛的厂子虽然大力进行了改革，精简了人员，严格了管理，同时努力开拓市场。但是，由于国际金融危机的持续，市场竞争愈加激烈，不少厂家打起了价格战。他们尽管在抓质量上下了不少工夫，设计的款式也不断更新，仍然卖不上好价钱。为了争夺市场份额，他被逼无奈，只好也降低了价格。所以，表面看似生意红火，其实并不赚钱。生产越多，占用资金越多，回款又慢，这就造成了资金的巨大缺口。银行紧缩银根的政策没有松动，贷款依然很难。他渐渐支撑不住了，向叔借过两次钱。说的是尽快把钱还上，形势却迟迟没有好转。再向叔借钱就不好意思张嘴了，厂子也面临着停产的危险。

怎么办？在严峻的市场面前，他的压力越来越大。为了保住这个厂子，他又来找叔请教了。

郭忠良听完兴盛说的情况之后，首先肯定了他抓改革、搞精简是对的；坚持两条腿走路，以内销为主的策略也正确；继承爹的传统，用质量赢得市场的办法赢得了一些市场的份额，但远远没有达到预期的目标，效益依然不理想。他对兴盛说："这不是你的过错，是整个世界大气候造成的。在当前的大气候下，大企业还扛不住呢，何况你爹把公司分零散了？这就跟打仗一样，集合几十万人都不行，分散的游兵散勇更招架不住了，很容易让人家吃掉！这是我预先提醒过你爹的。"

"叔，既然你知道会出现这样的结果，为什么还要我爸把三个加工厂分别承包给我们？"

"这也是无奈之举。"郭忠良叹口气说，"你爹的本意是想从你们兄弟三个中选出一个人接班。按说应该你当董事长，兴旺却拼命争。你妈又怕兴家吃亏，又提出了分家。如果听了你妈的，把公司分了，就彻底垮了。可是，不分又没有什么好的办法。于是，我建议你爹还挂着公司董事长和总经理，把下属的三个分厂承包给你们哥儿仨。兴旺不是不服气你吗？分别承包的意思是观察一年，到时候就看谁的能力强了。那时再把三个厂子收回来，确定公司的接班人就不会有争议了。没想到，现在才半年多，兴家的厂子就快垮了，兴旺的厂子也难以为继，你也觉得再经营下去很困难了。"

"叔，我爸再把三个厂子收回来可以吗？"

"难啊！"郭忠良摇摇头分析说，"现在你们兄弟仨并没有明确分出高低，如果把三个厂子收回来，就又转回了原来那个问题，你们三个让谁当公司的董事长呢？"

兴盛在认真思索着。

郭忠良继续分析说："你当董事长，兴旺服气吗？让兴旺当董事长，他能干得了吗？别看兴家贪玩不干事，他包的厂子不到一败涂地的地步，恐怕也不肯交出来。所以，收回来还不是时机。"

郭忠良分析得很透彻，兴盛看不见方向，心头像压着一块坯喘不上气来。他紧皱着双眉努力想着，心门却没有一条缝。

郭忠良知道兴盛在想，也就没再说啥。他端起杯子在喝茶，有意不打断他的思路。兴盛深喘了一口气问："叔，难道这是一盘死棋没救了吗？"

"俗话说，车到山前必有路，柳暗花明又一村。"郭忠良瞅了兴盛一眼说，"你的厂子不是没救。有条光明大道，就看你肯不肯走了。"

兴盛一听有救，急不可待地问："叔，你快说有什么好办法？只要有路，哪怕是刀山火海，我也敢闯！"

"搞合伙企业。"郭忠良胸有成竹地说，"现在我国有了《合伙企业法》，这是继《公司法》之后，又一部以商事为主体的法律。这是保证企业发展的又一条光明大道。"

"合伙企业！"兴盛是第一次听说这个名字，觉得挺新鲜。但他对此没有一点概念，情不自禁地问了一句："什么是合伙企业呢？"

郭忠良从文件橱里找出一本《合伙企业法》交给兴盛："你看看就明白了。"

兴盛欣喜地从叔手里接过这本很薄的书，打开就认真看起来。

郭忠良说："不必急着现在看。拿回去认真学习学习。如果觉着这条路可走，咱们再商量。”

兴盛这才松了一口气，跟叔握手告辞了。

2

兴盛回厂之后，自己躲在办公室里，把门一插，把桌上的电话线一拔，手机也关了，聚精会神地学起《合伙企业法》来。他看得很认真，逐字逐句地抠，越看越入迷。心里像点燃了一盏灯，越看越亮堂。这确实是一条拯救企业的路，在当前金融危机的艰难情况下，走这条路不仅可行，而且会越走越宽广。

天黑了，他不想回家；肚子饿了，也不想吃饭。打开台灯，继续看着。他紧紧联系自己厂子的实际情况，想象着合伙的一些细节，思考着可能发生的问题，心里渐渐有谱了。

咚咚咚！有人在敲门，声音急促，好像发生了什么紧急事情。

敲门声打断了他的思路，视线从书本上移向门口。他没好气地问道：“谁呀？”

“下班了你不回家，在办公室干什么呢？还插着门子，干什么见不得人的事呀！”

听声音是秋灵，他赶紧去开门。

秋灵说：“我打电话没人接，打手机你关机了。插着门子干什么呢？”她一边说着，一边皱着眉头搜寻着办公室的角角落落，看有什么异常。

兴盛见秋灵怀疑什么，笑着说：“找什么呀？这里没有女人。”

“那你插着门子干什么？”

“今天我找叔去了，叔给我指了一条求生的路，还给了我一本《合伙企业法》，我就如饥似渴地看起来。”

“什么宝贝书呀看得这么上心，这么专心致志？”秋灵说着，就过来翻看他看的这本书，一看书名叫《合伙企业法》，疑惑地问，“你看这个干什么呀？莫非要打什么官司呀！”

“不是不是。”兴盛摇摇头说，“最近厂里的事压得我喘不过气来，就去找叔讨办法。叔给了我这本书，指了这条路。”

"叔让你搞合伙企业?"

兴盛小声地说:"别嚷。这事要绝对保密,对谁也不能说。"

秋灵见他这么小心,就嘀咕起来:"干吗这么神神秘秘的,莫非这里边有鬼?"

"没有没有。"兴盛赶紧解释说,"因为我还没想好,所以暂时保密。"

既然这样,秋灵就不管了。她指指墙上的挂钟说:"你看几点了,快回家吃饭吧。"

"你先回家吃吧,我不饿,看完再说。"

"都9点了,拿回家去看吧。"秋灵硬是关了灯,把他拉走了。

吃着饭,兴盛跟秋灵讲起了《合伙企业法》。他说:"叔就是经多见广,我看这条路可以走。"

"只要厂子有救就好。"

"明天我就去找叔商量合伙的事。"兴盛叮嘱秋灵,"这事一定要绝对保密,谁也不能说。"

秋灵不满地把嘴一撅:"我你还信不过吗?"

兴盛吃完饭把饭碗一推,就去书房接着看那《合伙企业法》。秋灵不解地说:"值得这么入迷吗?"

兴盛没有理她,关上书房的门就认真看起来。

这天夜里,兴盛虽然躺在床上,却睡不着,仍在琢磨合伙企业的事。第二天一上班,就又去找叔郭忠良去了。

兴盛决定与叔的信誉集团公司合伙经营,但他有顾虑,对叔说:"这厂子本来是爹的公司,我们兄弟仨只是承包经营,没权跟你的公司合伙,是不是跟我爹商量商量呀?"

郭忠良说:"按说应该跟你爹商量。可是,你爹那老脑筋会同意吗?"

兴盛又犹豫起来。郭忠良说:"合伙企业的目的是为了共担风险,共享收益,对你的厂子有益无害。我看可以先瞒着你爹。当你的厂子看到了效益,再告诉他不迟。"

兴盛想,如果自己坚持经营,困难会越来越多,撑不了多久。如果让厂子垮在自己手里,对爸是最大的不孝。把厂子跟叔的集团公司合伙,可以挽救厂子。何乐而不为呢?他考虑再三,终于下决心跟叔签订了合伙经营协议。

郭忠良说："既然咱俩合伙经营了，以后你的职责就是按公司分配的任务组织生产，按时按量地完成任务，但一定要保证质量，不能打半点折扣。获利之后，咱们按协议分成。"

兴盛原来最发愁的，一是跑订单，二是筹钱进料。今后自己不再管这些了，只是单纯地组织生产，身上的担子一下子轻松了很多，他充满了信心。

3

兴旺到外边躲避讨债，心里一直在惦记着自己的厂子。俗话说，跑了和尚跑不了庙。光躲也不是办法。要想办法起死回生，就偷偷地回来了。

舒曼告诉他："哥的厂子一直红火，你就去哥的厂子看看吧。"

兴旺给哥打电话要来取经，兴盛一下子为难了。他跟叔的公司搞合伙经营的事还瞒着爹。如果兴旺来取经，这事不就露馅了吗？他要知道了肯定会告诉爹，就爹那老脑筋肯定不会同意，跟叔刚刚搞起来的合伙经营就完蛋了。不告诉兴旺吧，他的厂子眼看要垮，自己这个当哥的能见死不救吗？他心里很矛盾，斗争很激烈，一时不知如何是好。

秋灵见他里走外转的有心事，就问他遇到什么事了。他就把兴旺要来取经的事说了。秋灵生气地说："他不是想接班整个公司吗？我们就要看看他究竟有多大本事。不让他来，他的厂子垮了就不会那么狂了！跟叔合伙经营的事绝对不能告诉他！"

兴盛是个软心肠。他对秋灵说："别管怎么说，我是哥，他是弟，都在一个锅里抡马勺，怎么能不管他呢？他这厂子也是咱爹的心血，必须保住。我要眼瞅着他包的厂子垮了，良心上过不去。"

"他说来取经你就信啊，还不定来干啥呢。他要知道咱跟叔合伙经营了，肯定会到爹那里去告你的状。跟叔合伙的事就完了。"

"纸里包不住火，雪里埋不住人。这事爹早晚会知道的。"兴盛说，"叫他来吧，我也动员他跟叔的公司合伙经营。"

"他要不听你的呢？"

“凭良心吧。反正我是好心。”

秋灵生气地说：“如果烧香引来鬼，你可别怪我没提醒你！”

兴盛让兴旺过来了，而且一五一十地对他说了跟叔合伙经营的事。还把叔给的那本《合伙企业法》给了他。

兴旺听说哥把厂子跟叔的公司合伙经营了，他那眼珠子一骨碌，坏心眼又上来了，厉声质问：“哥，这么大的事，你跟爸商量了吗？”

“我怕爹生气，没敢对他说。”兴盛自知理短，说话也不硬气。

“哥，你明知咱爸会生气，为什么还要这么干？”兴旺气愤地说，“爸创办这几个厂子容易吗？他把厂子承包给咱，是让咱把厂子经营好，你怎么能私自合并到叔的公司去呢？你也太没骨气了，爸要知道了，肯定会骂你是败家子！”

真是好心变成驴肝肺。兴盛有些后悔。但他觉着兴旺并没把这事弄明白，冤枉了自己。于是解释说：“兴旺，不是你说的那样。我没有把厂子卖给咱叔，而是跟叔的公司合伙经营。”

“什么合伙经营？你的厂子归叔管了，你的厂只是给叔的公司搞加工。你也没有自主权了，这不是出卖是什么！”

“合伙是法律允许的。”兴盛说着，又把那本《合伙企业法》拿给他看，“根据这个法，我跟叔的公司是签有合同的，共担风险，共享利润，无害而有利。”

“你被叔糊弄了。爸要知道了这事肯定会生气，我劝你还是赶紧退出来吧。”

兴盛说：“叔是咱的亲叔，叔好心好意地在帮我，怎么会骗我呢？咱们这小厂子扛不住金融危机的风险，眼下只有这条路能救厂子了。”

“哥，爸一再教育咱，人活得要有骨气，就是厂子垮了，也不能给别人！”

兴盛再次解释：“我们是合伙，不是出卖，更不是给了叔。”

兴旺见哥如此顽固，气得把眼一瞪说：“你要不从叔的公司里退出来，我就去告诉爸，看爸怎么收拾你！”说着，气鼓鼓地走了。

这是秋灵预料到的，也是兴盛最害怕的。他怕厂子垮台，更怕爹生气。如果把爹气个好歹，自己落个不孝的罪名，怎么能担起这个责任！于是，紧紧拽住兴旺，恳求说：“无论如何不能告诉爹。我求你回去认真看看这《合伙企业法》，这真是一条求生的路。”

兴旺根本没拿走那本书，愤愤地走了。

4

晚上，兴旺回到家里，舒曼见他脸色那么难看，问他："出什么事了？"

"哥的胆子也太大了！"

舒曼见兴旺冷不丁说出这样的话，问他："哥怎么了？"

兴旺就气呼呼地把哥的厂子跟叔的公司合伙经营的事说了。舒曼一下子笑了。她说："这是好事呀，你生什么气？"

"他把咱爸的厂子合并到叔的公司了，爹要知道了能不生气吗？"

舒曼说："咱叔怎么会害哥呢？再说，咱叔的公司那么大，也瞧不起哥那个破厂子吧！"

"如今哥对厂子没有自主权了，纯粹是给叔打工。"

舒曼依然不信，问他："既然叔这样做，肯定有什么根据。"

"是说有个什么法，哥让我看看，我没看。"

"既然哥让你看，你为什么不看？"

"我劝他退出来，他不听。我一生气就回来了，根本就没想看那东西！"

"既然有法可依，就不会错，不妨拿来看看。"

舒曼这么一说，兴旺也觉着应该看看那个《合伙企业法》。但他觉着没脸再去找哥要了，就没有接腔。

"是不是没脸去要啊？"舒曼揣摩他的心思说，"你不好意思去，我去要。"说着，就去找哥。

舒曼把《合伙企业法》拿来，两口子就逐条逐项地看起来。舒曼说："俗话说，团结起来力量大。我看合伙经营不错。你也跟咱叔的公司合伙吧。"

兴旺认真看过之后，觉得误会叔和哥了，后悔至极。他觉着对不起哥，很是愧疚。

"每逢遇到困难，咱叔都是全心全意地帮助咱，绝对不会害咱们。"舒曼说，"再说，哥干了这么多年，比你经的事多，不会轻易上当受骗的。我看是你的脑子不知哪根筋搭错了，竟怀疑起叔和哥的好意了！”

“我觉着哥是瞒着爸干的，就觉着不是好事。”

“这事确实要瞒着爸。就咱爹那老脑筋，肯定接受不了这新事物。为了避免爸生气，还是先瞒着他吧。”舒曼说，“你冤枉哥了，快去给他道个歉吧。”

“道歉？”兴旺觉着这样做有失面子。

“你明明是冤枉了哥嘛，道个歉怎么了？”舒曼催促说，“别死要面子活受罪了，快去吧。”

兴旺依然坐在那里没动。舒曼就把他从椅子上拽起来：“知错改错不丢人。你去详细问问哥，看怎么跟叔合伙经营。”

兴旺这才犹犹豫豫地去找哥，但他没有给哥道歉，只是说：“我和舒曼认真看了《合伙企业法》，觉着这条路子确实不错。我也想跟叔的公司合伙经营，不知叔会不会要我？”

兴盛见兴旺的态度变了，十分高兴。他说：“经过我这一段时间的实践，这么做，一不用自己跑订单，二购进原材料不用发愁资金，只抓生产和质量，任务单纯多了，也没那么大压力了。”

“既然这么好，告诉咱爸怕什么呀？”

“还是瞒他一段时间好。等效益明显显示出来了，再告诉他也不迟。”兴盛说，“现在咱们能不让爹操心的，就不要告诉他。”

“哥，我听你的。”

“既然你想通了，咱俩就一块儿去找叔，叔肯定会欢迎你入伙！”

发财。来，干杯！”说着，端起酒杯跟诸位碰了一下，大家一齐喝干了。

兴家回到家里，一点儿睡意没有。他早就听说搞房地产来钱快，苦于没有门路。如今认识了这位高哥，觉得是一种缘分，天助我也！他反复看着高坡的名片，耳边响着房文鹤说的话，“高哥为人豪爽底气，诚信可靠，门路野，朋友多，又乐于助人。”恨不得马上交上高坡这个朋友。

第二天一上班，他就拨通了高坡的电话：“高哥，昨晚你说的合作的事儿我很感兴趣，想找你具体聊聊，啥时有空儿呀？”

高坡正在房文鹤的办公室。他看了一眼身旁的房文鹤，得意地说：“这小子上钩了？”

房文鹤捂住他手机低声问：“他说什么了？”

“他想跟我聊，问我啥时有空儿。”

房文鹤沉吟一下说：“告诉他，找我合作的人很多，时间嘛一时难说。”

高坡如实地重复了房文鹤的话。兴家听了，心里咯噔了一下。他生怕挤不进跟他合作的圈子，着急地说：“高哥，中午我想请你吃个饭，赏脸吗？”

这话房文鹤听清了，冲高坡摇摇头。高坡会意，然后装出一副为难的样子，吞吞吐吐地说：“这个……中午我已经答应一个朋友吃饭了，他们也想跟我合作……”

兴家见有人捷足先登，心里慌了，迫不及待地说：“高哥，要不我晚上安排？千万不要再答应别人了。”

房文鹤趴在高坡的耳边，轻声说：“告诉他，就说中午推掉那一家。”

高坡冲房文鹤笑笑，然后对兴家说：“兄弟，既然你这么着急，我就把那一家推掉，咱们中午聚吧。”

“那太好了，谢谢高哥。”兴家欢喜异常地说，“那就在昆仑大酒店吧。12点我在饭店门口等你。”

兴家提前来到昆仑大酒店，订好房间后，就站在门口等着。他抻脖子瞪眼地东张西望，等到十二点一刻，依然不见高坡的影子。心想，莫非他被那家拉走了？不由得一阵心慌，赶紧拨打电话。高坡说：“对不起了，那家推不掉，早早地就到公司来接我了……”

“这么说你来不了啦？可我已经订好饭了。”电话里透着兴家的焦急。

“兄弟，我是个说话算数的人。”高坡说，“这样吧，既然答应你了，我就不会违约。我在那边只喝一杯酒，马上去你那边。”

郭兴家好感动，高坡够哥们儿。其实，这是房文鹤故意绾的套儿。

过了好一会儿，高坡和房文鹤一块儿来了。下了车，房文鹤就说：“兄弟，要不是我说服高总，他肯定来不了啦。”

“谢谢房哥。”

三人坐电梯来到兴家订的房间，他早就订好了五千八一桌的饭菜。三个人坐下，便边喝边聊起来。

兴家先敬了高坡三杯，以表谢意。房文鹤装作不满地说：“兄弟，高总之所以能把那边辞掉，来跟你谈，其实是我的功劳。你也该敬我三杯吧。”

“谢谢房哥。”兴家又敬了房文鹤三杯。

房文鹤说：“咱们别光喝酒了，书归正传吧。兴家，你真的想跟高哥合作搞房地产吗？”

“昨晚我考虑了一宿，下决心了。”

“兄弟，既然你这么信得过我，我得把丑话说在前面。”高坡说，“房地产确实是投资高、利润高的企业。但是，风险也很大。你可要想好了。别到时候赔了钱抱怨我。”

房文鹤也说：“跟高哥合作一百万一个股，这可不是个小数目。你一定要想好，不能一拍脑袋就干。”

“我相信高哥。”

高坡问：“眼下正好有个美好家园小区的地批了下来，那里是一万多平方米的高层小区，第一期工程投资大概六千多万。你跟我合作想入多少股？”

“一个股一百万吗？”

“对，一百万。”

“我想把我的厂子卖了，也不知道能卖多少钱。”

房文鹤摇摇头说：“你想卖掉你那破厂子入股啊！眼下服装业正处于低谷，恐怕不好出手。”

"那就少卖点儿呗。"兴家说，"反正我是不想干服装了，决心跟高哥搞房地产。"

房文鹤对此非常感兴趣，顺嘴问一句："你那破厂子想卖多少钱呢？"

"承包的时候评估了七千五百万。"

房文鹤把嘴一撇："你爸为了显示给儿子留下的财产多，竟订这么高的价！你不觉着可笑吗？依我看，连五千万也不值！"

"厂子是资产评估公司评估过的。"兴家低声争辩了一句，却有点底气不足。

"评估公司还不是听你爸的！"房文鹤说，"看来你小子真的有点嫩。"

高坡把鼻子一耸，讥讽地说："兴家兄弟，你这么着急地把我叫来，闹了半天还没谱呀！等你那破厂子卖了再说吧。"高坡表现出一种不耐烦，立马站起来想走。

"高哥，你得容我个时间啊。"

"你那破厂子也不知驴年马月才能卖了，我的工程可等不起。"

"高哥，你别走啊，坐下再商量商量。"房文鹤把高坡稳住，转脸对兴家说，"你要想那厂子早出手，必须发狠心把价压下去。这就看你跟高哥合作的诚意了。"

兴家抓抓脑瓜皮，狠狠心说："那就卖五千万。"

房文鹤哈哈大笑起来。

"你笑啥？"这一笑把兴家笑懵了。

"我明明说连五千万也不值，你卖这价儿，谁要啊！"

兴家怯怯地问："那、那你说能值多少钱啊？"

高坡插话说："你要想赶上'美好家园'工程合作，就抓紧把那破厂子卖掉。如果这拨儿赶不上，那就不着急了。"

"我想赶这拨儿。"兴家赶紧表态。

"要不这样吧，"高坡问房文鹤，"我看兴家兄弟跟我合作是有诚意的。你能不能帮他一下？"

房文鹤故意装傻充愣地说："我帮他，怎么帮呀！"

"你俩是同行，你就把他那厂子买下来呗！"

房文鹤摇摇头，"这个价儿我不要。"

兴家赶紧追问："多少钱你要？"

"最多两千万。"

"两千万？太少了吧。"兴家不禁皱起了眉头。

"那你就等着卖好价钱吧。"房文鹤说着站起来，"高哥，你说他有诚意，我看他是在耍咱。不在这儿跟他浪费时间了。"说着，就往外走。

兴家喊了两声也没喊住。他瞅着基本没动的一桌子菜，脑子"嗡"地一声，顿时天旋地转起来，像个泄了气的皮球一下子坐在椅子上。

5

兴家无精打采地回到厂办公室，往老板椅上一坐，仰在靠背上把眼睛一合，不再动弹。丛蕾见他那无精打采的样子，以为他喝醉了，就跟了过来，对他说："喝醉了，就去床上躺会儿。"

兴家没有吭声。丛蕾过来摸他的脑袋："病了吗？"

他没好气地把她的手拨开，不耐烦地说："讨厌，你给我出去！"

丛蕾见他不正常，关切地问："出什么事了？"

"人要倒了霉，喝凉水都塞牙！"

丛蕾见他说出这样的话，着急地问："告诉我，到底出什么事了？"

兴家摇摇头，叹口气："没你的事，你走吧。让我安静一会儿。"

丛蕾见他这样的情绪，怎么能走呢。在她的一再追问下，他才把想卖厂子投资房地产的事说了。

"啊！"丛蕾惊叫一声，"你这不是疯了吗？厂子是你爸承包给你的，所有权不归你，咋能随便卖呢？再说，这是你爸创业的祖产呀！"

"我干不了服装，想投资房地产。"兴家一下子来了精神，用手比画着说，"你看这房价一天天猛涨，简直像长上了飞毛腿，让人看着眼晕。就这样，人们还在拼命地抢呢，生怕抢不到手似的。干房地产不仅挣钱多，还来钱快哩！"

"你想得美！"丛蕾冲他撇撇嘴，讥讽说，"世界上哪有天上掉馅饼的呀！简直是痴心妄想！"

"咱这厂子已经有人想买了，只是给价太低。一家房地产老总，也答应让我投资入股。馅饼眼看就要吃到嘴里了，怎么能说是痴心妄想呢？我的理想就要实现了。”

从蕾见他沉浸在梦幻中，自己没法说服他。她觉得这是大事，不能任他胡作非为，把这事赶紧告诉了兴家妈。

姜玉芳听了，脑袋像炸了一样。她知道“宁肯饿死，不卖祖屋”的祖训。这厂子是老头子拼搏三十年创下的一份家业，饱含着老头子大半辈子的心血，怎么能随便卖掉呢？这简直是要老头子的命！顿时，她觉着大祸临头，急得像热锅上的蚂蚁，里走外转。这可怎么办呀！老头子要是知道了，非气死不可。瞒着他吧，纸里又包不住火。她一时没了主意，焦灼不安地在屋里转悠。这事必须坚决制止，让他立马刹车！而且不能告诉老头子。她想直接找兴家谈，又怕他不听自己的，就想到了兴盛。俗话说，长兄如父。兴家从小就听大哥的。她怕让老头子听到了生气，不敢把兴盛叫到家来，就去了他的厂里。

兴盛听说兴家要卖厂子，着实吓了一跳。他稳了一下自己的情绪，首先自责起来：“妈，这事怪我。这些日子我一直在忙自己的事，没有关心过兴家。最近又出什么事了？怎么想起卖厂子了？”

“我问过他，他一直不说。光说‘我大了，你们别为我操心了’。你看不管他行吗？”姜玉芳着急地说，“自从分了厂子，他的心就没有收回来，一直还在‘玩’上，说什么要充分享受青春。成天不是找人喝酒，就是去舞厅跳舞，再就是发疯似的飙车。吴公子死后，他又喜欢上了人家的女朋友。其实这个女的是吴灿撬的人家的。后来那个女人失踪了，他还痴心地恋着人家，像丢了魂似的，什么也没心思干，弄得厂子半死不活的。思远公司趁机挖走他不少技术骨干。”

“房思远的公司？”兴盛警觉地反问一句，“这是爹的老对手，处处跟咱们对着干，一定要提防他们。”

“是不是他们在打兴家厂子的主意呢？”姜玉芳忽地想到了这里，顿时害怕起来，“兴家年轻没经验，心眼儿又少，千万别上他的当呀！”

兴盛感叹了一句：“按说兴家岁数也不小了，怎么就没长进呢。”

姜玉芳自责地说：“唉，都把他惯的，现在说啥也晚了！”

“跟爹没说这事吗？”

“这些事我不敢告诉你爹。他有病又爱生气，有些事我就瞒着他。再说，你爹一说他就烦，根本不听，真是儿大不由爷，对兴家没办法。”姜玉芳一副无可奈何的样子。

“这样下去还真的不行。”兴盛说，“眼下他不是一个人，是一个厂子，八九百人啊。人们都看着他呢，成天这么吊儿郎当的怎么行！”

“看来他真的不成熟，根本扛不起个厂子。”姜玉芳检讨了两句，接着说，“我跟你爸商量过，想让你帮他管一段那边……”

“让我管他那边？”兴盛打断妈的话，反问了一句，“就他那脾气，会让我管吗？”

“这事还真让你说着了。他总觉得自己有多大能耐似的，说他根本不听。”姜玉芳说，“眼下他走投无路了，想把那厂子卖掉去搞房地产。”

“搞房地产！”兴盛听了一惊，“他有多少钱呀就敢搞房地产？真是不知道天多高地多厚了！”

“我听丛蕾说，现在他像着了迷似的，一门心思地要搞房地产。”

“房地产是那么好干的吗？”兴盛说，“别看现在房子炒得厉害，其实市场很不稳定，这太不正常了。我看时间不会太长，政府一定会管。弄不好会让他赔个底儿朝天！使不得，万万使不得！”说着，连连摇头。

“所以，我来找你。让你劝劝他，让他别胡思乱想了，把心收回来，老老实实地办好自己的厂子。”

“妈，你让我劝他？”兴盛对这事没有一点儿信心，摇摇头说，“讲道理，他一套一套的，好像比我知道得还多。现在他可不像以前那么谦虚了，特别自以为是，根本不听我的。即便我找他谈，也不会起一点作用。”

姜玉芳叹口气说：“他要不听你的，我也没辙了。”

“让我爹管他呀！”

“他要不听你爹的，你爹还不气死呀！我不敢叫他管这事。”

“那可怎么办呢？”兴盛急得搓起手来。

姜玉芳沉默着想了半天。然后说：“他想把那厂子卖了，说啥也不能落到外人手里。你能把它买下来吗？”

兴盛不再吭声了，他在不停地摇头嘬牙花。

姜玉芳说：“我是为了你爹。如果兴家把那厂子卖给外人，你爹会气死的！”

兴盛也想到了严重后果。他是个孝子，怎么能见死不救呢？可他没有这个实力，为难地说："我帮他经营这个厂子没有问题，可他不让我管。你说叫我买他这厂子，我没这么多钱，那厂子评估了七千五百万啊！"

姜玉芳叹口气说："为难你了，咱们都想想办法吧。"

"这事给兴旺说了吗？"

"还没呢。"

"当务之急是阻止他卖这厂子，我先去找兴家谈谈。"兴盛说，"妈，这事你也跟兴旺谈谈，看他有什么办法。"

姜玉芳说："兴旺现在也自身难保了！"

6

兴盛找到兴家的时候，他正坐在办公桌上给房文鹤打电话，他就没有进去，想听听他在说什么，就站在门外听。

兴家并没有发觉大哥来了，冲着电话大声喊着："文鹤，我这厂子评估了七千五百万，你只给我两千万，这不是趁火打劫吗？你也太坑人了！"

话筒里响着对方的话："就这两千万，我还是看着咱哥们儿的面子呢。你那破厂子都快倒闭了，谁要啊！你要嫌价钱低，就找别人吧。"对方扔下这么几句，就把电话挂了，发出了忙音。

兴家依然冲着话筒"喂喂"地喊叫着。

这时，兴盛推门进来，问他："你这是给谁打电话呀？这么牛！"

兴家见大哥来了，赶紧从办公桌上跳下来，说："大哥，你怎么有空过来了？"

"听说你要卖厂子，我能不来吗？"

兴家一下子蔫了，低声嘟囔一句，"谁说我要卖厂子了！"

"什么两千万呀？这是在跟谁打电话？是房文鹤吧？"

兴盛全听到了，兴家再也掩盖不住了。他像只泄气的皮球瘫软在椅子上，嘟囔一句："哥，我确实不是经商的料儿，对服装业也不懂。所以，我想换个工作。"

“换工作？你想干什么呢？”兴盛双眼盯着他，咄咄逼人地问。

“我想搞房地产。”兴家的声音小得像蚊子嗡嗡。

兴盛质问：“你有多少钱呀，就想搞房地产？你知道搞房地产需要多少钱吗？”

“我不是自己搞，是入股跟别人合作。”

“入股？你有多少钱入股？哪来的这么多钱？”

兴家不再言语。

“是不是想把你包的厂子卖掉入股啊？”

兴盛揭穿了他的阴谋。他像做了亏心事似的低下头，不再说话。

“你横是说话呀！”

兴家依然不说话。

“刚才你在电话里说的我全听到了。”兴盛说，“你知道咱爹和房家的关系吗？房思远早就跟咱爹是对头，他总想把咱家的公司吃掉。由于爹精明能干，他始终没有得逞。他家看着你不正经干，把厂子快折腾垮了，想用仨瓜俩枣买下你的厂子。你怎么连这点事也看不出来呢？你傻不傻呀！”

兴家知道这是一笔赔本的买卖，无言以对。他低着头坐在老板椅上抠着指甲，像是在听哥哥的话，也像是无声的对抗。

“我告诉你，咱们的厂子是爹用大半辈子的心血挣来的，就是穷死也不准卖！”兴盛知道兴家也说不出什么，扔下这么一句，气鼓鼓地走了，把门子摔得山响。

兴盛走了不久，房文鹤又给兴家来电话。他张嘴就问：“兄弟想好了吗？高总催呢。我可告诉你，机不可失，时不再来。过了这个村可就没这个店了！”

兴家的思想处在极度矛盾中。他怒吼道：“你给我这个价，我不卖了！”

房文鹤不知道兴家为什么突然变卦了，态度立马变得温和起来，嘻嘻哈哈地说：“兄弟吃炮药了？咋这么大的火气呢？”

“你小子想乘人之危毁我，还假惺惺地说什么朋友，我不卖了！”兴家生气地说了这么两句就要挂电话。

“兄弟别挂电话。嫌钱少，可以再商量啊，两千五百万怎么样？”房文鹤马上就让步了。

"今天心情不好，我不想谈这事了。"

房文鹤又改口说："嫌少再添上点儿，三千万行不行?"

兴家没有接腔，啪地把电话挂了。

第十七章　人财两空

1

兴盛听说兴家要卖厂子，投资房地产，当时把肺都气炸了。待他冷静下来想想，觉着兴家确实没有能力经营这个厂子。如果他坚持把厂子卖给别人，一定会把老爹气坏。妈想保住兴家这个厂子，要自己买下来。然而，这不是个小数目，七千五百万啊！自己到哪里去弄这么多钱啊！如今贷款这么难，即便银行给贷，也贷不了这么多。怎么办？急得他两眼冒火，里走外转。愁得他饭吃不下，晚上睡觉也睡不稳。

秋灵见他在床上辗转反侧，就问他："你怎么了？好像有什么心事似的。"

"没事，你睡吧。"

秋灵不信。在她一再追问下，兴盛才把兴家想卖厂子的事说了。

秋灵像被吓着似的猛地坐起来，问："这事咱爹知道吗？"

"爹要知道了还不气死呀！"

"妈知道不？这事可不能瞒着他们。"

"这事是妈跟我说的。"

"妈不管他吗？"

"妈说他不听，就找我来了。"

"你能有什么办法？"

"妈叫我把他那厂子买下来。"

兴盛嘟囔一句，秋灵就像被火烧着一样，着急地问："叫你买下来？你有多少钱呀？别说胡话了！"

"为了咱爹，只有这么办。"兴盛咕哝说，"这厂子是咱爹奋斗大半辈子的心血，绝对不能落到外人手里。"

"钱呢？这可是七千五百万呀！"

“有人说给他两千万。”

“两千万?!”秋灵像被蝎子蜇了一样惊叫起来，“这不是把厂子白白送人家吗?”

“所以，说啥也不能让他卖给外人!”

“要不你跟兴旺商量一下？你俩凑凑……”

“我这就打电话，让他马上过来。”

于是，两口子穿好衣服坐在客厅等兴旺。

兴旺刚想脱衣上床，手机响了。他一看是哥的电话，心里就有些害怕，莫非爸又病了？半夜里来电话肯定没好事。原来是哥让他马上过去，说有重要事商量。穿上衣裳就开车过来了。一进门就着急地问：“哥，发生什么事了?”

兴盛把兴家想卖厂子的事说了。兴旺生气地说：“这个败家子简直是胡闹，必须坚决阻止他!”

“这事又不能告诉爹，劝他也不听。妈说叫我买下来，可我没那么多钱，七千五百万啊!”

“哥，甭说你买不起，就是咱俩合起来也买不起。”兴旺说，“我厂子的情况你又不是不知道。”

“房文鹤想买，说给他两千万……”

兴旺打断哥的话说：“两千万？兴家不知道这厂子值多少钱吗?”

“他说两千万不卖……”

“别说两千万，就是五千万也不能卖!”

兴盛说：“如果咱俩能接过来，我看三千万就行。”

兴旺惊叫起来，“咱俩到哪儿去弄这么多钱呢？三千万呀!”

兴盛说：“找咱叔不知行不行?”

兴旺摇摇头说：“咱不能总是麻烦叔吧？再说这么大的数目，怎么向叔张嘴呀!”

兴盛也觉着再不能找叔借钱了。他有气无力地说：“贷款又没希望。别的还能向谁借到钱呢?”

“反正我没门路。”

“难道咱就眼巴巴地看着他把厂子卖给房文鹤吗?”兴盛发狠地说，“说啥也不能卖给房家!”

兴旺叹口气说：“兴家卖厂子想干什么呀?”

"他鬼迷心窍地要搞房地产。"

兴旺冷笑两声："搞房地产？太异想天开了，简直自不量力！"

秋灵见哥儿俩商量不出办法，就说："快十二点了，快睡觉吧，明天还有一摊子事呢。"

"哥，那我走了。"

2

那天，房文鹤给兴家打电话，就买他厂子的事讨价还价。兴家心情不好，把电话一摔就说不卖了。文鹤觉着蹊跷，本来说好了的，怎么突然变卦了？他一下子就想到了韩月美。肯定是她把自己跟高坡做的局告诉了兴家，才有了这样的变故。于是，把满肚子气撒在韩月美身上，咬牙切齿地说："韩月美你这个贱货！原来你投奔我不是爱我，而是来卧底为郭兴家作奸细！"想到这里，立马把韩月美叫过来，二话没说，上去就给了她一记响亮的耳光。

韩月美感到莫名其妙，捂着发麻的脸委屈地说："你这是干吗呀，为什么打我？"

房文鹤黑虎着脸逼问韩月美："你跟兴家说什么了？"

韩月美摇了摇头，怯声怯气地说："我根本没见过他。"

"兴家突然变卦了，不卖他那厂子了。是不是你跟他说什么了？"

"没有啊，借我仨胆儿我也不敢。"韩月美不敢抬头看凶神恶煞似的房文鹤，低着头嘟囔着说，"我早就不搭理他了。从上次在一起喝酒，我就再没见过他。再说，我怎么知道你跟高坡说什么事呀！"

"你这个吃里爬外的东西，出卖了我还不认账！"房文鹤说着，又发狠地给了韩月美一巴掌。

"你冤枉我，我真的没对他说过什么。"韩月美紧捂着那疼痛的脸，吓得往后退着。

这时，房文鹤的手机响了。他一看是高坡打来的，怕韩月美听去，就到外面去接。高坡着急地说："文鹤，你快想办法落实兴家入股的事呀，我都快急死了！"

房文鹤说："遇到点麻烦，容我再想想，等我的电话吧。"说完，又回去对韩月美说："你甭嘴硬。等我拿到证据，看我怎么收拾你！"扔下这么一句，就匆忙出去了。

房文鹤坐进他的汽车，拨通了兴家的电话："兄弟，那事考虑得怎么样了？"

"你给价太低了。"

房文鹤讥讽地说："男子汉大丈夫，一言既出，驷马难追。你出尔反尔，还算爷们儿吗？"

"谁说话不算数了？你给的价也太低了。"

"我已经从两千万涨到三千万了，你还不知足啊！"房文鹤说，"刚才高老板又在催我，你要不入股就明说，别这么磨磨叽叽的。"

"我哥知道这事了，他不同意我卖。"

"这厂子是你的，还是你哥的呀？你多大了，怎么还跟小孩子似的没有主见！我告诉你，高坡那高层还没盖就已经预售一半多了！"为了敦促兴家尽快卖掉厂子，他故意编造了这个神话。

兴家信以为真了，喜出望外地问："真的吗？"

"高老板约我们吃饭呢，你当面问问他。"

"好啊，快说在什么地方。"

"滨河楼 88 号房间。我先走一步，在那里等你。"

高坡的高层没盖就卖出了一半多！这对兴家来说，是多大的诱惑呀！他收了电话，直奔滨河楼。

高坡本来就是有名的牛皮大王。他拍着胸脯信誓旦旦地对兴家说："兄弟，不是我吹牛，我干房地产有十来年了。每次都是房子一动工就开始卖，还没封顶就卖光了，从来不存在积压问题。你跟我合作既不用操心，也不用出力，光等着数钱就行了。"

房文鹤对高坡说："兴家想入股，可他又没钱；想把厂子卖了，又嫌卖价低。"然后对兴家说："现在的关键就在你了。只要你跟我把卖厂子的合同签了，我立马给你把钱打过去。"

兴家为难地说："文鹤哥，对不起了……"

"有什么对不起的？谁不想卖个好价钱啊！我多给你一千万不就得了吗？"

"不是……"兴家好像有什么难言之隐。

"不是什么？莫非还嫌少？"房文鹤好像警觉到了什么，不禁皱起了眉头。

“我那厂子不卖了。”

房文鹤一听火了，急赤白脸地说：“你还是人吗？怎么拉了屎又抽回去！”

“我哥不让我卖给外人。”兴家支吾了一句。

房文鹤鄙夷地说：“我算看扁你了，这辈子也不会有什么出息了！”

高坡给房文鹤使个眼色说：“这也难怪。他在家是最小的，根本没有地位，说话也不占地方，就别难为他了。”转脸对兴家说：“你的厂子卖给谁我不管，咱俩合作没问题吧？”

“没问题，我哥说要。只要他把款打到我的账户上，立马给你转过去。”

高坡高兴地说：“好！来，为我们的真诚合作，干杯！”

3

第二天一早，兴家就给大哥打电话，问他筹到钱了没有。兴盛批评说：“现在最难的就是筹钱，你着什么急呀！等我想想办法。”

“大哥，人家高老板催得急。如果你和二哥筹不到钱，我就卖给别人了。”

“兴家，这厂子可是咱爸的心血，你要卖给外人，咱爸说不定会气死的。你就别卖了。”

“大哥，我是下决心搞房地产了。高老板好不容易答应我入股，我怎么能错过这个机会呢。”

兴盛见兴家铁了心，着急地说：“兴家，你先别卖给别人，再容我想想办法……”

兴家见大哥的钱没有着落，就不抱什么希望了，没听他说完就把手机挂了。

这时房文鹤又打电话来催：“兴家，我豁出去了，比你哥多给你一百万。三千一百万总该可以了吧？”

兴家心里美极了，一抻劲儿房文鹤又要多给一百万。此时，他早把哥的话抛到九霄云外了，爽快地说：“你小子说话可要算数哟！”

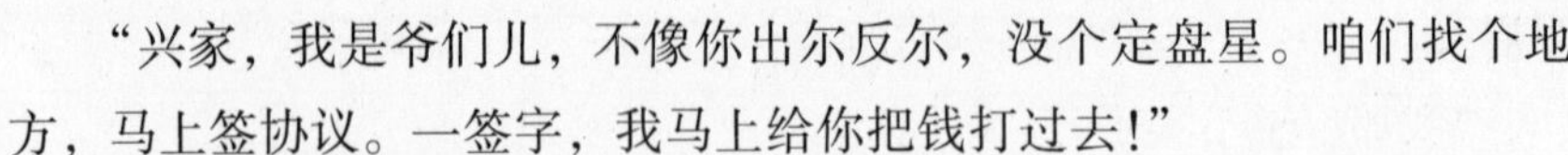

“兴家，我是爷们儿，不像你出尔反尔，没个定盘星。咱们找个地方，马上签协议。一签字，我马上给你把钱打过去！”

“你说话可得算数。”

“一言为定！”

兴家问：“你说在什么地方签协议？”

“在我们公司好吗？”房文鹤说，“一签合同，我立马给你开支票。”

“好，我马上过去。”兴家说着，开车就直奔房家的公司了。

合同很快签完了，房文鹤立马就给他开了三千一百万元的转账支票。房文鹤怕事情有变，还跟郭兴家一起到公证处，把协议书作了公证。从此，郭兴家承包的那个厂子就成了房家的了。

房文鹤没有回公司，就把这个情况告诉了高坡。让他找郭兴家催钱。

郭兴家还没回到家，高坡又打电话催了：“兴家，钱筹到了吗？你没钱我就不等你了……”

兴家赶紧说：“高老板，厂子已经卖了，钱到手了。如果你方便，现在咱们就去银行，办过户手续。”

“我现在正在市政府办事，一时离不开。”高坡说，“我告诉你我的银行账户，先把钱打过来。在政府办完事，我马上去找你，把合作合同签了。”

“好吧。”兴家不假思索地就答应了他，没回厂子就到银行把钱打在了高坡的账户上。

郭兴家从银行出来，好像完成了一项重大任务，松了一口气。跟高坡合作搞房地产，这是一条最理想的致富门路，不久就会有大把大把的票子向他飞来。心想，跟高坡一签合同，就去饭店庆祝一下。他订好了饭店就打电话找高坡，不料关机了。他想，莫非在市政府开会领导不让开手机？一下班，又接着打，依然关机。难道现在还没散会吗？于是，他又给房文鹤打电话。手机里传出的声音却是，“对不起，你拨打的电话已经关机。”连拨了三次，都这样说。这个房文鹤也真是，大白天关手机干什么呀！也可能是手机没电了。他要立即找到高坡，就直接去了市政府。一打听，上午根本没有开什么会。他又问市政府办公室，问有没有个叫高坡的老板来过？值班的女士把一本来客登记册递给他，“我印象中没有叫高坡的来过，你自己查吧。”他反复查了三遍，连个姓高的人也没查到。莫非高坡参加的会不是市政府办公室组织的？这么想着，就从市政府走出来。他想到高坡的公司去找他，拿出名片一看，上面只有公司名称、姓名和电话，根本没有公司的地址。他觉着不对劲儿，好像预感到了什么，心也咚咚地狂跳起来。于是，赶紧去思远制衣公司找房文鹤。

到了思远公司，直奔办公楼去找房文鹤。不料碰上了韩月美。他不想理她，可这个楼上的人们早已下班，没有别人。只好硬着头皮问："房助理呢？"

韩月美一看是郭兴家，气愤地说："你来干什么？"

"我找房文鹤。"

"他今天没来上班。"

"干什么去了？"

"不知道！"韩月美扔下一句就走了。

兴家的脑袋"嗡"地一声像爆炸了一样，双腿一软就晕倒在地上。

4

兴家醒来的时候，发现自己躺在医院的病床上，手背上打着点滴。他见丛蕾陪坐在身边，不知发生了什么事情，猛地坐起来问："我怎么了？"

"你晕倒在人家思远公司了，是韩月美打电话让120把你送到医院的。难道你一点也不知道？"

兴家脑子里一片空白，摇了摇头。

丛蕾越发地感到纳闷儿了，追问道："你去找韩月美干什么？怎么会晕倒？到底发生了什么事情？"

兴家不想告诉她，又闭上了眼睛。

丛蕾着急地晃着他的身子："你横是说呀，到底发生什么事了？"

兴家把脸往墙那边一扭，呜呜地哭起来。丛蕾更感到莫名其妙了。着急地说："有事你说呀，哭有什么用！"

兴家这才把事情的经过告诉了丛蕾。她一下子吓傻了，大声吼道："你让人家骗了！快告诉家里吧。"

兴家摇摇头，喃喃地说："都怪我鬼迷心窍，没听大哥的话。大哥千叮咛万嘱咐，不让我投资房地产，我却没听。哥要知道我被骗了，还不扒了我的皮呀！爸妈还不知气成啥样子呢。"

"事情已经这样了，纸里包不住火。"从蕾气得赶紧把他从床上拽起来，"你还躺着干啥？赶快报警，马上告诉大哥！"

兴家抓着脑瓜皮犹豫着。

从蕾说："到这个时候了，还要什么面子呀，追钱要紧！"

兴家像没听见一样，双手抱着脑袋一动不动。

从蕾想报警，她却说不清，于是拨通了兴盛的电话，只说兴家住院了。

兴盛不知怎么回事，惶惶地开车来了。问明情况后，立马向公安局报警了。

三千一百万资金被骗！这是一件大案。公安局立即布控，把所有的外出道口控制起来。抓到了房文鹤，却没发现高坡的踪影。审问房文鹤，他只承认买了郭兴家的厂子，根本不认识这个叫高坡的。让郑州市公安局查户口，也没有一个叫高坡的。再查高坡的账户，上面的钱全部提走了。通过银行查高坡的身份证，不料他的身份证是假的。追查的线索一下子中断了。

郭忠厚听说兴家私自把厂子卖了，想搞什么房地产，卖厂子的三千一百万也全被人骗走了，顿时气得昏厥过去。姜玉芳立即让兴盛把爹送进了医院。

经过抢救，郭忠厚苏醒过来。他气愤地吼起来："兴家呢，把这个败家子给我叫来，我非揍死这个兔崽子不行！"

姜玉芳在一旁抹眼泪，喃喃地说："不知他躲到哪里去了！"

郭忠厚问兴盛："这事你知道吗？"

兴盛点点头怯怯地说："听说兴家要把那厂子卖给房思远，我和兴旺坚决反对。我们和房家是对头，怎么忍心让他家吞并咱家的厂子呢。可兴家就是不听，鬼迷心窍地要搞房地产。俺俩劝不了他，就想凑钱把他那厂子买下来。俺俩又没有那么多钱。正千方百计地凑钱呢，他就把厂子卖了。"

听说兴家把厂子以超低价卖给了房家，郭忠厚的气更不打一处来。他跟房思远斗了二十年，最后竟栽到了房家手里，这口气怎么也咽不下去，像一块砖赌在心口里。吃不下，睡不着。

姜玉芳见郭忠厚气成这个样子，一再给老头子道歉："千错万错都是我的错，都怪我私心太重了，总觉着他小，怕他过不好，处处向着他，这才想出了分家的主意。要怪你就怪我吧。"

兴盛、兴旺也在安慰老人："爹，厂子是要不回来了，那钱肯定要追回来。"

郭忠厚摇摇头说："案破不了，找谁要钱啊！"

"要相信公安局。只要姓高的没跑出中国，就会找到他！"

兴旺说："这回兴家肯定能接受这个教训，从此改邪归正。"

姜玉芳担心地说："兴家到底去哪儿了？到现在还没他的消息吗？"

"这几天他一直关机，上哪儿找他去呀！"兴盛劝妈，"他大了，不会有事的。我听丛蕾说，他走的时候带着一张银行卡，上面有几万块钱。把钱花完，他就回来了。"

几个人正说着，秋灵风风火火地跑来了，一进门就大声招呼："妈，不好了，丛蕾走了！"

姜玉芳一愣："你说什么？"

"丛蕾说，兴家实在靠不住，不再跟他了。我劝了半天，也没有留住。"

这是姜玉芳预料之中的事，早晚会发生。她觉着丛蕾是理想的儿媳妇。丛蕾的走像给了她一棒，一下子瘫软在地上。

郭忠厚叹口气说："唉，走了也好。现在他倾家荡产了，谁还会跟他呀！"

"人财两空了，这一跤跌得够重的。"兴盛感叹了一声，沉默了一会儿，又说，"摔得越重，输得越惨，对他的刺激越痛。如果这事能让他清醒过来，接受教训，也许是好事。"

姜玉芳说："但愿如此吧。"

第十八章　家产面前

1

郭忠良的咳嗽有一段时间了，最近又有些低烧。彭丽华再也不允许他拖下去了，立即把子轩和子骞叫来，硬是把他拉到医院做了一次全面体检，检查出他肺部有阴影，好像是个瘤，好在不大，只有1.8厘米，立马住院做了手术。经病理切片检查，确认为恶性肿瘤，好在没有扩散。

子轩不敢把爸爸住院的事告诉大伯，只告诉了老大兴盛，并叮嘱他："先别告诉大伯，免得他着急。"

兴盛着急地问："叔住在哪个医院?"

"市一院，内科病房816。"

"一会儿我去医院看叔。"

兴盛收了电话，就要开车去医院。尽管子轩不让他告诉爹，他觉着这事瞒不住。可是，如果告诉了爹，他能经受住这么大的打击吗？左思右想，觉着这是大事，还是决定告诉爹，于是先去了爸妈的家。

郭忠厚见兴盛不声不响地来了，就问他："你怎么这时候来了？有事吗?"

兴盛说："爹，有点事，你千万别着急。"

郭忠厚催促说："有事快说，别这么吞吞吐吐的。"

姜玉芳提心吊胆地问："又出什么事了?"

"刚才子轩打电话……"兴盛欲言又止。

"子轩有什么事?"爸又追问了一句。

兴盛犹豫了一下说："我叔住院了。"

"你叔住院了！什么病?"郭忠厚着急地问。

兴盛没敢对爸说叔得了肺癌，也没敢说做了手术，只是说："咳嗽低烧，究竟是什么病还没确诊呢。”

“走，快去医院看看你叔！”郭忠厚说着，就往外走。

姜玉芳说：“你说走就走，横是换了拖鞋呀！”

郭忠厚这才感到自己太慌张了，一边换下拖鞋，一边对老伴儿说：“你拿些钱。”

姜玉芳答应着去拿钱，又对兴盛说：“你打电话让兴旺和兴国马上过来，一起去。”

兴旺、兴国听说叔叔住院了，放下手头上的工作，立马开车过来了，都买了不少水果和营养品。

一家人开了两辆车来到医院，才知道郭忠良得的是早期肺癌，刚做了手术。子轩、子骞、柳慕青、安茹雪都守在病房。他们见大伯大娘一家子都来了，纷纷站起来迎接。

郭忠厚望着还在昏睡的弟弟，鼻子和嘴上扣着输氧器，手上插着输液、输血管子，不禁掉下了眼泪。他悲怆地对弟媳说：“丽华，他思想那么开朗，怎么会得这病呢？”

彭丽华说：“这些日子他总是咳嗽，还有点低烧。他总以为是感冒，吃点感冒药就好了。过了一周，不见好转，我就催他来医院检查。他说没事，值不得大惊小怪。我和孩子们不知催了他多少次，他却今儿推明儿、明儿推后，一点儿也不着急。前天是子轩和子骞硬把他拉到医院来检查的，没想到是这病。好在是早期，没有扩散。”

郭忠厚问：“手术是谁给做的？”

“请北京301医院肿瘤科的袁主任来做的。”

郭忠厚满意地点点头：“袁主任是国内外知名专家，他的手术是全国一流的。”

“袁主任说，手术做得很成功。”

兴旺说：“肺癌早期不要紧，又没有扩散，手术做好了没问题，相信叔能闯过这一关。”

郭忠厚见忠良仍在麻醉中，叮嘱两个侄子和他们的对象：“好好伺候你爸。但要分班儿，别都在这里耗着。你们也要吃好、休息好。”

姜玉芳说：“丽华，你熬了两天了，快回家休息吧。我在这里守着忠良，晚上让孩子们来替我就行了。”

子轩赶紧说：“不用。大娘，我们都请假了，分了三班儿。”

姜玉芳对彭丽华说："这会儿孩子们都在，你就回去睡一会儿。你千万不能病倒。"然后嘱咐孩子们："要注意你妈的身体。"

子轩说："大娘你放心，我们会照顾好妈的。"

兴盛说："婶子，现在正是用人的时候，叫秋灵过来吧。"

子骞说："大嫂又是厂子又是家的，也够她忙的。我们几个能顾过来。"

兴国说："要么我留下吧。"

"你那学校更离不开你了，这里不缺人。"

彭丽华对哥嫂说："你们都上岁数了，别惦记这里了，都回去吧。"

既然这样，姜玉芳和兴盛就没有坚持留下。姜玉芳又问缺什么，见他们准备得都很齐全，就放心地告辞了。临走，姜玉芳给彭丽华撂下了五万元。

彭丽华说："嫂子，不缺钱。哥身体不好，让哥好好保养吧。"说着，就把那钱拿起来给姜玉芳。

郭忠厚说："知道你们不缺钱，这是我和你嫂子的一点心意。"

这么一说，彭丽华就留下了。她要送送哥嫂，郭忠厚拦住说："千万别送，有事打电话。过几天我再来看他。"

在回去的路上，兴国坐在兴旺的车上，他俩议论着叔叔。兴旺说："咱叔这一辈子光为别人着想了，从来没考虑过自己。"

兴国说："兴家总说叔叔这是傻。"

"他怎么这样看叔呢?"兴旺不满地说，"咱叔是全省最有开拓精神的企业家。他无私无畏，敢想敢干，他的信誉集团公司一直走在全省的前头。他把自己大部分股份拿出来在公司设立岗位股，证明叔是个大公无私的人。"

兴国说："叔太优秀了，真不愧是省人大代表、市人大常委、全省著名企业家，还是感动全省的十佳人物呢。"

"叔确实与众不同。"兴旺赞美说，"前些日子，叔辞去公司总经理，没把这职务交给子轩，而是从公司职工中海选。就这个举动，比咱爸的思想境界高多了。"

兴国说："咱叔对子女跟咱爹不一样。叔是为公司着想，咱爹是为孩子们着想。"

在兴盛开的那辆车上，郭忠厚和姜玉芳也在议论着忠良的病。郭忠厚感叹地说："他平时结实得像头牛，有个小病连药都不吃，一扛就过去了。怎么突然得了这种病呢！"

姜玉芳感叹地说："都是累的。一年到头他哪有歇着的时候啊！"

郭忠厚说："我病了一回，算是醒过味儿来了。人生什么最重要？身体。有人用数字打比方，'1'代表人，'0'代表金钱。如果前边的'1'没有了，后面再多的'0'也没任何意义。"

姜玉芳说："你知道就好！"

兴盛开着车，怕爸妈又说起兴家的事心里难受，就说："爸，我给你们放段京剧《红灯记》吧。"说着，就把铁梅的唱段放了出来。

2

李大博自从对容荣无理、让兴国撞上之后，觉得没脸面对她，更不敢去见岳父母大人。岳父在社会上是有名声、有地位、要脸面的达人，怎么能容得下他这种卑鄙之徒。当兴旺把他的龌龊之事告诉爸妈之后，爸妈非常生气，恨得咬牙切齿。郭忠厚想把他叫来训斥一顿，被姜玉芳拦住了。她说："你跟他置气把你气个好歹怎么办？他根本不顾及咱家的名声和地位，就当不知道这事罢了。"

岳父母为了避免生气，可以装聋作哑。李大博工作的学校却对他的问题进行了全面调查，发现他对女学生也有不检点之处。最后以道德败坏的罪名，把他开除了。李大博没敢把这事告诉兴国。她成天忙于工作，好久没有回家了。因此，也就没听说他被开除的事。

李大博一直想给岳父岳母道个歉，求得老人家的原谅，维系自己已经破碎的婚姻。但他一直没有这个勇气。后来在无意中，听说兴家惹祸了，老人肯定气得够戗，就想借这个机会安慰安慰二老。他犹豫了半天，才心惊胆战地拨通了兴国的电话。

兴国一听是李大博的声音，气得马上把电话挂掉，而且关了手机。免得他再来打扰自己的生活。

兴国不想接他的电话，他就硬着头皮想去学校找兴国。又怕她白天上课没时间，特意等到晚上九点才去。

兴国正在办公室跟老师们开会，研究明天的工作安排。明天是星期天，打算带学生们去公园玩半天。因为残疾，这些孩子们很少或者根本就没有去这种公共场合玩过。她觉得残疾人也应该像正常人一样享受这样的生活。最近，她听说人民公园已扩大规模，而且修葺一新，就想把他们带去享受一下。因为肢残的学员行动不便，就由聋哑学员帮忙推着轮椅。她正和老师们给学生搭配分组，李大博来了。他没敢贸然推门进去，先轻轻地敲了敲门。

听见门响，文昊以为是学生来请示问题，就过来开门。不料是李大博。因为他们没见过面，互不认识，顿时愣住了，问他："你找谁?"

"我找兴国。"

兴国抬头见是李大博来了，立马呵斥着往外轰他："你来这里干什么？给我出去!"

对于兴国两口子的关系，文昊有些耳闻。他不想干预人家两口子的事，就把老师们招呼到他的办公室继续开会。他怕两口子争吵起来被学生听见，就把校长办公室的门关得死了。

老师们一走，李大博咕咚就给兴国跪下了，还自虐地打起了自己的脸："兴国，我错了，你原谅我吧。"

兴国铁青着脸说："既然你来了，下周咱俩去离婚。"

"不，兴国，我错了，犯下了不可饶恕的错误。看在咱俩曾经相爱的情分上，你给我个改正的机会吧。"

"休想!"兴国怒斥道，"你身为人民老师，竟干出这种缺德的事。你让我伤透了心，也丢尽了全家人的脸，让我没脸面对学生和家人，没脸走在大街上。我不会跟你这种卑鄙的人生活在一起，永远不会原谅你，下周一咱就去离婚!"说完，命令地说："还跪着干什么，快起来!"

李大博也一边站起，一边哀求说："兴国，我坚决改，你饶恕我吧!"

尽管李大博决心痛改前非，却抚不平兴国那颗受伤的心。她绝情地说："没有以后了！我警告你，绝对不允许你去家里打扰我爸妈。你要把爸妈气个好歹，那三条汉子可饶不了你!"

李大博还想说什么，兴国怕惊动学生引来围观，硬是把他赶了出去。

李大博郁郁地走了，兴国却趴在办公桌上呜呜哭起来。她觉得丢人，悔恨当初自己软弱，没能抵挡住他的死缠烂打，竟嫁了这么个道德败坏的人。

文昊听见李大博走了，就回到了校长办公室。他见兴国哭得如此伤痛，就赶紧过来劝她："事情已经过去了，就不要再揭这伤疤了。"

文昊这么一劝，她哭得更伤心了。

尽管兴国对李大博提出了警告，不让他打扰父母，他还是买了一兜子水果，来家看望岳父岳母了。

他在门口犹豫了半天，还是摁响了门铃。姜玉芳过来开门，一看是他，气就不打一处来，厉声问："你来干什么！"说着，就要关门。

李大博忙过去把门拉开，说："妈，好长时间没过来，想来看看二老。"说着，就往里走。

姜玉芳生气地下逐客令："你把我们家的脸丢尽了！我们不想见你，赶快走吧。"

"妈，是我错了。我决心改正，你们就原谅我吧。"

"你也是受过高等教育的人，什么道理不懂啊！用不着我再多说什么，扪心自问吧。兴国对你那么好，你却不支持她的工作。我们这个家待你怎么样？拍拍良心吧。你做的这事对得起谁呀！"姜玉芳说完转身要走。

李大博忙拽住岳母的衣裳，恳求说："妈，我知道错了，大错特错了。妈，我对不起兴国，对不起你和爸，也对不起这个家。你们就原谅我吧。"说着，抹了一把假惺惺的眼泪，咕咚跪在了地上。

这是姜玉芳没有想到的，她不免有些发慌。门前出出进进那么多人，让人看见这成什么体统！于是，赶紧把他拽起来，拉到一个墙角的背人处，责备地说："你这是干什么呀！早知今日，何必当初！学校都不要你了，还有脸家来！你不嫌丢人，我们还嫌丢人呢。以后再也不要进郭家的门了！"硬是把李大博赶走了。

3

郭兴国的特教学校在爸爸的大力支持下，从单一的内画班，扩展到包括家电维修、计算机维修、餐饮服务、盲人按摩五个班，学生也从二十七个扩招到九十八个。教师和员工也二十多人了。

学校扩招的事告一段落，各项工作步入正轨。兴国终于能腾出时间，跟李大博去办离婚手续了。他却死活不离，兴国只好向法院起诉，法院很快就判离婚了。因房子和其他财产都是郭家买的，他又是过错方，除了拿走他的一些生活用品，几乎是净身出户。

离婚后，兴国卸下了沉重包袱，顿感浑身轻松，便邀文昊、郑宏宇和员工们一起吃饭。

郑宏宇高兴地说："郭校长，有件特大喜事想告诉你。"

"啥喜事呀？快说。"兴国催促着。

郑宏宇说："咱上个月向省残联推荐的陈晶的内画鼻烟壶，在这次全省内画大奖赛中，荣获了二等奖。"

这是兴国万万没想到的。她高兴地说："陈晶真行啊！她来校学习才几个月，就能在全省比赛中获奖！宏宇，这要感谢你教得好。"

郑宏宇赶紧说："这不是我的功劳，要感谢文老师。多亏文昊大师对她的精心指导和耐心帮助。不然，她怎么会进步这么快呀！真是名师出高徒。"

兴国以敬佩的眼光瞅了文昊一眼，然后站起来，紧紧握着他的手，感激地说："文昊，不愧是大师，水平就是高！谢谢你给我们培养了这么优秀的人才！"

"过奖了。"文昊谦虚地说，"俗话说，师傅领进门，学艺在个人。陈晶特聪明，悟性也好，又非常刻苦。所以，才能取得这么好的成绩。"

郑宏宇插嘴问兴国："郭校长，你说陈晶获奖的这个鼻烟壶值多少钱？"

兴国顺嘴猜道："三百？这是咱们学生产品的最高价钱了。"

郑宏宇摇了摇头，"再猜。"

"五百？"

"还不对。"郑宏宇依然摇头。

"不会是八百吧？这已经超出我们学生作品价格的两倍多了。"

"还没猜对。"文昊揭底说，"陈晶获奖的这只鼻烟壶，在省城竞拍卖了一千一百元！"

这太令人意外了。兴国高兴地对郑宏宇说："你妈原来还担心你俩结婚生活有问题呢，现在该放心了吧。”

郑宏宇点点头说：“我妈可喜欢陈晶了，说她特懂事。”

兴国端起酒杯说：“最近咱们学校喜事连连。来，大家共同干杯！”

文昊好像在想什么，愣在那里没动。郑宏宇用手捅了他一下，开玩笑地说：“文老师，发什么愣呢，是不是在想什么时候跟郭校长结婚呀？”

文昊红着脸否认：“我一介匠人，岂敢打校长的主意！”

郑宏宇说：“我觉着你俩挺般配，工作上又配合得那么默契，以为你俩早就恋爱了。闹了半天，你还没有向郭校长求婚呀！”

一句话把文昊说了个大红脸，腼腆地笑着：“我是单相思，校长大人怎么会看上我呢？不敢贸然行动。”

“郭校长，你真的瞧不起咱们文老师吗？”

郑宏宇这么一问，兴国羞得脸通红。她说：“人家是大师，我是无名之辈，就怕高攀不上呀！”

郑宏宇说：“我看你俩都互相爱着，就别再拿捏着啦。今天我把这层窗户纸捅破了，你俩当场表个态吧。”

郭兴国和文昊顿时脸红得像猪肝。在场的人都在起哄：“文老师，快说呀！”

文昊红着脸郑重其事地说：“兴国，说心里话，我喜欢你，一直在暗恋着你。如果你不嫌弃我，我就向你正式求婚！”

郭兴国谦虚地说：“你是大师，我可没什么特长。”

郑宏宇说：“郭校长，你就别客气了，快接受这份爱吧。”说着，给二人斟满了两杯酒，高声说：“你俩没意见，就干了这杯定婚酒！”

在人们的鼓励下，兴国和文昊半推半就地把酒喝干了。

众人鼓掌，举杯祝贺。

郭兴国放下酒杯，认真地说：“扩招的任务我们已经完成了，学校的工作也步入了正轨。省市领导非常重视我们的学校，把我们的学校作为重点扶植对象。我和几个老师已开始规划着学校的未来。我想分两步走：第一步，按着国家标准，建一座标准化的特殊教育学校。如今已经启动，市政府已免费拨给我们三十亩地，文老师还请市规划处画了规划图，一切为方便残疾人着想。新校园和教学楼内都有无障碍设施，还有扶手、电梯和盲道等。另外，还有专业教室、图书室、餐厅、浴室和医疗室。我们的招生对象，今后也要跟九年义务教育同步，让残疾儿童从小就接受良好的特殊教育。不过年龄可以放宽。第二步，三至五年内学校要办企业，实现校企结合、产教结合、以产养校、以产促教的办学模式。这样就为残疾人就业创造了条件，提供了场所。"

众人拍手叫好："郭校长考虑得太周到了。这要花多少钱呀？我们有钱吗?"

兴国说："市政府已经把残疾人教育列入十二五规划了。眼下单靠政府，还拿不出这么多钱。我想发动群众办残疾人教育事业。现在市残联、教育局正在帮我们积极筹措资金。市政府已决定拨款五百万，我家老爷子支持我们一百万，叔的信誉集团公司赞助二百万。在老爸及信誉公司的带动下，企业及社会捐款赞助我们已近六百万了。现在共有1400万元。基建队很快就要开进新校舍的场地，第一步计划已经开始实施。"

文昊插嘴说："最近大家很少看到校长的影子，她就是为建新校舍筹钱哩。"

"郭校长，你辛苦了!"

"我想在我们年青一代手里，把我们市的残疾人教育事业发展起来。"

大家热烈鼓掌，频频举杯庆贺。

第十九章　人各有志

1

郭忠良在医院住了整整一个月。在这一个月里，他想得最多的不是自己的病，而是他的信誉集团公司。而对自己的病却看得很淡。他认为，任何事物都有个发展变化的过程，犹如春夏秋冬，这是自然界的法则，不可抗拒。既然这样，有病并不可怕，积极治疗之后就顺其自然吧。值得庆幸的是，改革开放之后，自己有限的生命才有所作为，活出了光彩，没有枉来这个世界上。如今他考虑的是，要彻底退休。今后公司如何经营？是让两个儿子子承父业，还是聘职业经理人？按说应该把自己在公司的股份分给两个儿子，又觉得这样做不一定是好事。且不说子骞根本不想经营企业，就子轩来说，虽说在公司干得不错，如果把整个集团公司交给他，就现在的能力恐怕也难以挑起这个重担。于是，他征求老婆的意见。彭丽华现在也想明白了。她说："这就看你为什么着想了。如果为儿子着想，就把家产分成两份，不偏不向地分给子轩和子骞。如果你为公司的职工着想，那就还让董事会决定吧。"

郭忠良说："我既要为公司的职工们负责，也要为孩子们着想。"

"那你就征求一下俩儿子的意见，看他们有什么想法。"

"好。"郭忠良觉着老伴进步了，十分高兴。

为了摸到两个儿子的真实想法，他没有把他俩叫到一起讨论，而是一个一个地谈，生怕互受影响，摸不到他俩的真实思想。

自从爸爸患病之后，整个公司都在猜测公司由谁接班。人们议论最多的是郭子轩。他是董事长的长子，又在公司上班。他从车间统计员到设计师、设计室主任，一步一步走上来，干得非常扎实。现在已是中层领导了，离董事长的位子已经不远了。有的就以玩笑的口吻喊他董事长了。也有人猜测可能让冷雪当董事长。理由是老董事长信任她，群众拥护她，现在她又是公司的总经理，有把握全局的能力。有的人还为这事打赌，脸红脖子粗地争起来。支持郭子轩的说："不要忘记咱们公司是民营企业，董事长占有公司百分之八十的股份，子承父业是理所当然的。"支持冷雪的说："董事长经常说，公司是大家创造的，从来没有把公司看成自己的私有财产。他历来主张起用能人。否则，怎么会把总经理的位子交给冷雪呢？"两种意见，各有根据，互不相让。这话当然也传到了子轩的耳朵里。他回家把这些议论告诉了柳慕青，想听听她的看法。

柳慕青说："看来这次爸要彻底退下来了。即便他不想退，妈也不允许他再干了。你就准备接任公司董事长吧。"

子轩说："你别拿我开涮了。你知道我的理想是搞软件开发。这几年之所以在公司干，一是不想让爸妈失望，终究自己学的是财经，在公司工作对口；二是想在基层锻炼一下自己。虽然一步步在升职，但我不想把做生意当成终生的职业。真的不想接这个董事长！"

"子轩，我知道你喜欢研究软件，在这方面也花费了不少精力。然而，单凭自己的本事，奋斗二十年也不一定干出爸爸这么大的业绩。不少人羡慕你有个好老子，你怎么不想坐顺风船呢？想过个人奋斗的艰难吗？奋斗并不一定都有结果，更不等于奋斗就能成功。我看爸妈也希望你能把爸创办的公司继承下来，发展下去。子骞一门心思地想当作家，不会回公司了。你就别推辞了，当仁不让地挑起这副重担吧。"

子轩苦笑着摇摇头："慕青，你最了解我，帮我出出主意。如果爸爸跟我谈这事怎么办？"

"怎么办？实话实说呗。"柳慕青爽朗地说，"自己的亲爸还用拐弯抹角吗？怎么想就怎么说，甭藏着掖着。"

"我希望你支持我。"

柳慕青笑着给他个飞眼，动情地说："我是谁呀？马上就成你老婆了，能不支持你吗？"

"有你这句话，我就敢于敞开思想跟爸谈了。"子轩一高兴，就在她的脸上吻了一下。

郭忠良跟子轩谈，是从他的婚事说起的。他说："你跟慕青恋爱了也有三年多了吧？双方的为人处世、性格脾气，可以说互相了解了。她的工作也稳定了下来，是不是该考虑结婚的事了？”

子轩说：“我现在还没有自己的事业，结婚不急。”

“怎么说没你的事业呢？你在公司不是干得很好吗？”

“爸，充其量我是你手下的一个打工仔。”

“好小子，你想有自己的事业？早晚会有的。”郭忠良说，“婚事应该考虑了。你不着急，我和你妈着急呀。我得了这种病，就等于向阎王爷那里报到了，要时刻准备着。我想尽快抱自己的孙子。”

子轩觉着爸有些伤感，安慰说：“爸，你的病发现早，手术又特别成功，不会有什么问题。有的人得这种病，由于发现早，治得彻底，多活二三十年呢。”

“但愿吧。”郭忠良说，“我认为，人生的辉煌不在于生命的长短，而在于生命的质量。你爸这辈子也值了。不仅创办了这么大个公司，还培养了两个大学生儿子，而且非常优秀。现在我只有两件心事，一是在我有生之年，看着你俩结婚，抱上自己的孙子；二是看到你们事业有成。”

“爸，这没问题。”

郭忠良肯定地点点头说：“这几年爸委屈你了。让你一个重点大学的优材生，从公司最基层做起，难为你了。其实这并不是爸的最终目的……”

子轩打断爸的话说：“爸，我懂你的心，是在培养我做人。我也乐意从基层做起，练些基本功。所以，我一直在努力工作，没有给你丢脸，赢得了职工和客户的信任。”

“表现不错，职工们是拥护你的。你能从统计员一步步干到设计室主任，就是证明。”郭忠良说，“最近，我有个想法，想从公司彻底退下来。你想不想接我的班？”

因为职工中有这样的议论，郭子轩对爸爸这么问并没有感到惊讶。他坦然地说：“爸，说心里话，我不喜欢经商。这不是我的理想。”

这是郭忠良没有想到的。他原以为子轩毫无怨言地在基层工作，是想沿着从士兵到将军的道路踏实地前进。没想到他不喜欢经商。难道我把他留在公司错了吗？他疑惑地问子轩：“你的理想是什么呢？”

“在大学里，经营管理是我们的必修课，但我最喜欢的是软件开发。将来想有自己的软件开发公司，创造出属于自己的软件。”

"噢……"郭忠良如梦初醒，恍然大悟。没想到自己在子轩的就业问题上犯了官僚主义，事先并没有征求他的意见，就给他安排了工作。他摇摇头，感慨地说："儿子，对不起了，耽误了你三年对专业的钻研。"

"爸，我并不后悔。这三年锻炼夯实了我人生的基础，不仅了解了社会，熟悉了工作，更学会了做人，收获太大了！"

郭忠良语重心长地说："子轩，说心里话，我之所以让你从最基层做起，就是让你把基本功练好夯实，将来能接我的班。去年我辞去总经理，之所以没有让你当，是觉着你的翅膀还没有那么硬，不敢把这么重的担子压在你肩上。本来想最近提拔你当公司副总呢，没想到住院了。如今我想彻底退休，把公司的董事长也辞掉。今天跟你谈，就是想问问你将来有什么打算。现在我明白了你的理想。你不愿在公司干，我不勉强你。人应该有理想，理想是成功的动力。但是，财富和地位、名和利并不是所有人的理想，也不是成功的唯一标准。俄国文学家托尔斯泰说，'理想是指路明灯。没有理想，就没有坚定的方向，而没有方向就没有生活。'你想在软件开发上有所作为，我支持你。需要我帮你什么，尽管说话。我会帮你实现这个理想的。"

"爸爸，谢谢你的理解与支持。"子轩生怕违背了爸爸的意愿，让爸为苦心经营的公司无人继承而伤心，所以，一直把自己的理想埋在心底，不敢对爸爸讲。今天终于坦诚地对爸讲了，而且得到了爸的理解和支持。他感到浑身轻松，心胸顿时开阔了。回家对柳慕青一说，她高兴地说："没想到爸的思想这么开通。有爸的支持，你的愿望肯定能实现。"

接着，郭忠良跟子骞谈。他早就知道子骞的理想。在上高中的时候，尽管他的数理化成绩不错，但最爱的是语文，作文特别出色，他的散文和诗歌不断在报刊上发表。高中分科时，他毫不犹豫地报了文科，在年级成绩排队中一直在前十名。高考报的中央传媒大学，毕业后应聘做报社记者。平时他就说："当个记者，到处跑跑，了解社会，了解人生，将来自由地写作，是一种多么惬意的事啊！"所以，公司接班的事，他根本没考虑过。尽管这样，他也要跟子骞谈一次，了解一下他的最终想法。

子骞从小在父亲面前就不拘束。郭忠良跟他谈也很随便，直截了当地对子骞说："老爸要退休了，将变成一个无职无权的闲老头儿。趁着老爸还没退，手里有点权，你想从老爸这里得到些什么呢？"

子骞不假思索地说："老爸，你和妈把我们养大成人，供我大学毕业，已经完成了历史任务。如今我也步入社会，有了自己喜爱的工作，对你们再也无所求了！"

"结婚也不让我们管吗？"

"婚房是最大的投入，你们已经给我们准备好了。其他的家具和电器什么的，我们自己可以逐步解决。如果你想赞助我们几大件，我和茹雪当然感谢了！"

郭忠良笑着问："你俩对咱家的公司有什么想法？"

子骞摇摇头说："老爸，你不是总说公司是你和职工们共同创造的吗？我为公司、为家庭没有什么贡献，当然也没什么要求。"

"我要彻底退休了，想没想过分我一部分股份？"郭忠良单刀直入地问道。

"爸，你从爷爷手里继承了什么呀！不就是一顶地主兼资本家的帽子和一个'穷'字吗？如今咱们家的家业全是你奔波来的。我不想做继承老子财产的富二代！我跟茹雪商量好了，白手起家，自己创业！"

别看子骞年龄最小，说出的话却掷地有声。郭忠良情不自禁地伸出大拇指，夸奖说："好小子，不愧是我的儿子，真像当年的我！"

两个儿子谈完了，郭忠良非常满意。都说80后是啃老族、月光族，没出息，对富二代的评价一无是处。他的两个儿子并没有盯着老爸的财产，也没有继承公司的打算，而是立足于自己创业。看来大人对孩子的影响太大了！关键在教育，一定要严格要求。一些富二代之所以一身臭毛病，都是大人惯的。对待子女要严格要求，不能有丝毫的放纵。他的两个儿子从小就学会了节俭，养成了勤劳节约的习惯，学会了吃苦耐劳、自食其力。这是他最欣慰的。

2

郭忠良把两个儿子的想法告诉了老伴儿。彭丽华苦笑着说："这俩孩子真傻，本来属于他们的家产竟然不要！"

“他们各有其志不好吗？”

“原来我想，子轩接你的班没问题，没想到他想搞什么软件开发！”彭丽华感叹地说，“现在的年轻人真搞不懂了。放着这么大的公司不接班，反而要自己创业。创业就那么容易吗？看来不碰碰壁，不会知道创业的艰难。”

“我倒特别欣慰。为有这样的孩子感到骄傲。”郭忠良说，“他们敢于创业的精神是难能可贵的。只要有这种精神，即便碰壁也不可怕。相信他们会在不断摔打的实践中成长起来。”

彭丽华问：“既然你答应支持他们自己创业，那你打算把董事长交给谁？”

“还是老办法，民主推荐，董事会投票选举。”

“咱们在公司的股份呢？”

“除了支持两个儿子的事业，其余的就留在公司，继续作为岗位股吧。”

“咱们老了怎么办？”彭丽华问了这么一句。

“咱俩在公司都有工资，每个月收入近万元，还不够咱俩花的吗？”

“你这么做，不等于这三十年白干了吗？”彭丽华的话里有些凄凉。

“我创建了信誉集团公司，让几千人有了工作，每年给国家纳税几千万，怎么能说白干了呢？”

“忠良，还是给咱和儿子们留下一些吧。”

“你怕孩子们没饭吃？”

“不是这个意思。如果不给孩子们留下些家产，我总觉着亏欠他们的。”

“股份我是不给他们的。他们创业需要资金，要多少我支持多少。这总该可以了吧。”他又进一步开导妻子，“人们说，天下熙熙皆为利趋，天下攘攘皆为利往。这说明人们奔波忙碌都是为了钱。钱是好东西，它可以办成许多事情，关键时刻能救人一命。但钱也是祸根。为了钱，有多少官员锒铛入狱！还有一些富二代，靠老子坐享其成，游手好闲，无所事事，成了败类，有的甚至成了社会渣滓。咱们的孩子都很争气，不靠老子，自力更生，我很欣慰。”

彭丽华觉得老头子说得在理，就不再争执了。她说：“反正公司是你的，你想怎样就怎样吧。”

郭忠良出院以后去了一趟公司。职工们见他明显地消瘦了，心里不免有些难受，都过来热情地跟他打招呼。

他走进董事长办公室，坐在老板桌前，拨通了总经理冷雪的电话，让她过来一下。

冷雪见董事长来了，打心眼里高兴。虽然有些消瘦，但精神依然矍铄。她高兴地说："董事长，你可来上班了，我们有主心骨了。董事长，你来公司打个电话，我开车去家里接你呀！"

郭忠良笑笑说："不用，随便走走很好。"说着，二人坐下。他接着又说，"小冷，我今天不是来上班，是想彻底退休，把董事长辞掉。我想开个董事会，你去通知吧。"

冷雪觉得这事太突然了，着急地说："董事长，你的身体恢复得很好，怎么能退休呢。你要给我们继续掌舵啊！"

"我已快到退休年龄了，就不想占着这个位子了。"

"董事长，你一点儿也不老，不能退休。信誉集团公司是你创办的，你是咱们公司的元老，是有功之臣。你不用天天来上班，只给我们出出主意、掌掌舵、把把关就行了。"

"早晚要退的，晚退不如早退。我的年龄已经到了，还是让年轻人接班吧。你快去通知董事们开会。"

董事们到齐了。大家对董事长退休之事都感到突然，都在真诚地挽留。大家说："董事长，即便你不来坐班，我们也会竭尽全力把工作做好的。"

"谢谢大家。"郭忠良客气说，"我也想跟大家再做几年伴儿，继续工作几年，可身体不争气了。我想退下来好好休息，请你们理解支持。"

既然董事长已经下了决心，董事们只能表示惋惜，也就不再说什么。大家最关心的是谁接董事长的职务。

有人说："董事长，既然你不想干了，就让子轩接你的班吧。"

"赞成！"大家异口同声地说，"子轩有知识，有能力，进步很快，接替董事长的职务顺理成章，理所当然。"

"谢谢大家的好意。"郭忠良说，"按我们中国的传统，子承父业的在民企中确实不少。但我并不想这样。再说，我的两个儿子人各有志，谁也不想留在公司工作……"

大家感到惊异。有的人打断董事长的话问："子轩不想接你的班吗?"

郭忠良点点头说："他想自己创业，去搞软件开发。这个连我也是昨天才知道的。"

"你这么大个家业，儿子竟不想继承!"众人惊异，一片哗然，很不理解，纷纷议论起来。

"大家静一静，听我把话说完。"郭忠良做了个让大家静下来的手势说，"新董事长的产生，我想还是用老办法，发动全体职工推荐，最后由董事会投票选举。"

"哦!"会议室里一片唏嘘。

"这是毛主席他老人家教给我们的办法，坚持民主原则，走群众路线。这样能够良中选优，不埋没人才，保证我们公司领导层的素质，带领大家继续前进。"

董事长几句话把大家说服了。董事们不由得把眼光集中到冷雪身上。不知谁说了一句："那就选冷雪兼任董事长吧。"

冷雪红着脸赶紧站起来，有些慌乱地说："不行不行。董事长跟总经理不一样，理应由股份多的董事担任。再说，我也担不起这么重的担子。大家另选别人吧。"

"按照惯例，董事长确实应该由股份多的董事担任，但我们公司例外。"郭忠良说，"我的股份在公司占了绝对优势，但我不想把这些资产作为私有财产，也不想分给两个儿子。依然留在公司作为岗位股吧。"

他喝了口水，接着说："今天我借这个机会，给大家讲讲如何看待财产问题。古今中外的财产观不外乎两种：一是世俗主义的'人为财死，鸟为食亡'。这是一种视财如命的财产观；一是清高务虚者的'恐避不及'、'汰之若粪'的财产观。这是一种极度鄙夷和否定财产的观点。我认为，前者太实，后者过虚。务实的，出于贪婪，不会舍让私产为他人，为大众；清高者，出于囊中羞涩，无实可捐。我们传统文化的主流无疑是功利的。他们把财富的继承，严格限定在家族之内。对任何一点资产的外流都视为'不孝'、'不才'和'愧对祖宗'。这些人对财产的守护，有着高度的警惕、戒备和防范。所以，捐赠文化在中国很难形成主流。中国古人对资产的出让和转移，无非是两项：一是捐官，二是犒神。其目的是寻求皇权和神权的庇护。当今有些率先富起来的企业家，有的人之所以想方设法混个‘人大代表’或‘政协委员’之类的头衔，其实也出于同样的目的。他们捐赠的视角不是向下，而是仰上。并非是体恤民生，而是媚权邀功，想求得一顶保护伞。这也就是人们所说的‘破财免灾’。我认为，我们之所以能创造这些资产，一是因为我们的改革开放政策。没有这样的政策，我有再大的本事，也无能为力，一事无成；二是我们全体职工包括所有管理者努力奋斗的结果。所以我说，我们公司的资产是我们这些管理者和职工们共同创造的。我不会贪天之功，把这些财产视为己有，其中大部分是一线的劳动者创造的。我之所以把我的大部分股份继续留在公司作为岗位股，就是想还财于民，让这些资产为广大职工谋利益。同时，通过我们的公司，为更广大的人民谋利益。这就是我的财产观！”

这又是董事们没有想到的。在有些人视财如命、物欲横流的今天，有谁会把自己数亿元的家产留在公司，作为岗位股鼓励骨干职工呢？董事长这种大公无私的精神，这种一心为公司、为职工着想的品德，令人肃然起敬，一个个投来敬仰的目光。

郭忠良继续说：“公司跟其他单位一样，人才是关键。特别是领导人才，更需要有更高的素质和修养。我相信大家的眼光是亮的，肯定会选出优秀的人接替公司董事长的职务！”

会议室里立即爆发出热烈的掌声……

3

经过层层推荐，最后董事以全票选举冷雪为信誉集团公司新一届董事会的董事长。这是大家预料到的。在职工代表大会上，大家以热烈的掌声，欢迎新任董事长发表就职演说。冷雪却红着脸在那里犹豫了半天，才走上台来。

冷雪在讲台上稳定了一下情绪，激动地说：“各位董事，职工代表们，谢谢大家对我的信任。但我的能力和水平有限，接受这个职务问心有愧。既然大家这样信任我，我就负责管理好大家的资产，带领职工管好我们的公司，让它在为社会、为人民服务的过程中不断发展！”

台下的董事和职工代表们热烈鼓掌，郭忠良鼓得最带劲。

大家欢迎老董事长讲话。郭忠良迈着坚实的步子，精神矍铄地走到台前，虔诚地给大家深深鞠了一躬，掌声再次以排山倒海之势响起来，经久不息。

郭忠厚做了个手势，让大家静下来。他用欣慰的目光环视一下会场，然后坐下来。他声音洪亮地说："董事们，职工代表们，今天我们选出了新一届董事长。大家的眼光是雪亮的，选出的领导人是值得信赖的，我全力支持。冷雪是我们公司的老职工了，她年轻有为，大公无私，德才兼备，十几年来为公司作出了突出贡献。现在大家选举她当公司的董事长，我相信她一定会带领大家继续前进，创出新的成绩，使我们的信誉集团公司更加兴旺发达，业绩更加辉煌！"

掌声再次响起，惊天动地。

冷雪觉得肩头的担子很重，她暗下决心，不辜负董事长、董事和职工们对自己的期望。

第二天一上班，郭子轩就来找她，先是祝贺她荣任公司董事长，接着递交了一份辞职书。他说："冷姐，对不起了。在你刚任董事长的时候，我却要走，不能和你共同战斗了。"

"听你爸说，你想搞软件开发？"

子轩点点头："是的。这是我的愿望和理想。"

冷雪对眼前这位英俊刚毅的小伙子肃然起敬。他虽然出身豪门，却没有一点儿霸气，穿着是那么朴素，工作一直低调，竟然对亿万家产不动心，毅然放弃公司董事长的职务去自己创业。他脸上的表情是那样的坦然，笑得是那样甜美，眉宇间又充满了自信。她知道子轩的理想，也就没说任何客套话，只是说："我支持你，有困难尽管找我。"

4

在郭忠良和信誉集团公司的支持下，郭子轩的软件开发公司正式成立。郭忠良用自己的积蓄支持他 200 万，冷雪召开董事会决定赞助子轩 100 万，买了一处房子，添置了必要的设备，在工商局注册后，聘用了几个志同道合的大学同学，就挂牌开业了。

子轩忙过这一段之后，买了些水果和营养品，去看大伯郭忠厚。郭忠厚见子轩来看他，高兴地问起了他爸的身体，这是他最惦记的。

“我爸的病彻底好了，气色很好，红光满面。”

“好了也别叫他上班了。”

“我爸把董事长辞了，彻底退了。”

“他已经退了?!”郭忠厚感到惊讶，“你爸让你接公司的班了?”这是他最关心的。

子轩摇摇头说：“经过职工推荐、董事会选举，冷雪以全票当选为公司董事长，接了爸的班。”子轩张嘴就说，根本没走脑子。

郭忠厚好像没有听清，又问了一句：“你爸把董事长又让给外人了?!”

从口气上，子轩听出了大伯颇感意外和不满。他也反问一句：“爸爸这样做不可以吗?”

“简直是浑蛋!”郭忠厚气愤地骂了一句。

这是子轩没想到的。他怯怯地问：“我爸做错了吗?”

“他为什么不让你接班?”郭忠厚反问了一句，“这公司是你爸用近二十年奋斗置下的，怎么能让外人当董事长呢?太不可思议了，这简直是不忠不孝!”郭忠厚气得脸色焦黄，呼哧呼哧地喘着粗气。

大伯突然变脸，把了轩吓坏了。不知说什么好。他赶紧扶大伯躺在床上，怯声怯气地问：“大伯，是我说错了，惹你生气了吗?”

“没你的事。”郭忠厚左手捂着胸口，对子轩摆了摆右手，“你走吧。回去告诉你爸，我要找他算账!”

子轩蒙了，吓得不敢多说一句，惴惴不安地从大伯家里走出来。

回到家里，他把大伯大发雷霆的事对爸一说。郭忠良笑笑说：“你大伯把家业看得太重了。他主张子承父业，是为儿女们奋斗。”

子轩这才松了一口气，“我还以为我说错了什么呢。”

郭忠良接着问：“你的软件公司筹建好了吗?”

“已经开业了。谢谢爸爸的支持。”

“好好干。有什么需要爸爸帮忙的尽管提。老爸永远是你坚强的后盾。”

“谢谢爸。”

两个“谢”字把郭忠良说笑了：“跟爸还客气啥!”

“你不是教育我要懂得感恩吗？你支持我的事业，应该感谢的。”

“子轩，你要谢我，就把你的公司干好。这是我对你的唯一要求和希望。”

“爸，我不会辜负你的。”

子轩见家里没事，转身要走。郭忠良说：“明天是农历十月初一，我跟你妈要回家给你爷爷奶奶烧纸。你去吗?”

“孝顺老人是应该的。”子轩说，“我回公司安排一下，能去尽量去。”

“那你顺便告诉子骞一声。”

5

农历十月初一是给故人送寒衣的节日。农村特别注重祭奠先亡的祖先。这个节与春季的清明节、夏季的中元节，并称为一年之中的三大“鬼节”。民间传说，新婚燕尔的孟姜女，丈夫被抓去修筑万里长城。秋去冬来，孟姜女不远千里，历尽千辛万苦，为丈夫送衣御寒。丈夫却屈死在工地上，被埋在城墙之下。孟姜女悲痛欲绝，哀号呼喊，感动了上天，哭倒了长城，挖出了丈夫的尸体。她就用带来的棉衣重新装殓安葬了丈夫。由此便产生了“送寒衣节 ”。

农历十月初一是进入寒冬季节的第一天。生者御寒加衣，会想到死者也要换棉衣了，就将五色纸分别做成衣、帽、鞋、被等东西，有的还制作一套纸房子和家用电器什么的，然后拿到祖坟上，先摆上供品，然后把做的这些跟烧纸冥钞一起焚烧，而且要烧干净，这些才能转化为阴曹地府的绸缎布匹、房舍、衣服及金银铜钱。有一点点没有烧尽就会前功尽弃，亡人不能使用。这种行动虽是迷信，看着好笑，但表现了生者对祖宗的哀思与崇敬，是一种精神上的寄托，也是孝敬祖先的表现。

郭忠良是孝子，不管多么忙，这几个鬼节都跟老伴儿一起来上坟烧纸。现在退休了，没有繁忙的工作缠身了，这天就早早地来了。

郭忠厚也带着老婆孩子来坟上烧纸。他一下车，见弟弟忠良跪在父母坟前把烧纸点着了，气就不打一处来。他拄着拐杖一瘸一拐地抄近路走过来，大老远就怒气冲天地吼道：“郭忠良，你这个败家的不孝子孙，有什么脸跪在父母坟前烧纸？”

郭忠良听见有人骂他，就知道哥哥来了。他赶紧从地上爬起来迎过去说：“哥，你别着急，有话咱回去慢慢说。你的身体刚好，千万不要生气。”

郭忠厚哪听得进弟的劝说。他怒不可遏地指着郭忠良的鼻子质问：“你还姓郭吗？你还是咱爹郭子敬的儿子吗？还是郭家的人吗？”

“哥，言重了。我怎么不是咱郭家的人呢？这不来给祖宗们烧纸了吗？”

“你忘本了，你不配！”

“哥，我没做对不起祖宗的事，怎么就不配是郭家的人了？即便我做错了什么，咱回家再说好吗，别在祖宗坟上嚷嚷了。”

尽管郭忠良心地坦然，说得和风细雨，郭忠厚依然暴跳如雷：“郭忠良，你凭什么把公司的董事长让给外人？那是咱老郭家的公司。你让那个姓冷的女人接替董事长，她有什么资格继承执掌郭家的家业？”

“哥，我从来没把公司看成是我个人的财产。这公司是全公司职工们劳动创造发展起来的。”郭忠良耐心地解释说，“再说，董事长只是个职务，负责经营管理，我并没有把自己的财产给了外人，只是留在公司继续做岗位股，激励职工……”

“你怎么就看中那个姓冷的女人？是不是特别喜欢她，跟她有什么不清楚的地方？”

“哥，你想哪里了！”郭忠良郑重其事地说，“接班人不是儿戏。冷雪当总经理和董事长跟我无关，都是职工推荐和董事会投票选举的。”

“我才不信呢，你跟那女人肯定有一腿！”

两家的孩子们见老兄弟嚷嚷起来，赶紧凑过去，分别劝着自己的老人。而郭忠厚根本不听劝，敲着拐棍子继续数落弟弟：“郭忠良，你这个败家子、不孝的子孙，丢弃了家产是犯下了滔天大罪，你跪下给咱爹娘低头认罪！”

郭忠良并没有再下跪，也没认错，反驳说：“我从来没有做过对不起郭家的事！”

“你不配做郭家的人，你没有资格在祖坟上烧纸磕头！”郭忠厚愤怒地推搡着郭忠良，“老郭家没有你这不孝的子孙，你给我滚回去！”

姜玉芳见老头子跟忠良撕扯起来，赶紧上前制止：“你这是干吗呢？今天咱们是来给咱爹娘烧纸，不是来吵架的。有事回去说，别在这里嚷嚷了，叫祖宗笑话。”

彭丽华也劝说：“哥，忠良没做错什么，你别生气啦。”转身又对忠良说：“纸烧完了，咱们回去吧。哥误会你了，千万别生气。”

郭忠良苦涩地摇摇头：“哥想歪了，他根本不理解我，我没做错什么，我不生气。”

子轩也说：“爸，咱回去吧。”

郭忠良带着老婆孩子们上车走了。郭忠厚一家这才跪在父母坟前开始烧纸，这场风波暂时停息……

6

平时，姜玉芳很少出门。这次回老家烧纸，野外的风冷飕飕的，她才觉得天气冷了，她又担心起兴家来。自从被骗离家出走，他就一直没回过家，当妈的心一直惦记他。晚上经常失眠，还不断做噩梦。

她本来不迷信，为了兴家的平安，她也请了一座观音菩萨，每天早晚一炉香。还找了邻村一个叫“陈半仙”的算了一卦。“陈半仙”说，兴家直奔西北方向去了，现在新疆流浪，以讨饭为生。从此，她更担心了，天天看新疆的天气预报。当她听说塔城地区已经下雪，更睡不着了，经常半夜起来跪香，求神祷告：“菩萨保佑兴家平安无事！兴家，你快回来吧。”

老头子见她成天疯疯癫癫地求神拜佛，不吃不喝，折磨得面黄肌瘦，更生兴家的气了。

这天晚上，姜玉芳做了个噩梦，梦见兴家在外偷了人家的东西，被人家吊在树上用皮鞭子狠打，他凄厉地呼喊着：“妈，你救救我呀，我快死啦！”

姜玉芳吓得惊叫一声，猛地坐起来，出了一身冷汗，才知道是个噩梦。

郭忠厚被她的惊叫吵醒了，没好气地责备说：“深更半夜的，你号叫什么呀！”

“我梦见兴家在外地又惹事了，被人家逮住，吊起来毒打。”

郭忠厚恶狠狠地骂道："这个兔崽子受罪活该！罪有应得，死在外面我也不心疼！"

姜玉芳见老头子说出这样恶毒的话，就跟他吵："他也是你的骨肉啊，他在外面受罪，你就不心疼吗？"

"这个败家子成天给我惹祸，纯粹是个冤家！"

"别说气话了，快想办法找他回来吧。"

"他的手机不开，这么大个中国到哪儿去找他呀！死在外面活该！"郭忠厚发狠地说着，接着抱怨老婆子，"这都是你惯的！"

"难道你就没责任吗？"

郭忠厚觉得这样吵也不解决问题，又怕惊动四邻八家，就耐心地规劝她："别胡思乱想了。他带着钱呢，又不呆不傻，不会饿着冻着。快睡觉吧。"

"我睡不着。"姜玉芳说，"他走了快一个月了，带点钱也该花完了。"

"花完了他就回来了……"

正在这时，电话响了。姜玉芳以为是兴家打来的，赶紧去接，哆嗦着问："是兴家吗？"

"我们是公安局！"

姜玉芳吓了一跳，赶紧把话筒捂住，对老头子说："公安局。我不敢接，你快来接吧。"

郭忠厚接过话筒问："你们是不是找到兴家了？"

"我们刚刚接到湖北省襄阳市公安局的电话，有人发现他在那里，结交了一些黑社会人员，被引诱吸毒，现在被抓了。你跟我们去把他领回来吧。"

郭忠厚一听气得差点背过气去。姜玉芳赶紧给兴盛打电话，让他跟兴旺连夜跟公安局联系，赶紧去找兴家。

兴盛和兴旺跟公安局的人连夜去了襄阳。经襄阳公安局介绍，兴家到了那里，先是喝酒嫖娼赌博，在赌博中结识了当地黑社会的人，因欠下赌债被毒打致伤。是在打黑活动中被解救的。

当地公安人员领着兴盛、兴旺来到了一个派出所。只见兴家脑袋上缠着纱布，纱布外面凝结着乌黑的血，躺在一间屋子的床板上。兴盛把他唤醒。兴家一骨碌爬起来，见到大哥二哥，就放声大哭起来。派出所的人把他教训了一番，就把他拉回来了。

在路上，大哥就告诉他，他离家出走父母多么着急，多么为他担心，要他先去父母家认错。他却说什么也不想见父母，只好住在大哥兴盛家里。

老两口知道兴家回来了，赶紧去兴盛家看望这个日夜担心的小儿子，郭忠厚发着狠批评他不务正业，罪该万死。

姜玉芳却心疼地抚摸着兴家的脸说："你这么长时间不回家，把娘都想死了!"

郭兴家却恶狠狠地吼道："是你们毁了我啊!"

第二十章　踏上坦途

1

冷雪接替信誉集团公司董事长之后，备感肩上担子的沉重。自己之所以能坐在这把交椅上，是因为老董事长、董事会和职工们信任自己。她下决心，一定要做到最好，不辜负大家的希望。

冷雪想，原来公司无论什么事情都是老董事长拍板。现在老董事长退休了，自己接了班，就要善于学习，集思广益，与上上下下和顾客们搞好团结。她认为，创始人和继任者是不一样的。自己的任务就是把企业由“领袖崇拜”过渡到“制度崇拜”。要把公司的所有制度都变成自觉行动，从而形成制度文化。她借鉴国内外先进企业的管理模式，对企业的治理结构重新审视，结合企业的发展战略和目标追求，创造性地设立了“监事会、董事会、总经理”三权分立的组织结构。这样，就可以做到分工明确，相互协作，相互制衡，确保企业在“夯实基础，把握规律，顺其自然，留有余地”的发展原则下，稳步前进。

这个经营理念确定之后，她首先向董事会辞去了总经理职务。

让谁接替公司总经理呢？她去找老董事长商量。郭忠良说：“我已经退休了，只是公司的一名退休职工。我的任务就是颐养天年，搞好身体，再也不管公司的事了。”

冷雪开玩笑地说：“老董事长，既然你这样说，就以一个退休员工的身份提出你的意见好吗？”

“还是按老规矩办。”

冷雪领悟地说：“民主集中，群众路线！”

郭忠良笑着说：“你知道还问我！”

冷雪会意地笑了：“老董事长，你永远是我们的掌舵人！”

“冷雪，你就放开手大胆干吧。”郭忠良叮嘱说，“只要心正，路就不会走歪。”

冷雪立即召开公司董事会，确定产生公司总经理的办法，然后印发通知到各科室、各分厂及合伙企业，并贴出公告，广而告之，从下到上地发动职工推荐公司总经理。

郭兴旺看到通知后就去找大哥，兴致勃勃地说：“哥，叔的公司要推选总经理了，听说有不少人推荐你。”

“我可没有这野心。”兴盛说，“再说，这是叔的信誉集团公司，人们怎么会推荐我!”

兴旺说：“通知和公告上明明写着，合伙企业的职工也可以被推荐嘛，我看你有希望。”

“这只是信誉集团广揽人才的办法，并不一定真的让外人干。”兴盛根本不相信这是真的。

“既然这样写了，肯定就会这么做。”兴旺自信地说，“冷董事长跟叔一样，是值得信赖的人。”

“哥，我看冷董蛮欣赏你的。我也推荐你。”

“千万别，我能干好我这厂子就不错了。”

“哥，我一定支持你。”

经过职工推荐、董事会选举，郭兴盛以73%的选票当选为信誉集团公司总经理。

当选举结果在职工代表大会上公布的时候，郭兴盛的耳朵好像失灵了，根本没有听清。全场爆发出雷鸣般的掌声，几百双代表的眼光一齐聚在他身上。他却像没他的事似的，坐在台下跟人们一起鼓掌。直到主持人再次呼喊他的名字，让他上台讲话，他才像从梦中惊醒似的站起来，在有节奏的掌声中，快步走上主席台。

首先举行受聘仪式，台上奏起了欢快的音乐。冷雪代表信誉集团公司董事会，向郭兴盛发授公司总经理聘任书。然后，兴盛在一片掌声中做即兴发言，表示了他在董事会领导下干好工作的决心。

2

郭子轩听说兴盛哥当选上信誉集团公司总经理，大喜过望。他特意来公司祝贺。一进大厅就碰上了董事长冷雪，忙过去握手问好。

冷雪对郭子轩特别敬佩。公司董事长本来应该是他的，他却拒绝不做，而要去为自己的理想奋斗。有些人认为，80后的一代是玩手机、玩电脑、听MP4、抽烟喝酒、蹦迪飙车、贪玩的一代。他们怕吃苦，图享受，是依赖父母的啃老族，是不思进取、浮躁不安、急功近利的一代。这些人很难有大境界、大作为、大出息，是浮躁的一代，垮掉的一代。她认为，这种以偏概全的认识是错误的。即便有这样的，也是个别的。我们应该看到，80后一生下来就赶上了改革开放的好年代，他们思维活跃，见解独到，富有开拓精神。他们是时代的弄潮儿，是继续前进的接棒人。大多数是有理想、有作为的，一定会成为合格的接班人。

冷雪把子轩请到董事长办公室，问起了他创业的情况："现在你在开发哪方面的软件？"

子轩说："现在的服装企业越分越细了，专业化程度越来越高了。就目前的服装软件来看，多数衣片设计系统开发的深度还不够，使用起来不尽如意。要改变这种情况，就必须在系统的自动化和智能化上下工夫。这是我们目前研究的重点之一。其中三维服装设计也是我考虑的重点。现在国内外对这方面的研究虽然很多，但都是在原有二维系统的基础上，增加一些三维的效果和仿真。这样做虽然能取得一些效益，但从长远来看，这种修补式的开发必将制约三维服装CAD的发展。现在的服装业正在向多品种、小批量和柔性加工的方向发展，这就决定了服装集成化发展的方向。"

郭子轩侃侃而谈，说得头头是道。他对服装软件的了解和精通度，是冷雪没有想到的，他在追求CAD的尖端产品。

"行啊子轩，真是一日不见如隔三秋啊。"冷雪高兴地夸奖说，"你说的这些问题，也是咱们公司考虑的问题。我们不谋而合了。"

子轩说："这些问题就是我在咱们公司设计室发现的，体会特别深。我想在这方面做些研究和开发。"

"好，咱们公司太需要这样的软件了。看来你没有在基层白待，有了切身体验，研究起来不仅有动力，而且方向明确。我大力支持你，需要资金尽管说话。"

"冷姐，公司支持我的一百万和老爸支持我的二百万，算我借的。等我赚了钱一定要还的。"